소설 팔괘 3

운명이란 무엇이며 어떻게 알 수 있는 것일까?

소설 팔괘(八卦) 3

김승호 지음

돌선 선영사

차례

고독한 영민이 _ 7
김선생의 기지 _ 21
김선생 나서다 _ 28
영민이의 호號 _ 34
접근 _ 37
영민이 돌아오다 _ 45
재회 _ 55
선인들의 연구 _ 61
부자의 고민 _ 72
좌도坐島, 그리고 좌도座島 _ 87
민여사의 정리 _ 104
운명의 그물 _ 110
범인을 찾아서 _ 119
산수관山水觀 _ 144
생사生死의 기로 _ 166

드러나는 범인의 모습 _ 183
두 종류의 적 _ 194
예측할 수 없는 운명 _ 197
지리산의 수업 _ 207
드러나는 좌도 _ 225
신통력 _ 233
사랑을 건 승부 _ 247
산수山水 청년의 정체 _ 258
흔들리는 운명 _ 272
학교에서의 살인 _ 290
위대한 섭리 _ 294

고독한 영민이

영민이는 오늘도 언덕에 올라 마을을 내려다보고 있었다. 영민이가 지금 내려다보고 있는 마을은 영민이가 태어나서 자란 고향일 뿐 아니라 부친과 모친의 고향이기도 했다. 영민이의 부친은 영민이가 어렸을 때 이미 세상을 떠났는데, 이제는 모친마저 세상을 떠나고 말았다.

장례식이 끝난 지는 벌써 한 달이 되어가고 있었다. 그간 영민이는 하루도 쉬지 않고 언덕에 올라 마을을 내려다보며 지냈다. 지금 영민이가 서 있는 언덕에는 차가운 바람이 불고 있었다. 바람은 영민이의 괴로운 마음을 달래 주었지만, 인생에 대한 새로운 각오를 일깨워 주기도 했다.

영민이는 여러 날 동안 바람을 가슴으로 맞이하면서 홀로 남은 자신의 인생을 음미했던 것이다. 영민이는 이제 모든 과거를 정리하고 차츰 현실로 돌아오고 있는 중이었다. 세상에서 가장 사랑했던 가엾은 어머니에 대해서는 후회도 많았지만 영민이는 자신이 큰 인생, 즉 가치 있는 인생을 보냄으로써 그 한이 씻어지리라 생각했다.

'내일쯤 서울로 돌아가야지…….'

영민이는 이런 생각을 하면서 언덕을 내려왔다. 현재 고향에 남아 있

는 약간의 재산, 즉 전답이라든가, 부모와 자신이 태어난 오래 된 생가生
家 등은 그냥 남겨 두기로 했다. 이런 것들을 고향에 남겨 둔 채 영민이
자신만은 일단 서울 생활을 계속하려는 것이다.

　영민이는 자신의 고향인 보성군 대곡리를 사실 참으로 좋아했다. 모
친이 공부를 위해 서울로 보내지만 않았다면 이곳에서 농사를 짓고 있
을지도 몰랐다. 물론 서울로 가게 된 것을 후회하는 것은 아니다. 단지,
하나밖에 없는 모친을 너무 떠나 있었다는 게 괴로울 뿐이다.

　그러나 지금 영민이의 마음은 기왕 공부 때문에 서울로 떠나 있게 된
이상 그 공부를 완성하고 싶은 것이다. 물론 영민이가 뜻을 두고 있는
것은 모친이 생각하던 그런 공부는 아니다. 모친은 단순히 서울 가서 대
학을 다니고 사회로 나가 성공하길 빌었다.

　꼭 그것이 옳기 때문은 아니었다. 모친은 그 이상을 생각할 수 없었기
때문이다. 그러나 영민이는 그 모친이 생각한 것보다는 너무나 비범한
사람이었기 때문에 인생의 큰 뜻을 세울 수 있었던 것이다.

　영민이의 집은 언덕을 내려와서도 논과 밭을 좌우에 끼고 한참 더 걸
어야 했다. 걸어가는 길목에는 사람도, 집도 보이지 않았다. 주변은 널리
평화롭게 보였지만, 영민이의 걸음은 외롭게만 보였다.

　웬지 영민이의 존재는 주변의 들판이나 산천 들과 조화를 이루지 못
하고 있는 것 같았다. 이는 영민이가 너무나 고요하기 때문일까…….

　사실 주변의 산야山野는 움직이지 않고 있는데도 걷고 있는 영민이가
더욱 고요해 보였다. 영민이가 걷는 자세는 부지런히 걷는 자세는 아니
었다. 그리고 일정하지도 않았다. 영민이의 걸음걸이는 때로 서는 듯 보
이다가 걷기도 하고, 그 반대이기도 했다.

　어느덧 영민이는 집에 당도했다. 집은 높은 언덕을 등지고 외따로 떨
어져 있었는데, 담 안으로 들어서자 적막한 기운이 감돌았다. 이 집에는

지금 아무도 없는 것이다.

영민이는 모친이 살던 방으로 들어섰다. 내일 서울로 떠나기에 앞서 모친이 기거하던 방을 한번 살펴보고 싶었던 것이다. 영민이는 방 안을 둘러보다가 무심히 장롱 서랍을 열었다.

서랍 안에는 자질구레한 크고 작은 물건들이 있었는데, 한쪽 구석에 누런 봉투가 눈에 띄었다.

영민이는 그 봉투를 서랍에서 꺼내지 않은 상태에서 얼핏 보았다. 그런데 겉에 연필로 희미하게 글이 씌어져 있었다. 글씨체는 모친의 것으로 연필로 쓴 것인데, '영민이 사주'라고 씌어 있었다.

이런 글이기 때문에 영민이의 눈에 당장 띄었다.

"어? 영민이 사주? 나의 사주?"

영민이는 봉투를 꺼내고 서랍을 밀어 닫았다. 그러고는 즉시 봉투를 뜯어냈다. 봉투 속에는 또 하나의 봉투가 들어 있었다.

"음? 또 봉투가 있어?"

봉투 속의 봉투라면 상당히 소중히 보관한 것이다. 영민이는 크게 흥미를 느끼며 봉투를 살펴보았다. 봉투는 흰색의 자그마한 것이었는데, 겉에는 붓으로 쓴 뚜렷한 글씨가 있었다.

'병술년丙戌年 9월 28일 술시戌時'

분명 영민이의 사주였다.

'누가 이것을 적어 놓았을까? 겉봉투의 글씨는 어머니의 것인데.'

영민이는 고개를 갸우뚱하며 조심스럽게 봉투를 뜯었다.

'이것은?…… 편지 같은데!'

봉투 안에서 나온 종이에는 빽빽하게 글이 씌어져 있었고, 끝에는 서

명이 되어 있었다.
 '일운…… 일운? 아니!'
 영민이는 깜짝 놀라고 말았다. 일운이라면 조성리 도사가 아닌가? 그분의 글이 어떻게 이곳에 와 있는 것일까? 영민이는 글을 덮고 잠시 생각해 보았다.
 조성리 마을은 이곳에서 멀지 않다. 혹시 어머니가 그곳에 다녀온 것은 아닐까? 그렇다! 어머니가 그곳에 가서 내 사주를 봐가지고 온 것이다. 그런데 어머니는 이것을 읽지 않은 것 같다. 왜일까? 내가 먼저 보라고? 글쎄…… 조성리 도사가 글로 써준 것이야! 언제 써가지고 온 것일까? 그 도사는 이미 죽었다는데. 그렇다면 어머니는 그전에 도사한테 갔었던 것이군.
 영민이는 이런 정도로 생각해 두고 종이를 펼쳐 글을 읽기 시작했다.

 굳이 자네의 이름을 말하지 않겠네만, 자네는 이 글을 내가 죽고 나서 세월이 좀 흐른 뒤에 읽게 될 것이네. 이 글은 내가 죽기 전에 써둔 것인데, 내가 죽고 나서 자네의 모친이 나의 집을 찾아와서 가져갈 것이지.

 영민이는 여기서 또 생각해 봤다.
 '이 글은 유서로서 남겨 놓은 것이다. 어머니는 그곳에 찾아가서 이것을 받아 온 것이고……. 누구에게서? 그곳에 누군가 살고 있겠지! 어머니는 이것을 내가 먼저 보도록 보관해 놓은 것이야. 그렇지만 어머니는 나를 만나 보기도 전에 세상을 떠났어. 가엾은 어머니! 그런데 조성리 도사는 무엇 때문에 이토록 친절히 내게 글을 남겨 놓았을까? 더구나 당신이 죽은 후에 읽을 것을?'
 영민이는 고개를 가로 젓고는 허공을 응시했다.

'모를 일이야, 그 신령한 도사가 내게 글을 남기다니!'

영민이는 조성리 도사를 직접 만나 본 적은 없었으나 민여사를 통해 몇 차례 들었던 것이다. 근래에 와서는 영민이가 운명학이나 주역을 공부하게 되었기 때문에, 종종 마음 속에 그 도사가 떠오른 적이 있었다.

영민이도 결국 그런 도사가 되는 것이 목표가 아니었던가? 그런데 그 존경하는 어른이 글을 남겼다니!

영민이는 글의 신비함보다 도사가 자기를 생각해서 글을 남겨 주었다는 것이 무엇보다도 흐뭇했다. 영민이는 묘한 기분을 느끼면서 다시 글에 눈을 돌렸다.

나는 자네의 모친을 한 번 보았고, 다음 번에 찾아올 때쯤 나는 이미 이 세상 사람이 아닐 것이네. 그것은 다 운명일 것이나, 내가 단지 애석하게 생각하는 것은 자네 모친의 죽음을 막을 수 없다는 것이네. 자네가 이 글을 읽을 때쯤은 자네 모친은 이미 세상을 떠났겠지. 이 글도 자네만 읽게 된 것일세. 세상에 나고 죽음은 천지 자연天地自然의 거대한 섭리로서 한 인간의 힘으로 감당할 수 없거니와, 이것에서 또한 큰 도리를 배워야 할 것이야.

먼 훗날 자네가 모친과 부친, 그리고 자네의 숙명을 깨닫게 된다면 나의 글을 더 잘 이해할 수 있을 걸세. 자네가 비록 그간은 서울에서 거짓된 인생을 살고 부모에게도 불효를 저질렀으나, 이제부터는 다른 길을 갈 것이라 믿고 있네. 그것은 다 하늘의 운수로써 자네의 개운開運은 이미 시작되었네. 단지 그것이 반드시 성취될 것이라고 말할 수는 없는 것이야.

자네는 지금부터 삼 년 이내에 죽을 것이 예정되어 있네. 내가 살았을 적에 그것을 막기 위해 애를 썼지만 뜻대로 안 되었던 것일세. 이제는 자네가 스스로를 구해야만 할 걸세. 당금當수 온 세상을 통해 자네의 명命을 구할 사람은 없네, 자네가 살 길은 만에 하나지만, 그래도 용기를 잃지 말게. 물론 용기만으로 자네의 생명이 구해지는 것은 아닐세. 무엇보다도 자네가 큰 공부를 성취하고 숙명을 깨닫게 되면 살 길이 아주 없는 것은 아닐세.

자네가 정신이 맑고 마음의 절대 평정을 이룩한다면 숙명을 깨달을 수도 있고, 팔괘八卦의 큰 도리를 얻는다면 천명天命을 깨달을 것일세. 그리고 내가 글을 남겨 놓은 뜻도 알 수 있을 것이네. 세상의 가장 낮은 것에도 고개를 숙여 배우게.

천지 신명의 가호가 있길 빌겠네.

글은 여기서 끝나 있었다. 글이 쎄어진 날짜는 명기되어 있지 않았지만 글쓴 사람의 이름은 뚜렷이 나타나 있었다.

일운…….

영민이는 글을 다 읽고는 그것을 손에 꼭 쥐고 있었다. 내용은 길지 않았다. 그러나 태산보다 더한 무게를 싣고 영민이의 전신을 누르고 있었다.

"음……."

영민이는 자기도 모르게 신음을 하고는 눈을 감았다. 그러자 도사의 얼굴이 상상 속에 그려지고 있었다. 엄숙하고 인자한 도사의 얼굴, 그리고 무심無心…….

영민이는 다시 눈을 뜨고 멍하니 허공을 응시했다. 지금 당장은 아무것도 생각해 보고 싶지 않았다. 나름대로 무엇인가를 생각해 낼 수도 있으나, 그것은 인위적인 것일 뿐 가치가 없는 일이다.

도사의 거대한 섭리를 미미한 인간으로서 되는 대로 생각하고 싶지 않은 것이다. 영민이의 마음 속에는 자신의 모습이 그려지고 있었다. 태양을 볼 수 없는 반딧불이, 망망한 바다를 바라보고 있는 어린아이, 바람에 날리는 하루살이…….

영민이는 자신의 끝없이 약한 모습에 슬픔조차도 못 느꼈다. 그저 망연 자실한 상태에서 꿈을 꾸는 듯했다. 얼마나 시간이 흘렀을까? 영민이는 그 자리에 쓰러져 잠이 들고 말았다.

그러고는 어느 새 다음날이 찾아왔다. 영민이는 바람 소리에 놀라 잠에서 깨어났다. 밖으로 나와 보니 아직 날이 밝지 않아 주변은 컴컴했다. 바람은 쉬지 않고 불고 있었다.

오늘 서울로 떠나기로 했지만 그런 마음은 지난 밤 잠이 들 때 이미 사라져 버렸다. 영민이는 또다시 언덕으로 향했다. 바람은 언덕으로 올라갈수록 더욱 세차게 불어왔다. 영민이의 몸은 때로 바람에 밀렸다. 영민이는 이때 마음 속으로 생각했다.

'이 바람…… 나의 어리석음을 몰아내 다오. 나의 못났음을 비웃고 나의 죄를 벌주어라!'

영민이의 얼굴에는 눈물이 흘러내리고 있었다. 바람은 계속 영민이의 몸을 흔들었다. 영민이는 매를 맞듯이 자신을 바람에 완전히 내맡긴 채 마음은 현실을 떠나 있었다. 멀리 벌판이 차츰 밝아 왔다.

영민이는 다시 언덕 아래로 무거운 걸음을 옮겼다. 햇빛이 싫었다. 이제 영민이의 집도 언덕 아래에서 그 소박함을 드러내고 있었다. 집의 뒤쪽에는 자잘한 나무들이 무리를 이루고 있어 더욱 한가해 보였다. 그러나 영민이가 가까이 가니 그것들은 적막한 기운을 자아냈다. 사람의 마음이 이토록 자연에 영향을 미치는 것인가?

영민이는 주위를 돌아보지 않고 곧장 집으로 들어갔다. 영민이가 들어선 곳은 모친의 방. 그 즉시 영민이는 누워 버렸다. 잠을 취하는 것인지, 지쳐서 쓰러진 것인지?

영민이는 늦은 저녁때가 되어서야 일어났다. 그러고는 또다시 밖으로 나와 언덕을 올랐다. 여전히 바람을 몸과 마음에 받아들이면서…….

영민이는 밤늦게 집으로 돌아와 다시 쓰러졌고, 이틀 동안 이렇게만 생활하였다.

그 동안은 아무 때나 자고 아무 때나 일어나고, 음식은 일체 취하지 않았다. 삼 일째 되던 날 영민이는 세수를 하는 둥 몸을 챙기고 간단히 음식도 준비해서 먹었다. 무엇인가 마음 속에 새로움을 찾은 것일까?

영민이는 아침이 밝아 오자 다시 언덕을 향해 올랐다. 걸음걸이는 확실히 달라져 있었다. 바람은 여전했지만 밀리지는 않았고, 고개를 들어 주위를 살피기도 했다. 언덕에 올라서는 아래로 넓게 열려 있는 논밭을 바라보고, 멀리 저쪽 산가에 몇 채 있는 집들도 바라봤다.

지금 영민이의 마음 속에 비춰지는 이 산야의 정경은 지난날들 하고는 다른 모습이었다.

'세상은 영원하구나! 저 아름다운 산야山野! 나의 벗인 이 바람!'

영민이는 언제부터 바람을 좋아한 것일까? 모친에 의하면 영민이는 갓난아이 시절에도 바람이라면 무조건 좋아했고, 찬바람을 맞아도 감기조차 걸리지 않았다고 한다. 영민이는 조금 전 식사를 했거니와, 지금은 바람을 맞으며 더욱 기운을 차렸다.

오늘은 언덕에서 오래 있지 않았다. 사방을 둘러보고 마음을 안정시킨 영민이는 천천히 집을 향해 내려오기 시작했다. 집에 당도해서는 다시 모친의 방으로 들어갔다. 영민이는 단정히 앉았다. 그러고는 도사의 편지를 꺼내서 읽기 시작했다.

이제 찬찬히 내용을 음미하려는 것이다. 이렇게 하는 것이 큰 섭리에 접근하는 영민이의 방식이었다. 영민이가 도사의 편지에서 제일 먼저 유의한 것은 서두였다.

　군이 자네의 이름을 말하지 않겠네만…….

　이름? 이름을 말하지 않겠다고? 왜? 나의 이름을 모르기 때문일까? 아니야! 나의 이름을 모른다면 이렇게 쓸 수도 있다. '자네의 이름은 모르지만…… 또는 아예 이름을 거론하지 않아도 좋았을 것이다.

　그런데 하필 이름을 거론하면서 말하지 않겠다고 한 것일까? 분명 뜻이 있을 것이다. 이름을 말하지 않는다? 영민이? 혹시 나에게 다른 이름이라도 있다는 것일까? 그렇다 하더라도 그래서 어떻다는 것인가?

　영민이는 일단 이 점을 연구해 보기로 하고 다음 대목을 읽어 나갔다.

　'나는 자네의 모친을 한 번 보았고, 다음 번에 찾아올 때쯤 나는 이미 이 세상 사람이 아닐 것이네.'

　이 대목은 어머니가 찾을 때쯤 도사 자신은 이미 세상을 떠났을 것을 미리 안 것이다. 그리고 이어 어머니가 죽을 것도 알고 있었던 것이다.

　'―내가 단지 애석하게 생각하는 것은 자네 모친의 죽음을 막을 수 없다는 것이네.'

　그럴 테지, 죽음이란 알 수는 있어도 막을 수는 없을 거야. 영민이는 고개를 끄덕이며 잠시 어머니의 죽음을 생각해 봤다. 도사 눈에 비춰진 어머니의 가련한 죽음의 모습…….

　도사는 자기가 먼저 죽고 어머니가 죽을 것인데도 어머니의 죽음을 애석해했다. 자신의 죽음은? 그런 분들은 죽음을 서글퍼 하거나 생을 아까워하지 않겠지!

　영민이는 얼핏 이런 생각을 하며 다음을 진행했다.

　'―먼 훗날 자네가 모친과 부친, 그리고 자네의 숙명을 깨닫게 된다면 나의 글을 더 잘 이해할 수 있을 걸세.'

　숙명? 모친과 부친의 숙명? 부모님의 숙명은 무엇이었을까? 그리고 나의 숙명은?

'도사는 나의 운명뿐 아니라 어머니와 아버지의 운명까지도 알고 있었던 거야. 도사가 어떻게 해서 그런 일까지 관심을 두었을까?'

영민이는 이런 생각을 하다가 문득 한 가지 사실에 유의했다. 도사는 말 못 할 사정이 있는 것 같다. 그러므로 영민이 스스로가 숙명을 깨달아야만 도사가 이 글을 남긴 이유를 이해할 수 있을 것이다.

'도사는 우리 집안과 무슨 관계가 있을까?'

영민이가 생각하기에는 도사와 자신, 그리고 부모들과도 모종의 인연이 있는 것처럼 느껴졌다. 그렇지 않고서야 죽어 가는 사람이 이토록 친절한 관심을 기울일 리가 없다.

'숙명이란 도대체 무엇일까? 나의 숙명? ……도사와의 관계?'

영민이는 풀릴 수 없는 의문을 간직한 채 몇 줄을 더 읽어 갔다.

'―자네가 비록 그간은 서울에서 거짓된 인생을……'

'그렇다, 나의 인생은 모두 거짓이었다. 어머니가 그토록 원했던 대학도 진학하지 못했다. 가짜 대학생, 부잣집 도령, 방탕, 이 모든 것을 도사는 알고 있었다. 어떻게 알고 있었을까? 도사는 마치 나의 인생을 살펴보면서 지낸 듯했다.

영민이는 여기서 잠시 눈을 감고 자신의 현재를 생각해 보았다. 지금은 비록 부모를 잃고 사회에서도 아무것도 성취하지 못한 가련한 인생이지만, 마음은 이제 진실하게 됐고 학문에 대한 포부도 실현 중에 있는 것이다.

'―자네의 개운은 이미 시작되었네.'

'그렇다! 나는 바뀌고 있다. 나의 운이란 학문을 성취하는 일 외에는 아무것도 없다. 부귀 영화라는 것은 내게는 한낱 꿈에 지나지 않는다. 현실은 학문의 길뿐이다.'

'―단지 그것이 반드시 성취될 것이라고 말할 수는 없는 것이야.'

이 대목이 가장 괴로운 것이었다. 영민이가 도사의 글을 읽고 지난 며칠을 몸부림쳤던 것은 바로 이것 때문이다. 이 점은 도사도 장담하지 못하고 있다. 그토록 모든 것을 꿰뚫어 보던 도사도 영민이의 장래는 확언하지 못하는 것이다.

영민이는 과연 뜻한 바대로의 학문을 크게 성취할 것인가?

그리고 도사가 남겨 놓은 글 중 다음 대목이야말로 큰 절망이 아닐 수 없었다.

'―자네는 지금부터 삼 년 이내에 죽을 것이 예정되어 있네.'

영민이는 이 말을 굳게 믿고 있었다. 그럴 수밖에 없다. 도사의 말은 한 치도 어긋남이 없지 않은가? 삼 년 이내의 죽음! 이유는 알 길이 없지만 이것이 영민이의 운명이라고 도사는 말하고 있다. 그런데 도사의 글은 또 이어진다.

'―내가 살았을 적에 그것을 막기 위해 애를 썼지만 뜻대로 안 되었던 것일세.'

영민이는 가슴이 뭉클해졌다. 도사는 벌써 전부터 영민이의 존재를 알고 있었으며, 영민이의 수명을 늘이려고 애를 써왔던 것이다. 도사는 어디서 어떻게 힘을 써왔던 것일까?

'나는 이런 것을 모르고 살았어. 나는 도사에게 큰 은혜를 입은 것이야. 그분은 나를 살리기 위해 노력했어. 그런 분의 능력으로도 나의 수명은 더 늘일 수 없었지. 나의 수명은 이제 3년……'

영민이는 이렇게 생각하고 다음 대목을 읽어갔거니와 다음 대목은 다소 희망을 주는 것이었다. 물론 그 희망이라는 것도 너무나 작은 것이었다.

'―이제는 자네가 스스로를 구해야만 할 걸세.'

어떻게? 영민이는 고개를 저었다. 그토록 위대했던 도사도 자신을 구해 주지 못한 것이 아니냐! 그에 비해 한없이 미미한 존재인 영민이가 무슨 힘으로 스스로를 구할 수 있을 것인가? 도사도 말하고 있다.

'―당금 온 세상을 통해 자네의 명命을 구할 사람은 없네.'

그럴 것이다. 명命이란 원래 하늘로부터 정해진 것, 인간의 힘으로 어쩔 수 없는 것이다. 그런데도 도사는 애를 쓴 것이다. 이것은 실로 이상했다. 영민이로서도 이해할 수 없는 것이었다. 그러나 도사가 그러한 시도를 한 적이 있었다면 절대적으로 불가능한 것은 아닌가 보다.

단지 어려울 뿐인 것이다. 그토록 학문이 높았던 도사마저도! 그러나 길은 있는 것이다. 이것은 영민이에게는 새로운 깨달음이었다.

운명은 또한 운명이 아닌 것이다……. 도사는 분명히 말했다.

'―자네가 살 길은 만에 하나지만 그래도 용기를 잃지 말게.'

만에 하나? 아주 없는 것은 아니다. 용기를 내야 한다. 영민이는 이를 악물었다. 그러나 자신의 미약함은 가슴을 쓰리게 했다. 도사는 애처롭게도 영민이의 성취를 기원하고 있다. 도사의 자상한 가르침은 영민이의 영혼까지 스며들었다.

'―물론 용기만으로 자네의 생명이 구해지는 것은 아닐세.'

이 대목은 오만함과 경솔함을 경계하는 말이다.

'―항상 겸허하고 신중해야 할 것이야.'

영민이는 고개를 끄덕였다. 이는 평소 영민이가 염두에 두고 공부해 온 터이기 때문이었다. 도사는 다시 구체적으로 사는 방도를 일러주었다. 아니, 사는 길에 이르는 길을 일러주었다.

'―무엇보다도 자네가 큰 공부를 성취하고, 숙명을 깨닫게 되면 살 길이 아주 없는 것은 아닐세.'

큰 공부를 성취하면 곧 숙명을 깨닫게 될 것이다. 그렇게 되면 사는 방법도 눈에 보이게 된다. 도사의 글은 이런 내용을 담고 있었다. 무엇보다도 큰 공부를 성취해야만 하는 것이다. 어떻게 하면 그 일을 성취할 수 있는가?

도사는 친절하게도 그 길을 제시해 주고 있다. 도사의 은혜에 감읍할 뿐이다. 영민이는 미미한 존재인 자신에게 이토록 큰 기대와 가르침이 주어진 것에 놀라는 한편, 있는 힘을 다 해 의지를 일으켰다. 도사의 심오한 글이 이어졌다.

'―자네가 정신이 맑고 마음의 절대 평정을 이룬다면 숙명을 깨달을 수 있고……'

맑은 정신! 절대 평정! 영민이는 이것을 공부의 제일 목표로 할 것을 굳게 다짐했다.

'―팔괘의 큰 도리를 얻는다면 천명을 깨달을 것일세.'

팔괘! 이것은 학문의 제일의第一義이다. 천지 자연의 모든 이치 중에 이것을 넘어설 것이 없다. 영민이는 이미 여기에 일생을 걸고 있었다. 도사의 가르침도 영민이의 결심이 옳았다는 것을 추인해 주고 있는 것이다.

영민이는 잠시 또 눈을 감았다. 이 순간, 온 우주에는 팔괘의 도리가 가득 차 있다는 것을 느꼈다. 길은 험난하고 멀고도 멀다. 그러나 팔괘의 도리는 가까운 곳에서부터 먼 곳까지 이어지고 있는 것이다. 기필코 얻고야 말 것이다.

팔괘란 가까이는 인생을 밝히고 멀리는 천명天命을 깨닫게 한다. 천명! 이것은 또 하나의 목표인 것이다. 천명을 깨닫게 되면 비로소 도사가 이 글을 남겨 놓은 뜻도 알게 될 것이다.

도사는 숙명과 천명, 그리고 천지 자연의 이치인 팔괘를 깨닫도록 이 글을 남겨 놓았다. 그리고 무엇보다도 모든 것을 성취한 후에 큰 사업을 남겨 놓은 것이다. 도사가 부촉付囑한 큰 뜻은 미리 말할 수 없는 사연이 있을 것이다.

'도사는 내게 말 못 할 임무를 맡겨 놓았어!'

영민이는 불현듯 이런 느낌을 가졌다. 이는 도사의 글에 구체적으로 명기되어 있지 않지만, 글을 남긴 이유를 생각해 보면 자연 그런 결론에 도달하게 된다. 영민이는 그런 사실을 저절로 느끼고 있었다. 도사는 마지막으로 공부하는 방법을 일러주고 성취를 하늘에 기원했다.

'―세상의 가장 낮은 것에도 고개를 숙여 배우게, 천지 신명의 가호가 있길 빌겠네.'

영민이는 글을 덮고 소중히 간직했다. 마음 속에는 수많은 생각이 교차했다. 무엇을 먼저 해야 할지 막연할 뿐이었다. 영민이는 방문을 열고 밖을 바라다봤다. 밖에는 바람이 불고 있었다. 영민이는 잠깐 동안 흔들리는 나뭇가지를 바라봤다. 그러고는 서서히 몸의 자세를 낮춰 쓰러지면서 그대로 잠에 빠져 들었다.

김선생의 기지

1971년 2월 5일, 그러니까 입춘 다음날.

민여사는 대금산에 직접 가서 일천一川 도사가 살던 산장의 매입 계약을 실현시켰다. 산장을 완전히 인수하기까지는 아직 3개월이나 더 있어야 했다. 민여사로서는 즉시불로 처리하고 산장을 당장 인수하고 싶었으나 산장 주인은 한사코 시간을 끌었다.

산장 주인은 계약일로부터 한 달 가량 지난 다음 중도금을 치르고, 그로부터 다시 한두 달 사이에 잔금을 치르면서 일을 끝내고자 했다. 산장 주인이 무엇 때문에 시간을 끄는지 모르겠으나 어쩔 수 없는 일이었다. 단지 나쁜 의도는 없는 것 같았다.

그 동네에서 처리할 일과 나갈 장소를 고르는 문제로 시간이 좀 걸린다고 했다. 그 산장의 부친은 그 집을 팔고는 동네를 아주 떠나라고 유언을 남긴 것이다. 민여사는 집을 사고 책만 구하면 되기 때문에 그 사람이 그 동네를 떠나고 안 떠나고는 상관이 없었다.

한 가지 안심되는 일은 계약과 동시에 그 집에 딸린(?) 책의 목록을 작성, 틀림없이 전권全卷이 인수되도록 조처해 둔 것이었다. 책의 목록은 서적 전문가인 김선생이 꼼꼼이 작성했고, 그 책들이 분실되지 않도록 주인은 최선을 다 하겠다고 약속했다.

"염려 마세요. 그 책은 제가 한평생 보관한 겁니다. 잃어버리지 않습니다. 조상의 유언인데 소홀히 할 리가 있습니까?"

주인은 이렇게 말했다. 이외에 또 한 마디 덧붙인 것이 있었는데, 이 말은 줄곧 민여사의 뇌리에 남아 있었다.

"책의 주인을 만나서 다행입니다. 아버님의 스승은 100년의 세월을 건너뛰어 이 책을 전하는 것입니다. 단지 여자라서 유감입니다만."

민여사는 별말 없이 웃어넘기고 말았다. 그러나 민여사는 벌써 오래 전부터 책을 영민이에게 주려고 마음 속으로 결정해 두었던 것이다. 말하자면 책의 주인은 영민이인 것이다. 물론 민여사는 이 책을 김선생이나 지리산 도사에게도 복사를 해 줄 생각이었시만 어디까지나 책의 주인, 즉 일천 선생이 시간을 초월하여 넘겨준 장본인은 영민이인 것이다.

오늘은 중도금을 치르는 날이다. 민여사는 이 일을 김선생에게 시킬 생각이었다. 이제 계약을 마친 일이니 누가 돈을 전달해도 상관 없다. 돈은 제법 큰 액수였지만, 김선생이나 산장 주인은 믿을 만한 사람이었기 때문에 별일은 없을 것이라는 게 민여사의 생각이었다.

이렇게 일을 처리하는 것이 민여사의 방식인데 이제껏 한 번도 실수가 없었다. 어쩌면 이런 것이 귀인의 태도인지도 모른다. 민여사는 어제 돈을 미리 마련해 놓고 지금 김선생을 만나러 가는 중이었다.

민여사가 탄 차가 신촌 로타리에 도착했다. 민여사는 시계를 보며 층계를 올랐다. 아직 시간이 좀 일렀다. 그러나 다방 문을 열고 들어서자 저쪽에 바로 김선생이 보였다. 언제나처럼 등을 돌리고 앉아 있었다. 김선생은 누구를 만날 때 대체로 미리 나와서 기다리는 편이었다.

"안녕하세요? 일찍 나오셨군요."

민여사가 먼저 인사를 건넸다.

"아, 네…… 안녕하세요?"

"차를 드셨나요?"

민여사는 숨을 돌리기 위해 말했다.

"아닙니다. 저……."

김선생은 무슨 말이든 더듬는다. 민여사는 미소를 짓고는 차를 시켜 주었다.

"김선생님, 오늘은 혼자 가셔야겠는데 괜찮으시겠어요?"

"네, 상관 없습니다."

"차가 없어서 불편하실 텐데요!"

"아닙니다. 버스로 가는 게 편합니다."

"그러신가요? 그럼, 수고를 좀 해 주세요. 이건 중도금이고 이건 경비입니다."

민여사는 두 개의 봉투를 건네 주었다.

"그리고 김선생님, 이번에 가서 가급적 잔금 날짜를 앞당겨 보세요. 책도 일부라도 먼저 인수할 수 있는가 알아보고요."

"네, 저도 그럴 생각입니다."

김선생은 고개를 숙이고 어렵게 대답했다. 어려워할 필요가 없는데도 말이다. 그러나 김선생은 이렇게 바보스런 태도를 보일지라도 일처리는 아주 분명하고 치밀한 사람이었다.

민여사가 자리에서 일어나려는데, 저쪽에서 손님 세 명이 막 들어섰다. 한 사람은 정복을 입은 경찰관이었는데, 나머지 두 사람도 사복 경관처럼 보였다. 아마도 형사일 것이다. 그런데 세 사람은 민여사가 앉은 쪽으로 걸어왔다. 민여사는 무심코 보고 있었는데, 이들은 바로 민여사의 좌석으로 다가왔다.

"실례합니다!"

경찰관은 먼저 민여사에게 양해를 구하고는 김선생을 쳐다봤다. 김선생은 고개를 숙이고 있었다.

'어머, 무슨 일이야! 김선생을 찾아왔나 본데.'

민여사는 두근거리는 가슴을 누르며 김선생을 쳐다봤는데, 김선생은 고개를 숙이고 천천히 일어서고 있었다.

'김선생이 무슨 죄를 지었나? 저런 사람이?'

민여사는 잠깐 이런 생각을 하고는 의아스런 표정을 지었다.

"김선생님이시지요?"

경찰관은 김선생에게 말을 걸고 있었다.

"네? 아, 네, 그렇습니다만."

"같이 좀 가주실까요?"

"네? 저 지금 바쁜데요."

"그런가요, 전화하신 분이 맞지요?"

"네."

"좋습니다. 그럼, 잠깐 확인 좀 해 주실까요? 지금 밖에 와 있는데요."

"그러지요. 그런데…… 저……."

김선생은 민여사와 경찰관을 번갈아 쳐다보더니 경찰관을 따라나섰다. 민여사도 어쩐 일인가 하고 망설이다가 김선생의 뒤를 따라 나가봤다. 그런데 다방 문 바로 앞에 형사 두 명이 더 있었고, 어떤 청년 하나가 함께 있었다. 보아하니 이 청년은 매우 험상궂게 생겼는데, 잡혀 있는 것 같았다.

"이 사람 맞습니까?"

경찰관은 김선생에게 청년을 확인시켰다.

"네."

김선생은 자세히 보지도 않고 고개를 끄덕였다.

"좋습니다. 나중에 조사해 보고 연락 드리지요."

김선생은 말없이 굽신거리고 경찰관들은 떠나갔다. 민여사는 무슨 영문인지 몰라 김선생을 데리고 다시 다방 안으로 들어왔다.

"무슨 일이에요?"

민여사는 다정하게 물었다. 민여사가 생각하기에는 김선생이 무슨 일에 관여된 듯한데 죄를 지은 것 같지는 않았다.

"네, 저, 일이 좀 있었어요."

"무슨 일인데요, 얘기 좀 해 주실래요?"

민여사는 대답을 강요하듯 물었다. 워낙 말이 없는 김선생이니 이렇게 묻지 않으면 대답을 해 주지 않을 것이기 때문이었다.

"별일 아닙니다. 그저 수상해서요!"

김선생의 말은 무슨 뜻인지 알 수가 없었다. 단지 수상하다는 말이 재미있어서 민여사는 다시 물었다.

"네, 무슨 뜻인지요? 자세히 좀 얘기해 보세요."

민여사로서는 자기 앞에 경찰관이 나타났으니, 그 내용이 궁금한 것은 당연했다. 김선생은 하는 수 없이 얘기를 시작했다.

"저, 며칠 전에 도둑이 들었어요. 두 번째 온 것이지만……."

"어머! 도둑이 두 번이나 들었단 말이지요. 물건을 훔쳐 갔나요?"

"아닙니다. 그냥 왔다가기만 했어요."

"네? 두 번 다요?"

"그렇습니다! 그런데 또 나타났어요."

김선생은 겨우 설명해 나갔는데 내용은 이러했다. 어느 날 김선생이 밖에 나갔다 오니 집에 누가 와서 뒤지고 간 흔적이 있었다. 김선생의 물건이란 주로 책뿐이지만 누가 책을 만진 것이다. 물론 책이 없어진 것은 아닌데, 김선생은 이를 경찰에 신고했다.

경찰에서는 잃은 물건이 없는 도둑 사건을 그냥 넘겨 버릴 수밖에 없었다. 오히려 김선생만 힐책하고 가 버렸던 것이다. 그런데 얼마 후 똑같은 사건이 있었다. 이번에도 김선생은 신고를 했는데, 경찰이 와서 호통을 치고 갔다.

"당신, 미친 것 아니오? 잃어버린 물건도 없으면서 도둑을 잡으라니……."

경찰의 말이 백 번 지당하다. 그러나 김선생은 자기 방을 뒤진 것은 범죄이니 그 사람을 잡아 달라고 한 것이다. 김선생은 원래 주제는 그래도 책만은 아주 단정히 챙기기 때문에, 꽂아 놓은 모양새가 조금만 달라져도 단박에 눈치를 챘다. 그리고 누가 자기 책을 만지는 것을 아주 싫어했다.

사건은 한 번 더 있었다. 이번에는 누가 책을 건드린 것은 아니었지만 수상쩍은 사람이 근처에 배회하는 것을 발견한 것이다. 사실 김선생은 보기와 달리 아주 예민한 사람이라서 주위의 상황에 매우 민감했다.

사건은 바로 오늘 있었다. 김선생은 다시 경찰에 전화를 걸어 수상한 사람이 밖에서 대기 중이라고 신고했다. 경찰은 김선생의 말을 지나쳐 버리려 했지만 하도 강경하게 말했기 때문에 나중에 문제가 될 수도 있다고 생각해서 형사를 보냈던 것이다. 그 결과, 분명 수상한 사람이 포착된 것이다.

형사가 보기에는 김선생이 밖으로 나가면 김선생 집으로 들어갈 것으로 기대했다. 김선생도 그렇게 생각하면서 형사가 잠복한 것을 확인하고 밖으로 나왔다. 그런데 뜻밖에도 그 사람은 집으로 들어가는 게 아니라 김선생의 뒤를 밟는 것이 아닌가!

사건이 참으로 기이했다. 남의 뒤를 밟는 것이 큰 죄는 아닐지라도 몹

시 수상했던 것이다. 집을 두 번씩이나 뒤지고 다시 뒤를 밟는다는 것이
…….

경찰은 일단 그 사람을 체포했던 것이다.

"참 이상하네요!"

민여사는 사건을 재미있게 생각했다. 김선생은 무덤덤했지만 민여사로서는 아주 궁금한 것이다. 도대체 방은 왜 뒤졌으며, 미행은 또 왜 했을까?

"김선생님, 나중에 이유가 밝혀지면 얘기해 줄래요?"

"그러지요. 그럼, 저는 가볼까요?"

이렇게 해서 김선생은 대금산으로 떠나갔다. 민여사는 혼자 잠시 앉아서 생각해 보니, 김선생은 참으로 대단한 사람이었다. 겉으로 보기에는 아주 멍청한 듯 보이는데 속으로는 날카로운 관찰력을 간직하고 있는 것이다. 민여사는 혼자 미소를 지으며 고개를 끄덕였다.

'앞으로 조심해야겠어. 무시하다간 큰코다치지, 바보가 아니야. 그럼.'

민여사는 시계를 얼핏 보며 다방 문을 나섰다.

김선생 나서다

  서적 전문가인 김선생은 이틀 전 대금산에 가서 민여사가 인수할 집의 중도금을 치른 바 있거니와, 이 날 책도 몇 권 인수할 수 있어 망외望外의 소득을 얻었다. 물론 대금산에 있는 책은 잔금 지불과 동시에 모두 민여사의 소유가 되지만, 호기심이 많은 민여사는 하루라도 빨리 책을 소유하고 싶었던 것이다.

  이번에 미리 가져온 책은 모두 다섯 권인데, 그 중에는 대금산 집에 딸려 있는 가장 중요한 책이 포함되어 있었다. 이 책은 제목이 《소곡심서疏谷心書》 혹은 《옥허서玉虛書》로서 신선神仙의 금서金書라 한다.

  김선생은 이 책을 당일로 복사하여 한 질을 보관하고 원본은 오늘 민여사에게 전하기로 된 것이다. 물론 다른 책도 일일이 복사해서 미리 간직했다. 책에 관한 한 김선생은 아주 실리적이었다. 그리고 책을 아끼는 정성은 그야말로 지극했다.

  어제는 서고에 새로운 자물쇠를 붙이고 경찰서에 불려가는 등 바쁘게 보냈었다. 김선생은 오늘 집에서 나오는 중에도 근방을 예의 살펴왔지만 수상한 사람은 없었다. 김선생이 택시를 타고 신촌 로터리에 도착한 시간은 오전 10시 30분…….

민여사와 만나기로 한 시간에서 30분 이른 시간이었다. 김선생은 층계를 올라 다방 안으로 들어갔다. 민여사는 아직 와 있지 않았다. 정각을 지키는 것은 민여사의 방식이지만 언제나 먼저 도착해 있는 것은 김선생의 방식이었다. 김선생은 항상 앉는 자리에 가서 앉았다.

잠시 후 민여사가 나타났다. 다소 이른 시간이었다.

"안녕하세요?"

언제나 예의 바른 민여사……. 김선생은 공연히 엉거주춤한 자세가 된다. 잠시 후 차를 시켜 놓고는 민여사가 먼저 말을 꺼냈다.

"잘 됐나요, 책을 가져오셨다면서요?"

"네, 여기 있습니다."

김선생은 책 보따리와 영수증을 탁자에 올려놓았다. 이로써 오늘의 용건은 종료되었다.

"수고하셨습니다. 잔금 날짜는 언제로 하자던가요?"

"두 달 후로 하자고 하더군요."

"그렇군요. 그런데 저 엊그제 미행 사건은 무엇이었나요?"

민여사는 일을 다 끝마치고 한가해지자 그저께 사건의 결말을 물었다. 김선생은 마침 어제 경찰에 불려가서 사건의 전말을 들었다. 이 사건은 경찰이나 김선생 쪽에서 생각하면 싱겁기 그지없는 것이어서 당일로 종결된 것이지만, 민여사에게는 크게 관심을 가질 만한 사건이었다.

관심 정도가 아니었다. 크게 놀랄 만한 일인 것이다. 민여사는 김선생이 말하기를 피하고 더듬는 것을 부추겨서 얘기를 끝까지 다 듣게 되었다.

내용은 이렇다.

결론부터 말하면 그날 미행했던 사람은 도둑이 아니라 흥신소 직원이었던 것이다. 이 사람은 방심을 하고 있다가 덜미를 잡혀 망신을 당한 꼴이 되었지만, 이 사람에게 미행을 의뢰한 사람은 가택 침입 및 절도 미수의 혐의가 있었다. 단지 증거가 없어 입건은 되지 않았지만 중요 사실이 밝혀졌다.

김선생의 뒷조사를 부탁한 사람은 용산에 사는 어느 장사꾼인데 실은 불량배였다. 이 사람은 홍신소에 김선생의 조사를 부탁하면서 두 가지 주문을 했다.

첫째, 김선생의 호號가 좌도坐島인가와 그럴 경우 김선생이 주역周易을 공부하는 사람인가?

둘째, 김선생이 좌도가 아닐 경우 김선생이 교류하는 사람 중에 그런 사람을 찾아봐 달라는 것이었다.

이번 사건은 실로 어처구니가 없었다. 당초 용산의 강치복은 민여사와 종종 만나는 김선생을 심상치 않은 학자로 지목하고 아예 좌도일 것이라고 간주하고 있었다.

이는 두 차례에 걸쳐 김선생의 방을 뒤져 본 결과 한문으로 된 책이 가득 차 있어서 더욱이나 그렇게 생각한 것이지만, 확실한 증거를 찾기 위해 전문인, 즉 홍신소에 부탁한 것이다. 홍신소 직원은 김선생을 몇 차례 뒤쫓은 바 있고 이 날은 방심하다가 잡힌 것이었다.

이렇게 될 수밖에 없었던 것은 홍신소 직원은 의뢰자가 사전에 방을 뒤졌기 때문에 김선생이 경계 자세에 있다는 것을 몰랐기 때문이다. 그리고 김선생의 허수룩한 자세 때문이기도 했다.

물론 처음에는 홍신소 직원도 제법 주의를 했지만 나중에는 태평하게 문 앞에서 기다리는 격이 된 것이다. 경찰에서는 홍신소 직원에 대해 이렇다 할 만한 범죄 행위를 발견할 수 없어 간단한 조사를 마치고 방면했다.

단지 의뢰자가 전과자여서 사건을 달리 생각해 보기도 했지만, 결국 아무런 혐의점을 발견 못 했다. 경찰은 귀중한 책을 노리는 절도범의 사전 음모였던 것으로 보고 사건을 종결시켰다. 이 사건은 김선생으로서도 싱겁기 그지없었다.

 김선생이 좌도면 어떻고 주역을 공부한 사람이면 어떻다는 말인가? 단지 책이 도둑 맞을 가능성에 대해서는 단단히 대책을 세워 놓기로 작정했다.

 민여사는 이 사건의 내용을 듣고 나자 가슴이 두근거렸다. 좌도라는 사람에 관한 얘기를 이토록 가까이서 듣게 될 줄은 꿈에도 생각 못 했기 때문이었다. 민여사는 아직 김선생이 조사받게 된 원인이 자기에게 있다는 것을 전혀 눈치 채지 못하고 있었다. 만일 그것을 알게 된다면 얼마나 놀랄 것인가!

 민여사는 자기도 강치복의 조사 대상자인 줄은 더 더구나 모르고 있었다. 단지 누군가가 좌도를 찾고 있구나 하는 정도로 생각했을 뿐이다. 그런데 민여사는 방금 기발한 생각 하나를 떠올렸다.

 "김선생님, 부탁이 있는데요!"

 "……."

 "저, 김선생을 조사하라고 시킨 사람을 찾을 수 있나요?"

 "용산에 사는 사람이라고 하더군요!"

 김선생은 경찰에서 자기를 조사하려던 사람이 용산에 있는 사람이라고 듣고 있었다.

 "그래요? 바로 그 사람에 대해 조사를 하고 싶어요."

 "네, 그건 왜요?"

 "글쎄요, 나중에 말씀드릴게요. 조사를 좀 해 주세요."

 "그러지요."

 김선생은 영문은 몰랐지만 선선히 대답했고, 민여사는 즉시 경비를 지불했다.

"위험한 일이니 조심해서 해 주세요. 이건 경비인데, 부족하면 연락해 주시고요."

"무엇을 조사하면 됩니까?"

"네, 우선 그 사람이 누구며 배경을 조사해 주세요. 그리고 좌도란 사람을 왜 찾는지도 알아봐 주세요."

"……."

김선생은 대답을 안 했지만 내용은 충분히 숙지한 것 같았다.

"아참! 또 한 가지가 있어요."

"……."

"김선생님, 혹시 김선생님 주변에 좌도란 사람 얘기 들어 봤어요?"

"못 들어 봤는데요."

김선생은 잠시 생각하는 듯하더니 모른다고 대답했다.

"그런가요. 그 사람을 찾아봐 주세요. 아주 중요한 일이에요."

"좌도요? 알겠습니다."

김선생은 뭐든지 긍정적이다. 이로써 김선생의 임무는 두 가지가 되었다. 좌도를 찾는 일과, 좌도를 찾으려 했던 용산에 있는 사람을 조사하는 일이다. 어쩌면 발이 넓은 김선생은 좌도라는 사람을 쉽게 찾을 수 있을지도 모른다.

민여사는 진작에 이런 생각을 못 한 자신을 나무랐다.

'좌도는 학자라고 하니 김선생이 찾을 수 있을 거야, 책이나 책을 읽는 사람은 비슷한 것이니까.'

민여사는 이런 생각을 하면서 기분이 좋아졌다.

"그럼, 저는 이만."

김선생은 엉거주춤 일어나면서 말했다. 용건이 끝나면 즉시 일어나는 것이 김선생의 방식이다.

"아, 네. 안녕히 가세요."

민여사는 급히 인사를 건넸다. 김선생은 언제나처럼 먼저 다방 문을 나섰다. 민여사는 혼자 남아서 무언가 한동안 생각하고는 일어났다.

영민이의 호號

영민이의 집 뒤뜰에는 새싹이 돋아나고 있었다. 어느덧 봄이 된 것이다. 들판에 부는 바람은 여전하지만 영민이가 좋아하는 싸늘한 바람은 이미 아니었다. 주변의 공기는 봄기운이 완연했다.

돋아난 새싹들은 겨울의 거친 땅을 뚫고 나온 것이니 괘상卦象으로 말하면 뇌수해雷水解 ☷☶에 해당된다. 그러나 이것을 밖에서 보면 이제 갓 생명이 시작된 것이니, 어릴 뿐만 아니라 생生의 위험 앞에 노출되어 있는 것이다.

이렇게 보면 새싹의 괘상은 산수몽山水蒙 ☷☶이 될 것이다. 샘에서 물이 나와 어디 갈지 모르고 험난險難을 바라보며 서 있는 망설임의 상象이 바로 산수몽이다.

영민이는 새싹을 유심히 바라보며 자기의 처지와 싹들의 처지가 비슷하다고 생각했다.

'저 새싹들은 어떻게 살아갈까? 또 나의 인생은 어떠한 것인가? 나는 무엇을 해야 하며 어디로 가야 하나?'

영민이는 언뜻 도사가 밝혀 놓은 자신의 수명에 대한 것이 떠올랐다.

또 언젠가 꿈에 운명의 사자가 나타나서 생生과 사死를 적어 놓은 쪽지를 고르라고 한 것을 생각해 냈다. 그 당시 꿈에 영민이는 사死를 골랐다.

　꿈에 운명의 사자는 5년 이내에 죽는다고 했다. 도사는 3년이라 했지만 3년이나 5년이 얼마나 다른 것인가? 물론 꿈이란 영민이 자신이 만들어 낸 것일 수 있으나 두 가지 예언은 결과적으로 같은 것이다. 5년 혹은 3년 안에 죽는다!

　어쩌면 영민이의 무의식 심층부에서는 자신이 오래 살지 못할 것을 깨달았는지 모른다. 그래서 꿈으로 나타나 스스로에게 경고했을 것이다. 이제 와서 도사의 예언마저 그렇다 하니 난감하기 이를 데 없었다.

　영민이는 지난 며칠간을 탐구와 고뇌로 시간을 보냈지만, 지금 이 시간에도 운명에 대한 도전, 팔괘八卦의 탐구, 그리고 죽음의 공포와 싸우고 있었다.

　영민이의 요즘 일과는 언덕을 걷기도 하지만, 주로 집 근처에서 새로 돋아나는 싹들을 관찰하고 있었다. 여기서 무엇을 발견하려는 것은 아니었다. 새싹들이 가련해 보이기 때문에 그저 바라다 보고 있는 것이다. 영민이는 문득 자신에게 새로운 이름이 필요하다고 느꼈다. 몸은 이미 먼 옛날에 태어났으나 마음이 새로워졌기 때문이었다. 특히 도사의 글을 읽고 난 후부터는 자신의 영혼까지 뒤흔들려서 새롭게 변해 가고 있었다. 영민이는 분명 새로 태어난 것이다.

　저 앞에 널리 돋아나고 있는 새싹과 같은 것이다. 험난 앞에 멈추어 선 존재, 갈 길을 모르는 샘물, 갓 태어나 생이 두려운 어린아이, 보호자가 없는 영아, 걷지 못하고 망설이는 아이, 구름 위에 홀로 선 존재, 사방을 돌아봐도 이웃 없는 외로운 존재.

　이러한 존재들이 바로 현재의 영민이인 것이다. 영민이는 조용히 인생의 모습을 그려 보고 자신의 괘상이 산수몽란 것을 절감했다.

'나의 인생은 산수몽 괘상과 같다.'

영민이는 이렇게 생각하며 자신의 이름을 '산수자山水子'라고 부르기로 정했다. 산수자의 자子는 도道를 공부하는 사람이란 뜻으로 붙인 것이다. 전체적인 뜻은 몽매蒙昧한 도인道人이다.

물 위의 산山, 이것은 험난을 바라보며 멈추어 있는 상象이다. 이제 영민이는 '산수자'라는 이름으로 다시 태어난 것이다. 말하자면 영민이의 호號가 산수山水인 것이다. 영민이는 자신의 호가 자신의 운명과 맞다고 생각하고는 처량한 웃음을 지었다.

이 순간, 영민이의 마음 속에는 갑자기 한 사람의 모습이 떠올랐다. 바로 조성리 도사의 모습이었다. 영민이는 도사를 생전 보지 못했지만 지금 마음 속에 떠오르는 바로 그 모습일 것이라 생각했다.

영민이는 그 자리에서 무릎을 꿇고 마음 속에 나타난 일운一雲 도사에게 큰절을 올렸다. 이것으로써 영민이 스스로는 일운 도사의 제자가 된 것이었다. 마음 속에 희망과 함께 혼란이 도래했다. 강한 의지와 막막함이 마음 심층부에서 부딪쳤다.

갑자기 피로가 몰려왔다. 영민이는 잠을 좀 자야겠다고 생각하고 방으로 급히 들어갔다. 영민이가 떠나간 뒤뜰에는 밝은 태양 빛이 비추고 있었다.

접근

　용산파 두목 강치복은 지난달 자기의 부하가 무능한 홍신원에게 의뢰하여 중대한 손실을 초래한 데 대해 몹시 화가 나 있었지만, 오늘은 그것을 만회하고도 남을 희소식에 접했다.

　"형님, 다녀 왔습니다."

　강치복 부하는 시원한 음성으로 말했다.

　"뭐가 좀 있던가?"

　강치복은 별로 기대하지 않으면서 물었다.

　"네, 재미있는 일을 알아 왔습니다."

　"응?"

　"그 여자 말입니다. 대금산에 집을 샀더군요!"

　"집을 샀다, 그게 무슨 뜻이 있나?"

　"뜻이 있지요. 그 집은 보통 집이 아니더군요. 도사가 살던 집이래요!"

　강치복은 귀가 번쩍 했다. 그렇지 않아도 수상쩍은 민여사가 도사가 살던 집을 샀다는 것은 뭔가 심상치 않은 것이다. 그 여자는 조성리 도사의 집과 지리산 도인 산장을 방문하는 등 주로 도道와 관계 있는 사람을 만나고 있다. 그 책 많은 사람도 그 비슷한 사람이 아닌가!

"그래? 자세히 좀 얘기해 봐."

"네, 대금산의 그 집은 옛날에 도사가 살았대요. 이조 때 사람이지요. 그런데 그 도사는 집을 제자에게 물려주면서 1971년에 팔라고 유언을 남겼다더군요. 바로 금년이지요, 제자는 그전에 죽었지요. 그래서 제자의 아들, 즉 지금의 집주인이 집을 팔았어요."

"그런 얘길 어디서 들었나?"

"뭐, 그 동네 사람은 다 아는 얘기예요. 저도 집을 사려는 것처럼 그 동네 사람한테 물어 보니 그런 얘기를 해 주더군요."

"그래? 아무튼 마포의 그 여자는 대단하군. 도사하고 관련된 곳만 쫓아다니니."

강치복은 대금산 집이 흥미롭기는 하지만 경암耕岩 선생의 목표인 좌도라는 사람을 찾는 데는 이렇다 할 만한 단서는 못 느꼈다.

"형님, 그 다음이 재미있습니다."

강치복의 부하는 강치복이 별로 흥미 없어하는 기색을 잠깐 쳐다보다가 말했다.

"그 도사의 유언은 말이에요. 집을 파는 것이 본래 뜻이 아니래요."

"응, 본래 뜻? 무슨 말이야?"

강치복이 다시 흥미를 나타냈다.

"네, 도사는 책들을 많이 가지고 있었는데, 그 책을 넘겨주기 위해 집을 팔라고 했다는군요. 책은 집을 사는 사람에게 넘겨주라고!"

"그래? 그거 재미있는데, 도사의 유언은 오래 됐다고 했지?"

"그렇지요. 70년 전이니까요!"

"신비한 얘기야, 도사가 70년 후의 어떤 사람에게 책을 전했단 말이지.

그렇다면 이상한 것이 있군."

강치복은 속으로 어떤 생각을 진행하면서 말했다.

"대금산 집주인 말이야, 그 집을 어떻게 해서 서울의 그 여자에게 팔았지?"

"네, 저도 그것이 궁금해서 물어 봤어요. 그건 순전히 우연이더군요. 단지 대금산 집주인은 몇 년 전부터 그런 유언을 얘기하고 다녔대요. 동네는 물론 가는 곳마다 선전하고 다녔지요. 그래야 집을 살 작자가 나올 테니까요."

"그렇군, 결국 우연히 그 여자가 산 것이구먼."

"그렇겠지요, 우리 쪽에서 보면. 하지만……."

강치복의 부하는 말을 하면서 여운을 남겼다.

"하지만 뭐야?"

"글쎄요, 도사의 입장에서 보면 우연이 아닐 수도 있겠지요. 도사는 먼 미래에 누가 와서 집을 사고 책을 가져갈 것을 미리 알고 있었는지도 모르지요."

"응? 그래그래, 그럴 듯하군."

강치복은 부하의 말에서 무엇인가 섬뜩함을 느꼈다.

"그런데 말이야. 도사가 70년 앞날을 내다봤다고 치자, 하필 그 책을 여자에게 전하려 했을까? 그 여자가 뭔데……."

강치복은 도사의 유언에서 뭔가 심상치 않은 것을 느꼈지만, 여자가 그 책을 갖게 된다는 것에는 실망을 느끼고 있었다.

"형님, 그것은 그렇게 생각할 필요가 없어요!"

부하는 강치복의 마음을 알고나 있듯이 예리하게 찔러 왔다.

"응? 뭐라고?"

강치복은 부하가 제법 깊은 얘기를 하는 것 같아서 빤히 쳐다봤다.

"그 책 말이에요. 그 여자가 샀다고 해서 꼭 그 여자가 임자라고 볼 수는 없겠지요. 남편도 있을 것이고 아들일 수도 있겠지요. 어쩌면 그 꺼벙한 김선생이나 혹은 다른 사람일 수도 있어요. 아무튼 도사가 평범한 여자에게 책을 전하기 위해 그런 신비한 유언을 남기지는 않았겠지요. 그 여자는 어쩌면 단지 중간 역할인지도 모릅니다."

"글쎄, 그렇게 복잡해서야 책이 제대로 전달될까?"

강치복은 수긍이 잘 안 가는 모양이었다. 그러나 부하는 여전히 도사를 신뢰하는 듯했다.

"형님, 그러니까 도사가 아니겠어요? 70년 후의 일을 생각하고…… 우리가 볼 때는 누가 집을 사는 것도 우연이겠지만 도사가 볼 때는 뻔한 일일 수도 있지요. 그걸 뭐라고 하던데…… 인연인가 숙명인가? 뭐, 그렇게 부르잖아요?"

"그래, 하하, 너 아는 게 많구나, 다시 봐야겠는데."

강치복은 이렇게 말하면서 속으로는 부하의 말이 일리가 있다는 것을 알았다. 강치복은 또 생각해 봤다.

'경암 선생이 찾고 있는 좌도라는 사람은 예사 인물이 아닐 것이다. 그런데 마포에 사는 민현정이라는 여자는 조성리 마을·지리산·김선생·대금산 등 종횡 무진 헤집고 다닌다. 필경 그 여자 근방에 좌도라는 인물이 숨겨져 있을 것 같다. 그래서 경암 선생은 그 여자를 특히 주목하고 있는 것이 아닌가! 지금 도처에 탐문하고 있기는 하지만, 경암 선생이 찾는 그 좌도라는 인물이 나올 것 같지가 않다……. 고작해야 동명 이인이나 발견하겠지.'

이렇게 생각한 강치복은 즉시 보고할 필요를 느꼈다.

"다른 일은 없나?"

"네, 뭐 대금산에서는 그 정도입니다. 앞으로 책이 누구한테 가는지가 궁금하기는 하지만 그것은 쉽사리 추적하기가 힘들겠습니다."

"그렇겠지, 아무튼 수고했어. 선생님 의견을 들어 봐야지."

"그럼, 저는 물러가겠습니다."

강치복은 부하가 물러가자 옷을 단정히 차려 입고는 사무실을 나섰다. 경암 선생이 사는 집은 걸어서 얼마 안 걸리는 곳에 위치하고 있었다. 강치복이 집에 도착하자 경암 선생은 집에 있었다. 경암 선생은 집에서 나가는 일이 거의 없으니 아무 때나 찾아가도 만날 수 있다. 방문 앞에는 언제나처럼 고요가 서려 있었다.

"선생님!"

강치복은 조용히 불렀다.

"들어오게!"

맑고 엄숙한 경암 선생의 목소리가 들렸다. 강치복은 조심스럽게 문을 열고 들어가 고개 숙여 인사를 올렸다.

"평안하셨습니까?"

선생은 천천히 고개를 끄덕였다.

"급히 보고 드릴 일이 있어서 왔습니다만."

"얘기해 보게!"

"네, 대금산엘 다녀왔습니다."

강치복은 즉시 서두를 꺼냈다.

"마포의 그 여자는 대금산에 집을 샀습니다. 그런데 그 집이 예사로운 집이 아니었습니다. 도사가 살던 집입니다."

"도사?"

경암 선생은 관심을 나타냈다.

"네, 그 집은 70년 전에 어떤 도사의 집이었는데 유언에 의해 지금에 와서 팔게 된 것이지요."

강치복은 부하에게 들은 대금산 얘기를 시작했다.

"그 여자는 대단한 인물인 것 같습니다. 앞으로 책의 행방이 주목됩니다."

강치복은 자신의 의견까지 섞어 가며 상세하게 보고를 마쳤다. 경암 선생은 강치복이 얘기를 마치자 한동안 생각에 잠겼다.

'뭔가 실마리가 풀리는 것 같군. 스승께서는 좌도가 조성리 마을 내지 죽은 일운 도사와 관련이 있다고 했어. 일운 도사는 스승과 배분이 같은 큰 어른이지. 그런데 대금산 도사도 예사로운 분이 아니야. 시간을 초월해서 섭리를 일으키고 있어. 혹시 장백삼호 중 한 분이 아닐까?'

경암 선생은 대금산의 도사를 장백삼호와 관련을 지어 생각해 봤다. 장백삼호에 대해서는 스승으로부터 얼핏 들은 바 있었다.

'스승은 이 세세에 장백삼호를 찾으러 오셨다고 했지. 이미 한 분을 찾았는데 그분은 세상을 떠났어, 그러나 나머지 분들은 아직 출현하고 있을 거야. 대금산 도사는 필시 장백삼호일 거야. 지금 큰 섭리가 출현하고 있어. 이 모든 것을 민현정이라는 여자가 관여하고 있지. 민현정? 대금산?'

여기까지 생각한 경암 선생은 분명한 어조로 말했다.

"음, 필시 대금산은 큰 뜻이 있을 거야. 좀더 상세히 조사해 보게. 그 집에 앞으로 누가 살게 될 것인지, 어떤 사람들이 출입하는지, 특히 대금산 도사의 전설에 대해 자세히 알아보고, 이름과 출몰 연도, 특징 등. 그리고 이제는 그 여자가 몹시 중요하네."

"저도 그렇게 생각하고 있습니다."

"좋아, 김규남이라는 사람은 어떤 사람이던가?"

김규남은 바로 서적 전문가인 김선생을 말한다. 이 사람은 민여사와 만나고 있다는 것 때문에 주목받고 있었다.

"네, 그 사람은 대수로운 것이 없는 것 같습니다. 그저 책이나 수집하고, 그 여자의 일처리를 담당하고 있는 것 같습니다. 하지만 좀더 조사를 해 보겠습니다."

강치복은 얼마 전 김선생에게 덜미를 잡힌 사건은 경암 선생에게 보고하지 않았다. 지금 김선생에 대해 대수롭지 않게 설명하는 것도 그 실패를 감추고 잊어버리기 위해 일부러 딴청을 부리는 것이다.

"수고가 많네! 문제는 그 여자야. 그 여자에게 초점을 맞추고 신중히 살펴보게. 어쩌면 그 여자도 모르는 아주 중요한 사람이 등장할 수도 있어. 대금산의 도사가 먼 미래를 겨냥하여 누군가에게 책을 넘기고 있는 중인 것만큼은 틀림없는 것 같군. 남편이나 아들, 친구 등 그 여자와 아주 긴밀한 사람들을 살펴보게. 그 여자는 뒷조사하기가 쉽던가?"

"웬걸요. 원거리 추적은 불가능합니다. 운전이 능숙해서 따라 잡을 수가 없었습니다. 단지, 사람을 만날 때는 신촌의 한 다방만 이용하더군요. 그 여자 성격인 것 같습니다."

"알겠네. 그건 그렇고, 요즘 공부는 열심히 하고 있나?"

공부란 무술 수련을 말한다. 경암 선생은 강치복에게 일을 맡기는 대가로 무술을 전수하고 있는 중이거니와, 오늘 공부 얘기를 꺼낸 것은 강치복의 보고가 마음에 들었다는 증거였다. 강치복도 이것을 눈치 채고 속으로 흐뭇해했다.

강치복은 어떻게 해서든지 경암 선생을 잘 모시려고 하는데 선생은 일체 무엇을 바라지 않았다. 경암 선생이 관심 두는 것은 오로지 좌도라는 사람을 찾는 문제뿐이었다. 그나마 이 일로 경암 선생을 즐겁게 할 수 있으니 강치복은 그야말로 온 힘을 다 하고 있었던 것이다.

"열심히 하고는 있습니다만 진전이 없는 것 같습니다."

강치복은 경암 선생이 무술 수련에 대해 묻는 것이 기분은 좋았지만 무심히 대답했다. 그러자 날카로운 힐책이 떨어졌다.

"자네, 열심이란 말뜻을 모르는 것 같구먼. 지금처럼 힘이 남아 있는 사람이 무엇을 열심히 했다는 게야? 그래 가지고는 큰 공부를 이룰 수 없어!"

"네? 아, 네, 잘 알겠습니다. 죄송합니다."

강치복은 급히 고개를 숙여 사죄했다.

"알았으면 됐네, 가보게."

"네, 그럼 물러가겠습니다."

강치복은 이렇게 해서 경암 선생 집을 나왔지만 오늘은 큰 깨달음을 얻었다.

'―자네 열심이란 말뜻을 모르는 것 같구먼!'

이 얼마나 심오한 말인가? 강치복은 자신이 필사적으로 수련에 매달리지 못했다는 것을 이제야 깨달았다. 게다가 경암 선생은 깊은 애정을 품고 말해 준 것이다. 강치복은 선생의 고마움에 가슴이 뭉클했다.

'위대한 분이야, 냉정하면서도 따뜻한 감정이 있어!'

강치복은 이런 생각을 하며 걷고 있었다. 강치복이 걷고 있는 주변으로 푸릇해지고 있는 나무들이 보였다. 멀리서 기차가 지나가고 있었다.

영민이 돌아오다

　계절은 어느덧 여름이 되어가고 있었다. 학선생은 오늘도 여전히 손님을 맞이하며 자신의 생활에 열중하고 있었다. 지난 겨울 학선생 자신은 운수가 참 좋았다. 손님이 제법 많았으며, 대체로 손님들이 만족할 만큼 사주 풀이를 해 주었다.

　따라서 돈도 좀 벌었으며, 별로 고통스러운 일도 없었다. 어느 해엔 아무리 노력을 해도 되는 일이 없어서 궁색하고 고생이 많았던 적이 있었지만, 지난 겨울 동안에는 여간 일이 잘 풀려 나간 것이 아니었다. 그러고 보면 분명 운수란 것이 있기는 있는가 보았다.

　학선생은 근래 와서 운명이란 것을 자주 실감하고 있었다. 이론적으로는 운명이라는 것이 있다는 것을 이미 알고 있었지만, 몸소 운명을 체험하는 것과는 크게 다른 것이다. 이는 학선생의 평소 마음가짐이 달라졌기 때문이지만, 점점 다른 사람의 운명 감정에도 자신이 생겨 가고 있었다.

　무엇보다도 중요한 것은 진실한 마음이다. 그리고 거리낌없이 최선을 다 하는 것이다. 오늘은 첫 손님이 젊은 청년이었다. 이 사람은 사주 팔자가 아주 특이했다. 이제 갓 20살이 넘었을 뿐인데, 앞으로 25년간이나 고생을 심하게 할 팔자인 것이다.

앞으로 어떻게 살아야 할지 걱정이 아닐 수 없다. 물론 본인은 모르고 있었다. 학선생은 이것을 본인에게 말해 줄까말까 생각해 봤다. 적당히 얼버무려 좋은 것처럼 얘기해 줄 수도 있었다.

그러나 학선생은 자기가 어떤 사람의 운명을 밝히는 것이 중요하지, 위로하는 것이 중요한 것이 아니란 것도 깨닫고 있었다. 결국 어떤 사람이 불행한 운명을 겪고 있어도 그것을 밝히는 것만으로 자신의 할 일을 다 했다는 것이다.

학선생은 남의 운명을 말한다는 것이 결코 쉽지는 않다는 것을 새삼 느꼈지만, 당사자가 어떤 느낌을 갖느냐 하는 것에 대해서는 외면하기로 했다.

"당신은 상당히 괴로운 운명을 겪게 될 것입니다."

결국 학선생은 곧이곧대로 운명을 밝히기 시작했다. 청년은 자기가 돈을 내고 의뢰한 도사의 말에 믿음성을 보이며 신중하게 듣고 있었다.

"고향을 떠나서 살며, 이혼을 하게 되고, 감옥에도 가게 됩니다. 그리고 멀리 외국에 나가서 살고, 사업에는 여러 번 실패, 친구로부터 배신을 당하고, 갈 곳이 없어 한동안 방황도 합니다."

청년의 운명이 너무 나쁘기 때문에 학선생은 마치 자기가 나쁜 운명을 만들어 내어 말하는 것 같은 느낌이 들어 청년의 기색을 살펴왔는데, 청년은 진땀을 흘리고 있었다. 이 청년의 성격은 참으로 특이했다.

보통 사람은 그토록 나쁜 운수를 들으면 놀라서 반문이라도 할 텐데 이 청년은 말없이 속으로 고통을 삭이고 있는 것이다. 학선생은 청년이 고통스러워하는 것이 안쓰럽기는 했지만 하던 말을 조금 더 해 줄 수밖에 없었다.

"여러 차례 실연을 당하고, 궁색하며, 형제간에 다투고, 멸시를 받고, 마땅한 직업이 없고, 학업도 도중에 그만두게 됩니다."

청년은 얼굴을 찡그리며 듣다가 마침내 한숨을 쉬었다. 그러고는 작은 목소리로 물었다.

"선생님, 그럼 언제 좋아지나요?"

청년은 언제고 좋은 말이 나오기를 기다리고 있었던 것이다. 어지간히 무던한 사람이다. 학선생은 이 청년에게 동정도 가고, 어처구니없기도 해서 미소를 지어 보였다. 그랬더니 청년도 따라 미소를 지었다.

학선생의 미소에 어떤 희망을 느낀 것일까? 마침 학선생은 좋은 얘기를 해 줄 참이었기 때문에 분명하게 말을 해 주었다.

"나중에는 좋아집니다, 아주 좋아집니다."

"네? 그때가 언제인데요?"

청년은 반색을 하며 물었다.

"45세쯤 되어서입니다."

"그런가요? 그럼, 그 이후는요?"

"네, 계속 좋아집니다. 돈도 많아지고, 건강해지고, 좋은 여인을 만나 사랑도 하고, 명예와 권력도 생깁니다. 장수를 하고 친구도 많아지고, 형제하고도 화목합니다. 넓은 집에서 살고……."

학선생은 다시 청년의 기색을 살폈는데 청년은 싱글벙글하면서 물어 왔다.

"그러니까, 한 25년쯤만 고생하면 그 다음부터는 좋아진다는 거지요?"

"그렇습니다."

"그렇군요! 더 해 줄 얘기는 없나요?"

"네, 대충 다 얘기했습니다."

"고맙습니다. 그럼 가봐야겠군요."

청년은 일어나서 인사를 하고 문을 열었다. 그러고는 돌아서서 다시 고개를 숙여 인사를 하는데 몹시 기뻐하는 모습이었다. 무엇이 저리 기쁜 것일까? 학선생은 청년이 떠나가자 고개를 갸우뚱하며 혼자 웃었다.

25년 후에나 좋아질 운명이 그토록 좋다는 말인가? 글쎄, 그 청년의 마음이 맞는 것인지도 모른다. 평생을 고생하는 것보다 얼마나 다행인가? 어떻게 보면 그 청년은 행복한 운명을 가지고 태어났는지도 모른다.

젊어서 수없이 많은 고생을 하고 어느 정도 나이 들어서 크게 행운을 맞이한다! 이 청년은 이렇게 생각했던 것일까? 그렇다면 이 청년이야말로 인생을 아주 대범하게 살필 줄 아는 것이다. 어쩌면 이 청년은 이미 크게 될 소질이 있는 것인지도 모른다.

세상엔 별의별 사람도 다 있는 것이다. 이 청년 이후 손님은 쉴 사이 없이 찾아왔다. 마지막으로 들어온 손님은 중년 신사로 혈색이 좋고 잘생겼는데, 오만한 기색이 역력했다. 아마도 인생이 잘 풀려 나갔기 때문에 오만한 태도가 몸에 배었는지도 모른다.

"사주를 좀 봐주시오!"

말투도 확실히 점잖지가 않았다.

"네, 생년월일을 대보시지요, 음력으로."

학선생은 개의치 않고 절차를 진행했다. 복채를 받고 간지干支를 정하고 운수를 풀기 시작했다. 과연 다복하게 지내 온 사람이었다. 그런데 공교롭게도 바로 앞날의 운수가 극단적으로 나쁜 상태였다. 학선생은 고개를 가로 젓고는 얘기를 시작했다.

"손님, 나쁜 때에 저를 만났군요. 앞으로 큰 재난이 있습니다."

학선생은 별다른 감정 없이 말했다. 이는 마치 의사가 환자의 병을 진단하는 것과도 닮아 있는 것이다. 그런데 중년 남자는 얼굴을 찡그리며 날카롭게 반문해 왔다.

"네, 그럴 리가 있나? 무엇인데요?"

"신수가 나쁩니다. 게다가 사업이 크게 실패하는 것으로 되어 있습니다. 특히 새로이 시작한 사업 말입니다."

학선생은 개의치 않고 곧이곧대로 말했다.

"허허, 무슨 불길한 소리! 사업을 새로 시작한 것은 맞아요. 지금 아주 잘되고 있어요. 그런데 신수가 나쁘다는 것은 뭐요?"

"네, 사고를 당하는 것이지요."

"무슨 소릴 하는 거요? 내 원참."

그는 참으로 몰상식했다. 학선생도 기분이 확 잡치고 있었다.

"네, 저는 지금 사주를 풀어 드리고 있는 중입니다."

"뭐요? 남의 운명을 그렇게 속단할 수 있는 거요?"

"속단이라니오? 저는 이것이 직업입니다."

학선생은 어이가 없었다.

"직업? 웃기고 있네, 젊은 사람이!"

"……"

학선생이 억지로 참고 있는데 중년 남자가 일어났다.

"에이, 재수 없어. 무슨 이런 엉터리가 다 있어!"

중년 남자는 떠나 가면서도 말이 곱지가 않았다.

꽝!

문도 심하게 닫고 사라졌다. 학선생은 어처구니가 없어서 한동안 멍하니 있었다. 이런 기분으로 오늘 일은 끝난 것이다. 잠시 궁리를 하던 학선생은 자리에 누워서 천장을 바라보고 있었다. 이렇게 하고 있으면 가슴의 열도 내리고 기분 전환도 빨랐다.

한참 만에 마음이 서서히 풀리고 있었는데 문 밖에서 인기척이 났다.

손님이 또 왔는가 보다. 학선생은 그냥 돌려보내야겠다고 생각하고 문을 열어 보았다. 그런데 거기에는 뜻밖의 사람이 서 있었다. 영민이었던 것이다.

"아니, 이게 누구야?"

학선생의 얼굴은 금방 환해졌다.

"형님, 안녕하세요."

영민이의 목소리는 아주 싱싱하게 느껴졌다. 몸의 주위에는 범상치 않은 기운이 서려 있는 것 같았다. 오랜만에 봐서 그런 것일까? 아니면 그 사이 영민이가 이토록 변한 것일까? 학선생은 잠시 동안은 달라진 영민이의 모습에 놀라고 있었다.

"어서 들어오게!"

학선생이 이렇게 말하기까지는 시간이 좀 걸렸다.

"나오시는 게 나을 것 같군요."

영민이는 미소를 지으며 들어오지 않으려 했다.

"음? 나오라고? 그래, 그 말이 맞다, 하하."

학선생은 급히 옷을 갈아입고 나왔다. 두 사람은 아무 말 없이 좁은 골목길을 내려갔다. 잠시 후 이들이 당도한 곳은 예의 그 술집.

"어머, 귀한 분이 오셨군요. 어서 들어오세요."

주모는 영민이의 얼굴을 빤히 보며 반갑게 맞이했다. 영민이가 지난번에 이곳에 왔을 때는 정초로서 겨울이었다 어느덧 계절은 바뀌고 영민이는 다시 나타난 것이다. 그러나 주모는 똑같은 학선생과 영민이가 나타난 줄만 알지 그 내면의 세계가 얼마나 달라져 있는 줄은 알 길이 없었다.

그저 아는 사람이 다시 찾아와서 반가울 뿐이었다. 그러나 학선생만은 영민이의 큰 변화를 벌써부터 느끼고 있었다. 우선 영민이의 눈을 보면 전처럼 힘이 들어 있고 반짝이는 눈이 아니었다. 현재의 눈은 병들어 있는 눈이라고나 해야 할 것이다. 아니, 지칠 대로 지친 눈이라고 해야 할까?

영민이는 가까운 사물도 멀리 있는 것처럼 바라보고 있었다. 이는 시련을 겪고 좌절에서 일어난 사람의 눈인 것이다. 단지 몸에서만은 야생의 기운이 발출하는 것 같았고 전보다 건강해진 것 같았다. 목소리는 맑고 밝았지만 웬지 비애가 섞여 있는 것처럼 느껴졌다.

학선생의 관찰력은 정확했다. 영민이가 자신을 언제나 심하게 꾸짖고 있기 때문에 그렇게 보이는지도 몰랐다. 술이 왔다. 주모는 안주도 푸짐하니 갖다 놓고는 영민이의 얼굴을 빤히 쳐다보았다.

"학생 도사님, 그 동안 도를 닦으러 산에 갔다면서요?"

이는 학선생이 해 준 말일 것이다. 학선생은 영민이가 서울에 없는 동안 종종 이 집에 왔었고, 주모의 물음에 그와 같이 대답해 주었던 것이다.

"형님, 한잔 받으시지요!"

영민이는 주모의 말에 가벼운 미소로 대답하고 학선생의 술잔을 채웠다. 그러자 주모는 주전자를 먼저 잡으며 말했다.

"자, 받으세요. 도사님한테는 내가 따르지요."

영민이는 말없이 술을 받았다. 세상에는 정다운 이웃이 있다. 이런 사람들 모두에게 행운이 있기를······.

"주모! 한잔 할래요?"

학선생이 웃으며 권했다. 그러나 주모는 사양하고 물러간다.

"나중에요! 두 분 오랜만인 것 같은데 말씀 나누세요."

"네? 그렇게 보이나요?"

영민이는 아무 일도 아닌 것을 가지고 정색을 하며 묻는다.

"하하, 영민아! 술부터 한잔 들자고."

"아, 네."

두 사람은 첫잔을 시원하게 비워 냈다. 술잔이 다시 채워지자 학선생이 말했다.

"괴로운 일을 당했다며?"

"아니 뭐, 지난 일입니다. 운명이지요."

"그래, 우리나 열심히 해야지. 공부는 많이 했니?"

"글쎄요. 점점 더 어려워지는 것 같아요. 형님은요?"

"나? 하하, 나야 뭐, 공부랄 게 있나!"

학선생은 진심으로 이렇게 말했다. 영민이는 웃으며 술잔을 들어올렸다. 오랜만에 만난 두 사람은 이렇게 어우러졌다. 술이 몇 순배 돌아가자 학선생은 부자 노인을 만난 이야기를 꺼냈다.

"영민이가 한 말이 모두 맞았더군. 그 사람 인품도 대단해. 남 모를 고민이 있는가 봐!"

"그래요? 뭐하시는 분이래요?"

"글쎄…… 큰 부자야, 사업을 하는지는 모르지만. 그건 그렇고, 영민이를 소개해 놨어."

"네?"

영민이는 당시 상황이 얼른 기억이 나지 않는 모양이었다.

"그건 미리 얘기된 거잖아! 그분은 지금 영민이를 기다리고 있어. 수일 내로 한번 만나보지."

"그러지요. 그런데, 제가 잘할 수 있을까요?"

"무슨 소리! 당연한 일이지. 영민이 너는 해낼 수 있어."

학선생은 어떤 근거에서 영민이를 그렇게 믿는지는 모르지만, 영민이는 그대로 수긍하는 것 같았다.

"네, 해 보지요. 그런데 형님은 그 동안 어땠어요?"

"뭘 묻는 거니? 공부? 돈? 하하."

학선생은 영민이의 물음에 덧붙여서 스스로 대답했다.

"공부는 엉망이고…… 돈? 장사는 잘된 편이야. 아참, 그리고 그 부자 노인 말이야, 내게 돈을 주었어! 보통 복채의 백 배가 넘는 금액이었지. 공부 잘하라고 주는 것이래."

"네? 그분 대단하군요!"

영민이는 기쁜 표정을 지었다.

"그래, 그런데 내가 공부를 잘하지 못해서 문제지."

학선생은 씁쓸히 웃음을 지었다.

"글쎄요, 제가 보기에는 형님은 대학자가 될 관상이에요."

영민이는 학선생의 얼굴을 빤히 보며 심각하게 말했다.

"뭐? 정말이니? 그렇게 보여?"

"네."

"아이고, 경사났군! 오늘 술 많이 들어야겠어, 주모, 술 좀더 주세요. 영민아, 나중에 딴소리하면 안 돼! 오늘 술은 내가 사는 거다!"

학선생은 농담으로 말을 받는 척했지만 속으로는 몹시 좋은가 보았다. 학선생의 얼굴을 보면 알 수 있다. 웬지 부끄러운 듯 영민이의 얼굴을 마주 보지 못했던 것이다. 영민이는 별로 웃지 않고 차분한 모습이었다. 확실히 전보다는 무엇인가 달라져 있었다. 어쩌면 영민이는 이미 지극至極한 경지에 이르렀는지도 모른다.

잠시 후 주모가 술을 날라 와서 합세했다. 달리 찾아오는 손님도 없었다. 세 사람이 어울린 술자리는 한적하고 더욱 흥겨웠다. 주모는 이 자리에서 자신은 요즘 학생 도사가 말한 대로 운명이 흘러가는 것을 느낀다고 토로했다.

"하하, 그래요? 주모도 대단하군요!"

영민이 돌아오다

학선생은 이렇게 평했지만, 인간은 원래 그런 능력이 있는 것이다. 인간은 종종 운명을 감지할 때가 있다. 그것은 느낌이라고 표현할 수밖에 없지만 강한 확신이 깃들여 있는 직관 같은 것이다.

이는 학식이나 감정과는 상관 없이 현상을 직접 파악하는 생명의 내재된 능력인 것이다. 술자리는 밤이 늦어서야 끝이 났다.

"안녕히들 가세요!"

주모는 문 밖까지 나와 인사를 했고, 두 도사는 언덕 위로 사라져 갔다.

재회

    봄꽃들이 지면서 푸르름은 더해 갔다. 대금산 도사의 집은 지금 그 주인이 바뀌었을 뿐만 아니라, 백 년 동안이나 지켜 오던 모습을 크게 바꾸고 있었다. 민여사는 집을 인수하자마자 대대적인 수리에 들어가 그 면모를 크게 일신해 놓았다.
    계단과 담 그리고 축대 등을 다시 쌓았으며, 지붕의 기와도 새것으로 교체했다. 그러나 원형原形은 조금도 손상시키지 않고 그대로 보존하고, 수도라든가 화장실 등 부대 시설만 약간 보완해 놓았다.
    완전히 바뀐 것이 있다면 개울가로 통하는 계단 하나를 더 만든 것과 전면에 터를 넓혀 나무 담을 둘러친 것을 들 수 있다. 그리고 손을 전혀 대지 않고 그대로 둔 것은 산자락에 붙어 있는 광이었다. 많은 것이 고쳐친 지금 이곳에는 단지 사람만 없을 뿐이다.
    이 집의 용도에 대해서는 다시 생각해 보기로 했으나, 우선은 별장 등으로 쓰기로 했던 것이다. 책은 물론 모두 서울로 옮겨졌다. 이 모든 것에 대하여 민여사는 크게 만족을 느꼈으며, 이로 인해 마음에도 변화가 찾아왔다.
    마음의 변화란 원래 직접적으로 느껴지기보다는 사물을 접하면서 간접적으로 깨닫게 되는 법이다. 요즘 민여사는 모든 사물이 새로워졌다고 느끼고 있었다. 이는 분명 사물이 달라진 것이 아니라 사물을 바라보는 주체主體가 변한 것이리라.

민여사는 도사의 집을 처음 사기로 했을 때는 주로 책에 대해서만 마음이 끌렸지만, 차츰 일이 진행되는 과정에서 집에도 마음이 끌렸고, 지금 완전히 집을 얻고 난 상태에서는 자신이 도사로부터 큰 보호를 받고 있다는 생각이 들었다.

도사의 집은 마치 보호막을 상징하고 있었다. 그 보호막은 민여사의 운명 자체를 보호해 주는 것이었다. 물론 이는 민여사 자신의 느낌이지만, 그녀의 느낌이 반드시 틀렸으리라는 법도 없다. 어쨌든 간에 신통한 도사가 살던 집을 송두리째 갖게 된 것은 여간 마음 든든한 게 아니다.

민여사는 그 사실을 일이 다 끝난 지금에서야 새삼 깨달았다. 그래서 더 기분이 좋은 것이다. 게다가 책은 또 얼마나 귀중한 것이냐! 이 책은 영민이에게 주려고 하는 것이지만, 영민이는 시골로 떠난 이래 상당 세월 동안 돌아오지 않고 있었다.

그런데 아침에 깨고 난 지금 영민이가 돌아왔으리란 생각이 들었다. 그것은 지난 밤 꿈에 영민이가 보였기 때문인데, 영민이는 꿈에 나타난 적이 드물었다. 원래 갑작스런 꿈은 흔히 현실을 나타내고 있는 법이다.

따르릉—.

찰칵—.

하숙집 아줌마가 즉시 전화를 받았다.

"여보세요. 영민 학생요? 네, 기다리세요."

과연 영민이는 돌아와 있었던 것이다.

"여보세요."

오랜만에 영민이의 목소리가 들려 왔다.

"영민이구나, 언제 왔니?"

"누나예요? 네, 엊그제 왔어요!"

"뭐? 얘 봐라. 그럼, 왜 전화 안 했니?"

"네? 하하. 오늘 보려고요!"

"오늘 보려고? 무슨 말인지 모르겠네. 아무튼 지금 갈게."

"네, 다방으로 오세요."

찰칵―.

민여사는 전화를 끊고 잠시 생각해 봤다. 영민이의 음성은 많이 변해 있었다. 힘이 들어 있다고나 할까. 그리고 뭔가 말투도 예사롭지 않았다. 민여사는 지난 밤 꿈을 꾸고 영민이가 돌아와 있으리라는 생각이 들었는데, 영민이는 이틀 전에 돌아와서 오늘 전화가 올 것을 기다리기라도 했단 말인가. 아니면 단순한 농담이었을까? 어쨌든 간에 영민이의 말투에서는 부드러움과 자연스러움이 느껴졌다.

민여사는 혼자 미소를 짓고는 나갈 채비를 했다. 대금산에서 가져온 책은 한 권만 챙겼다.

어차피 모두 영민이에게 갈 것이지만 우선 대표적인 책을 고른 것이다. 잠시 후 민여사의 차는 강변도로를 향해 달리고 있었다. 오늘따라 도로에는 차들이 좀 있는 편이었다. 민여사의 차가 강변을 얼마간 달리다 좌측으로 꺾이자, 뒤에 처진 차 한 대도 좌측으로 꺾어 들었다.

민여사는 이 차를 보지 못했다. 민여사가 특별히 뒤의 차량을 경계할 이유도 없었지만, 몇 대의 차가 섞여 있었기 때문이다. 민여사의 차는 다시 우측으로 접어들어 화양리에 있는 어느 다방 앞에 정차했다.

이 다방은 민여사가 영민이를 만날 때 언제나 이용하는 다방이었다. 다방 안에 들어서자 미리 와 있던 영민이가 손을 들어 보였다. 두 사람은 몇 달 만에 마주 앉았다.

"참으로 오랜만이야!"

"네, 누나. 그간 잘 지냈어요?"

"응, 나는 좋은 일이 많았어. 영민이는 고생 많았지?"

민여사는 영민이의 모친상에 대해 간접적으로 안부를 물었다.

"아니에요. 나도 잘 지냈어요."

영민이는 밝게 미소를 짓고 있었다. 영민이가 우울해하지 않아서 다행이었다. 민여사로서는 하나 남았던 혈육인 어머니마저 떠나 보낸 영민이가 애처로웠다. 그러나 영민이는 어느 새 굳건하게 서 있는 것이었다.

오랜만에 보는 영민이의 전신에서는 생동감이 흘러넘치고 있었다. 단지 얼굴과 눈에서는 고생한 흔적이 역력했다.

'영민이는 그간 시련을 겪은 것 같애. 나이가 좀 든 것 같기도 하고……'

민여사는 잠깐 이런 생각을 하고는 최근의 일로 화제를 돌렸다.

"자, 이거 선물이야. 대금산의 보물이지."

"네. 아, 그 책이군요!"

영민이는 책을 두 손으로 받고는 잠시 동안 책의 제목을 쳐다보고 있었다.

《소곡심서疏谷心書》, 일명 《옥허서玉虛書》인 이 책은 긴긴 세월 동안 대금산에 숨어 있다가 어떤 흐름을 타고 영민이에게 당도한 것이다. 이것은 영민이의 운명인가, 아니면 우주 자연의 섭리인가?

"귀중한 책을 구했군요! 누나, 고마워요. 나에게 지금 가장 필요한 책이에요."

영민이는 진지하게 말했다. 순간, 민여사는 영민이의 모습에서 엄청난 무게를 느꼈다. 그 눈은 먼 곳을 바라보고 있는 것처럼 보였다.

'많이 달라졌구나. 저 눈! 어떤 깨달음이 있었을까?'

민여사는 영민이의 변화를 절감했다. 그러고는 한없는 안도감을 느꼈다. 어렵게 구한 책이 옳게 주인을 찾아간 것이다.

"영민아, 그리고 말이야. 대금산 도사가 살던 집을 아예 사 버렸어!"

"네?"

영민이는 대금산 일에 대해 자세히 모르고 있었다.

"하하, 그 책 말이야. 장백삼호의 스승인 소곡천인疏谷天人의 글이지. 그런데 장백삼호 중의 한 분인 일천一川 도사가 대금산에 살았지. 그 집을 내가 산 것이야. 책은 집에 딸린 것이지!"

민여사는 득의 만면하며 말했다.

"그래요? 일천 도사의 집과 책을 모두 구한 것이군요! 대금산이라……?"

영민이는 책과 집에 대해 얘기하면서 대금산 그 자체에 몹시 신경을 쓰는 것 같았다. 그러나 민여사는 이 점은 개의치 않고 자기 일을 기뻐하며 말했다.

"그럼, 이건 운명이야!"

"네, 아, 그렇군요. 대단한 일이에요."

사실 영민이로서도 놀라운 일이었다. 어떻게 그런 지극한 분들의 소유였던 물건이 민여사에게 올 수 있었던가?

'이것은 분명 우연이 아니다. 하늘의 섭리야. 누나는 대단한 사람이군!'

영민이는 속으로 이렇게 생각하며 민여사에 대해 처음으로 그 위대성을 인정했다.

"영민아, 네 얘기도 해 봐!"

민여사는 자기 얘기를 할 만큼 하고 나서 영민이의 근황을 물었다.

"네, 저는 그저 집에 있었어요. 고생도 좀 했지만 휴식도 많이 됐어요.

그리고 누나, 나 이름을 지었어요!"

영민이는 한가한 기분인데다 할 얘기도 없어서 가벼운 화제를 꺼냈다.

"음, 이름? 왜 이름이 나쁘니?"

"아니오. 그런 이름 말고, 뭐 마음에 붙이고 싶은 이름 같은 것이지요."

"그래? 그럼, 호號이겠구나. 그렇지, 영민이도 공부를 하려면 호가 있어야 돼!"

민여사는 영민이가 호를 지었다고 하니 크게 흥미를 나타냈다.

"그래, 무어라고 지었니?"

"네, 산수山水라고 붙여 봤어요."

"응? 산수山水? 그거 좋은데. 산의 개울이란 말이지. 깨끗하단 뜻인가? 뜻이 뭐지?"

"글쎄요. 깊게 생각 안 하고 지었어요. 뜻이랄 것도 없지요."

영민이는 산수의 뜻인 몽蒙을 말하지 않았다. 민여사가 주역을 모르는데다 가볍게 지나치고 싶었기 때문이다.

"아무튼 좋아, 산수 선생 산수 도사! 하하."

민여사는 기분이 좋아서 호에다 이것저것을 붙여 보았다. 두 사람은 몇 개월 만에 만나서인지 오랫동안 앉아서 많은 대화를 나누었다. 시간은 점심때가 지나고 있었다.

"어머, 시간이 많이 됐어! 영민아, 우리 점심 먹으러 갈까?"

"아니오. 나 집에 가서 책부터 볼래요!"

"그래? 좋아. 그럼 우리 며칠 있다가 좋은 데 놀러 가자! 어때?"

"아주 좋습니다, 하하."

두 사람은 동시에 일어났다. 이때 바로 뒷좌석 어항 뒤에 앉아 있던 사람은 유난히 딴 곳을 보고 있는 것처럼 보였다.

선인들의 연구

맹부산 정상에는 한여름인데도 곳곳에 하얀 눈이 쌓여 있었다. 산의 아래쪽에서 바라보면 정상은 거의 구름에 덮여 있지만 바람이 세차게 불어올 때면 간간이 하얀 눈발이 보이곤 했다.

조금 아래쪽으로는 거목의 숲이 광대한 영역에 퍼져 있고, 산의 뒤쪽은 깎아 세운 듯한 수많은 절벽들이 장관을 이루고 있었다. 이곳은 맹부산에서도 산세가 가장 험한 곳으로, 사람의 접근이 거의 불가능했다.

고적선古寂仙은 지난 열흘 동안 이곳에서 면벽面壁을 하면서 지냈다. 지금은 바위 틈에 앉아 멀리 아래로 드넓게 펼쳐져 있는 구름 바다를 바라보고 있는 중이었다.

'저 아래! 저 구름 아래에는 인간들이 살고 있겠지. 나의 일은 언제나 끝날 것인가? 시간이 얼마 남지 않았어.'

고적선은 하계下界를 바라보며 인간을 생각하고, 또 자신의 임무를 생각하고 있었다. 정해진 기일이 임박해 오고 있었다. 고적선의 마음은 편안치가 않았다. 고적선이 천명天命을 수행하기 위해 이 세상에 온 지 30년이 넘었고, 이제 돌아갈 날이 가까워 오고 있었던 것이다.

당초 고적선이 명命을 받은 것은 한 가지였다. 장백삼호長白三皓를 데려오라는 것…… 장백삼호가 인간 세계에 출현하고 있는 한 하늘의 큰 계획이 차질을 빚을 수도 있기 때문이다.

이미 작은 일에서는 천명이 수없이 어긋나고 있었다. 이제 그것이 극도에 달하고 있는 것이다. 장백삼호는 근 7천 년 동안 인간 세계에 출현하면서 무엇인가를 꾸준히 준비해 왔다.

처음에는 단순히 인간의 운명을 바꾸어 주는 정도로 시작했지만, 점차 그것이 확대되어 그 많은 사람들이 다시 태어날 때마다 기묘한 운명을 갖게 되고, 자기도 모르게 장백삼호의 일에 가담하고 있는 것이다.

물론, 장백삼호의 생각은 인간으로 하여금 스스로를 다스리게 하자는 것이지만 이는 당치도 않다. 마땅히 죄를 진 사람은 벌을 받고, 공덕을 쌓은 사람은 복을 받아야 하는 것이다. 인간의 일을 인간 스스로에게 맡길 수는 없는 것이다. 그 혼란을 어떻게 감당할 것인가?

그러나 이미 혼란은 시작되었다. 이 사태는 장차 인간 세계 전체를 휩쓸게 될 것이다. 그렇게 되면 긴 세월 동안 혹은 영원히 인간을 다스릴 수 없게 되고, 세상은 예측할 수 없는 방향으로 표류하게 될 것이다. 이 모든 사건을 장백삼호가 일으키고 있는 것이다.

고적선의 임무는 큰 사태를 사전에 방지하기 위해 장백삼호를 데려가는 것이지만, 그것이 여의치 않을 시에는 장백삼호 중 어느 하나라도 인간 세계에서 퇴거시키면 되는 것이다.

그러나 그것은 이미 틀린 일이다. 아직 천선川仙과 우선雨仙을 만나 보지 못했지만 이들은 운선雲仙과 뜻을 같이할 것이다. 이제 남은 길은 장백삼호가 부촉付囑한 좌도坐島라는 인간을 제거하는 일이다.

필경 좌도라는 인물은 장백삼호의 모든 능력과 계획을 수용하게 될 것이다. 이번에 와서 알게 된 일이지만 장백삼호는 이를 위해 수천 년을 노력해 온 것이 틀림없다. 장백삼호는 자신의 계획을 성사시키기 위해 철저하게도 일을 복선複線으로 진행시켜 온 것이다.

즉, 장백삼호는 스스로가 많은 인간을 접하면서 하늘이 정해 준 운명을 빗나가게 하는 한편, 비밀히 한 인물을 키워 왔던 것이다. 그 인물은 시간을 초월하고, 생을 수없이 바꾸면서 장백삼호의 보호와 가르침을 받아 온 것이다.

이제 그 일은 절정에 다다랐다. 그 사람, 즉 좌도의 완성은 또 하나의 장백삼호를 출현시키는 것이다. 이렇게 되면 그들의 힘은 걷잡을 수 없이 팽창될 것이다.

좌도를 찾아야 한다. 만일 좌도를 찾아 데려갈 수만 있다면 장백삼호의 계획은 일단 좌절시킬 수 있을 것이다 장백삼호를 데려가는 문제는 후에 다시 연구 논의될 수 있다. 당면한 문제는 좌도를 찾는 것이다.

고적선이 지금 생각하고 있는 것은 이미 추구해 왔던 일로써, 단지 별다른 진전이 없어서 고심하고 있는 것뿐이다. 고적선은 하염없이 구름을 바라보며 자신의 처지를 생각해 봤다.

'긴 세월을 헛되이 보냈구나! 공연히 인간과 인연까지 맺으면서······ 그나저나 이곳 속계는 참으로 아름다워. 이토록 좁은 땅에 수많은 절경絶景이 있다니.'

고적선은 어느덧 산의 경치를 감상하고 있었다. 인간 세계의 산하山河는 아름다운 곳이 수없이 많다. 그러나, 이 해동海東의 국토처럼 상서祥瑞로운 곳은 아마 없을 것이다. 해동 전체는 규모로 보면 비록 하늘의 조그마한 동산 하나 정도에 불과하지만, 그 다양함과 기묘한 조화는 결코 천상의 아름다움에 뒤지지 않는다.

예부터 해동에는 선인이 사는 십선주十仙洲가 있다고 했고, 수많은 선인들이 이 국토에 출현했던 것이다. 고적선은 지난 30여 년 동안 해동에 머무르면서 이곳의 아름다움을 절감했다.

고적선은 아무런 임무도 없이 이 땅에서 그냥 한가히 지낼 수만 있다면 얼마나 좋을까 하고 생각한 적도 많았다. 해동의 아름다움은 단순한 아름다움이 아니다. 이곳의 다양한 지세地勢는 무궁한 기운을 일으키며 수많은 인재를 만들어 내고 있다.

해동이 가지고 있는 운세는 이 땅에서 팔괘八卦를 발현시켰고, 또한 불사不死의 선법仙法도 발현케 했다. 팔괘와 선법은 하늘과 땅을 통틀어 가장 심오한 학문으로서 자연의 모든 이치가 그곳에서 나오는 것이다.

해동은 참으로 신비로운 땅이다. 이 자그마한 땅에 어째서 그 수많은 선인仙人이 출현하고 최고最高의 이치가 출현하는가?

그것은 선인의 경지에서도 불가사의不可思議한 일이다. 아직도 해동에는 알려지지 않은 수많은 신비가 있으며, 그 영구한 운명은 인간 세계에서 가장 상서로운 것이다.

'기묘奇妙하도다! 이 상서로운 기운들! 아름답고 한가하구나!'

고적선은 산의 장관을 음미하면서 잠시 시름을 잊고 있었다.

'그런데, 원측선이 올 때가 됐는데, 벌써 며칠이나 늦어지는군.'

고적선은 지금 원측선을 기다리고 있는 중이었다. 원측선은 지난해 가을, 이곳 맹부산에서 고적선과 만난 직후 해동을 유람하겠다고 떠나간 바 있거니와 이제 두 선인은 다시 만날 때가 된 것이다.

좌측 절벽에서 신호가 감지되었다. 생명의 기운! 이는 인간의 것일 리가 없다. 이곳엔 인간이 나타날 수가 없는 것이다. 생명의 기운은 구름 아래에서 솟아나 곧장 고적선이 있는 곳으로 날아왔다. 고적선은 원측이 오는 쪽을 바라보지 않고 그대로 절벽을 향해 앉아 있었다. 원측선은 한 줄기 바람처럼 다가왔다.

"고적, 여기 있었군! 잘 지냈나?"

"원측, 이제 오나? 좀 늦었군!"

"그렇다네! 볼 곳이 많더군. 자넨 언제 와 있었나?"

"허허, 구경을 많이 했나 보군. 나는 열흘 전에 와 있었네. 어서 앉기나 하세!"

두 선인은 간단히 인사를 나누고는 절벽을 향해 나란히 앉았다.

"……."

"……."

두 선인은 잠시 말없이 하계를 바라보고 있었다.

"원측, 해동 국토가 마음에 들던가?"

"그렇더군. 기묘해, 상서롭고……."

"그럴 거야. 나는 30여 년이나 이 세계에 있었는데도 여전히 신비해!"

"그래, 대단해! 이토록 좁은 곳에 그 많은 신비가 있다니!"

원측선도 고개를 끄덕여 동감을 표시했다. 원측선은 해동 국토를 처음 구경해 본 것이다.

"그건 그렇고, 자네 일은 진전이 좀 있나?"

"전혀! 날이 갈수록 불안해질 뿐이야. 시일이 촉박해."

고적선은 우울한 기색으로 말했다.

"그렇겠군. 좀더 기운을 내게. 내가 이번에 알아본 것이 있다네!"

"음? 자네가?"

고적선은 크게 관심을 나타냈다.

"나는 운선이 살던 곳에 가봤어. 조성리 마을이라던가?"

"그래, 그곳에서 뭣을 봤나?"

"글쎄. 아직 뭔지는 모르겠어. 단지 이상한 느낌이 들었어."

원측선은 목소리를 줄이면서 심각하게 말했다.

"무슨 말이야? 자세히 좀 얘기하게나!"

"그러지. 나는 조성리 마을에 몇 차례나 가보았네. 뭔가 있다는 생각이 들었지."

원측선은 생각에 잠기는 듯하면서 천천히 말하기 시작했다.

"처음엔 중남부 일대를 돌아보았네. 참으로 절묘한 곳이 많았어! 그런데 갑자기 운선이 살던 곳이 궁금해지더군. 운선은 도대체 어떤 곳에 살았을까? 운선이 그저 별뜻 없이 아무 곳이나 선택해서 살았을까, 하는 생각이 든 거지, 어쩌면 운선이 살던 곳의 지세地勢가 특별한 의미가 있을지도 모른다는 생각도 들더군. 그래서 그 마을에 가봤고, 바로 운선이 살던 집도 가봤어! 마침 사람이 몇 찾아온 것도 보았네. 운선의 제자들이었어. 대단한 사람들이었네."

"음, 어떤 사람들인데?"

고적선은 기대를 가지고 물었다.

"그 사람들 모두 선연仙緣이 있더군. 드문 일이야! 선연이 있는 속인俗人이 그렇게 모여 있는 것은…… 아마도 장백삼호가 전생前生부터 가르쳐 온 제자들이겠지!"

"그래? 좌도가 있던가?"

"허허, 자넨 왜 그리 초조한가? 그토록 쉽게 좌도가 눈에 띄겠나? 운선은 필경 교묘한 운명의 흐름 속에 좌도를 감추어 두었을 걸세. 우연히 발견할 수는 없을 것이야. 연구를 해 봐야 돼!"

"어떻게?"

"허, 자네! 아예 나에게 임무를 맡기려나?"

"음? 허허, 답답해서 그만."

고적선은 자신이 너무 큰 기대를 한 것에 웃음을 지었다. 조금은 민망했던 것이다.

"아무튼……."

원측선이 고개를 끄덕이고는 다시 말하기 시작했다.

"좌도는 그들의 운명 속 어딘가에서 불쑥 나타날 것만 같아. 그것은 자네가 연구해 볼 일이고, 내가 살펴본 곳을 얘기하겠네. 그곳 지세地勢 말일세. 결론부터 말하면 운선은 그 마을을 일부러 찾아가서 머무르고 있었던 것이야!"

"뭐라고? 그런 일이?"

고적선은 적이 놀랐다.

"자네도 그곳에 가봤다고 하질 않았나?"

"……."

고적선은 원측선의 반문에 침묵을 지켰다. 원측선이 묻는 말뜻을 몰랐기 때문이다.

"자네는 볼 것을 보고 다니지 않은가 보아!"

원측선은 고적선을 나무라듯 쳐다보고는 다시 말을 이었다.

"운선이 살던 그곳은 대단한 곳이야. 지저地低의 기운이 발출發出하는 곳이지. 바로 곤천坤泉이란 말일세!"

"그래? 그곳이? 허허, 난 몰랐었는데. 대단하군! 확실한가?"

"그렇다네! 그곳은 다섯 개의 산으로 둘러싸여 있는 지역이야! 산들도 아주 작은 것들뿐이었네."

원측선이 말한 곤천이란, 땅의 기운인 음기陰氣가 발출하는 곳으로, 다섯 개의 산으로 둘러싸여 있는 특수한 지역이다. 그리고 다섯 개의 산이 낮을수록 발출하는 기운이 더욱 커지는 것이다.

또 곤천은 땅의 깊은 아래와 통하여 하늘의 큰 기운을 잡아당겨 만물을 소생시키는 곳이다. 이런 곤천은 몹시 드문 곳으로, 산이 높아서도 안 되고 너무 넓게 퍼져 있어서도 안 된다. 예부터 곤천은 지선地仙이 출현하는 땅으로 되어 있는 것이다.

고적선은 원측선의 말에 놀라는 한편, 자신이 그곳을 돌아볼 당시를 회상해 봤다.

'나는 미처 그곳 지세를 살펴보지 못했어, 사람만 신경 쓰느라고. 역시 원측은 관찰력이 대단해.'

고적선은 이런 생각을 하면서 원측선을 돌아봤다. 원측선의 말이 계속됐다.

"그곳 산들은 존제산과 초암산·방장산·봉두산, 그리고 두방산이었네. 나는 그곳 산들을 두루 살펴보았네. 그곳 모든 지역이 태음泰陰의 기운으로 가득 차 있더군. 특히 운선이 살던 그 집은 땅 속으로 지골地骨이 뿌리 깊게 자리잡고 있었네. 그래서, 나는……."

지골이란 바로 암반을 말한다. 곤천 중에서도 지골이 있는 곳으로, 지저地低의 기운이 집결하고 하늘의 기운이 특히 강하게 빨려드는 곳이다. 이런 곳을 항처恒處라고들 한다.

원측선은 조성리 마을 일대가 곤천임을 밝혀 내고, 특히 운선의 집이 항처임을 강조하면서 그로 인해 얻어질 수 있는 결론에 유의했다

"생각해 보았네. 운선은 그곳을 광대한 운명을 일으키는 기점으로 삼았을 것이라고……."

"광대한 운명이라니?"

고적선은 원측선의 말을 주의 깊게 음미하면서 물었다.

"음, 운선이 지어내고 있는 운명 말일세. 운선은 수천 년 동안 생을 바꿔 가며 많은 사람들과 인연을 맺어 두고 제자들도 가르쳐 왔네."

"그럴 테지. 운선은 자연의 큰 흐름을 바꾸려고 하니까! 지금은 죽었지만 어딘가 다시 태어나면 또다시 그 일을 시작하겠지."

"그래! 그리고, 또 한 가지 유의할 점이 있네."

"음?"

"그곳 말이야. 곤천 지역! 그런 곳은 천기天氣가 모여드는 곳 아닌가? 그러니 그곳은 사건도 다양한 곳이지. 운선은 평생 그곳에서 인간을 상대로 운명을 밝혀 주며 살았네. 그곳에는 좌도라는 사람도 다녀갔을 것 같아. 아니면 앞으로 다녀갈지도 모르고."

"글쎄, 어째서 그렇지?"

고적선은 원측선의 말이 잘 납득이 가지 않았다.

"허허. 자네, 마음을 좀 안정해야겠어! 운선이 자신의 뜻을 부촉한 사람은 극양인極陽人일 것이야. 그래야만 큰 운명을 맞이할 게 아닌가?"

"그렇겠지! 그게 어쨌단 말인가?"

"아직도 모르겠나? 인간의 경우를 생각해 보게! 인간인 경우 극양인은 오래 살지를 못해. 오래 살지 못한다면 언제 공부해서 일을 하겠나? 자신의 목숨도 못 지킬 텐데! 그렇다면……."

원측선은 여기까지 말하고 슬쩍 고적선을 바라봤는데, 고적선은 여전히 의아스런 표정을 짓고 있었다. 원측선의 말이 다시 이어졌다.

"어떻게 해야 할까? 음陰의 기운이 필요하겠지, 그것도 극음極陰의 기운이 필요해."

"알겠네! 그러니까 극양極陽의 기운을 가진 사람이 어딘가 태어나서 운선이 살던 그곳에 와서 음기陰氣를 수용해야 한다는 것이군. 그리고 그 자가 바로 좌도일 것이라고."

고적선은 이제야 원측선이 전개한 추리의 전모를 이해했다.

"그렇지! 바로 그것일세. 그래야만 살 수 있을 테니. 운선은 필경 좌도라는 사람을 이번 생에 직접 가르치지 않았을 거야. 공부는 이미 전생前生에서 시켜 두었겠지! 이번 생은 좌도 스스로가 무르익어 가는 단계일 거야. 혹은 운선이 만들어 놓은 운명 속 좌도는 우연히 천서天書를 얻고 크게 깨달아 가는 생을 살겠지."

원측선은 다시 고적선을 바라봤다. 자신의 추리가 비약하고 있기 때문에 고적선의 의사를 묻는 것이다. 고적선은 천천히 고개를 끄덕여 동감을 표시했다. 그러자 원측선이 다시 말했다.

"그리고 또 한 가지는 운선 자신이 이번 생의 시기에 자네를 만나 크게 난관에 봉착할 것이라는 것도 알았을 거야. 그것은 전생에 이미 알고 있어서 교묘하게 대비해 놓았겠지. 그래서 이번 생 동안은 좌도를 직접 만나지 않았을 거야."

"음, 그럴 것이네. 운선은 참으로 절묘해! 어쩌면 내가 패할지도 몰라. 자네의 도움이 필요할 거야."

"좋아. 힘 닿는 데까지 돕겠네. 자넨 어떡할 텐가?"

"음, 나도 그 지역을 답사해 보겠네. 그리고 지금 방금 생각해 본 것인데, 항처는 운선이 살던 곳 말고 그 지역의 어딘가에 또 있을지도 몰라."

"음? 그래, 그럴 수도 있겠군!"

"그래서 그 일대를 샅샅이 살펴봐야겠어. 어쩌면 그 마을 어딘가에 항처가 있어서 그곳에서 좌도라는 사람이 살고 있을지도 모르지, 운선이 생각할 만한 일 아닌가?"

"그럴 거야. 그곳 곤천 지역은 넓으니까, 항처가 또 있을지도 모르지, 그렇다면 좌도를 숨겨 놓기가 훨씬 수월하겠지, 아무래도 그럴 것 같군! 운선이 살던 곳은 노출이 되어 있는 곳이니까."

원측선은 자신이 말하고 있는 동안 언뜻 고적선의 생각이 더욱 부각되어 오는 것을 느꼈다.

"아무튼 그럴 가능성이 많아. 단지, 우리가 지금 이토록 혼란을 겪도록 운선이 꾸며 놓은 일일 수도 있고."

"허허, 그럴지도 모르겠군. 워낙 치밀한 운선이니까!"

원측선은 잠깐 웃었지만 이내 어두운 얼굴로 변해 갔다. 고적선도 마찬가지였다. 두 선인은 잠시 동안 각자 깊은 생각에 잠겨 있었다.

"원측, 나는 떠나려네! 다시 만나기로 하세."

"알겠네. 먼저 가게, 나는 며칠쯤 쉬어야겠어."

고적선은 먼저 떠나갔다. 그러자 원측선은 그 자리에서 정좌靜坐하고 즉시 입진入眞을 시작했다.

부자의 고민

영민이가 수개월간 자신의 고향인 대곡리 마을을 다녀온 후 생활에 두드러진 변화가 있다면 그것은 잠자리에서 깨어나는 시간일 것이다. 영민이는 원래 오래 자고 늦게 일어나는 편이었다. 보통 오전 11시 근방까지 안 일어나고 하루에 15시간 정도 자야 만족했다.

그러나 요즈음은 아침 일찍 일어난다. 아침 일찍 일어나는 정도가 아니라 아주 캄캄할 때 잠에서 깨어나는 것이다. 시진時辰으로 말하면 인시寅時, 이 시간이면 어김없이 일어난다. 오늘도 영민이는 날이 채 밝기도 전에 일어나 단정히 앉았다.

앞에 놓여진 책은 《소곡심서》로 오늘 처음 읽기로 한 것이다. 민여사로부터 이 책을 받은 지는 이미 여러 날이 지났다. 그러나 그 동안은 마음을 가다듬기 위해 일부러 읽지 않았다. 단지 하루에 한 차례씩은 책을 꺼내 제목만을 한동안 들여다보면서 생각에 잠기곤 하였다.

오늘은 때가 된 것일까? 영민이는 경건한 마음으로 책의 첫 장을 펼쳤다. 글은 한문으로 되어 있었는데 해독하기가 쉬운 문장이었다. 영민이의 눈은 조심스럽게 첫 문장을 살펴보기 시작했다.

'―유미출 위지천진 회지위 도덕야猶未出 謂之天眞 廻之謂 道德也 : 아직 나서지 않은 것을 천진이라고 하고, 되돌아가는 것을 도덕이라고 한다.'

영민이는 이 대목에 시선을 고정시켰다.

'아직 나서지 않은 것? 태어나지 않았다는 뜻일까? 제자리에 있는 것? 아직 더럽혀지지 않은 것? 이것이 천진이다.'

어떻게 보면 쉬운 듯하고, 또 어떻게 보면 심오한 내용을 담고 있는 것 같았다. 아직 나서지 않았다는 것은 어디서 나지 않았다는 것일까? 아직 사물에 접해 보지 못한 마음이라면 어떨까? 또는 원래 있던 그 자리라고 해도 좋을 것이다. 이것이 바로 천진인 것이다.

이것은 우주의 근원이고 또한 생명의 근원이다. 어린아이의 마음도 이와 같은 상태가 아닌가? 영민이는 이 정도로 해석하고 다음 문장을 생각했다. 되들아가는 것이 도덕이다?

'이것은 간단하다. 이미 근원을 떠나 타락한 마음을 원래 상태로 돌리는 것을 말한다. 비유해서 말하면 죄를 안 지은 것은 천진이고, 죄를 짓고 나서 고치려는 행위가 도덕인 것이다.'

사람의 마음이 아직 더럽혀지지 않았으면 이것은 천진이다. 이미 더럽혀진 마음이라면 그것을 고치려는 것이 도덕이다. 생명의 근원에 그대로 있는 것, 이것은 천진이다. 이미 근원에서 멀리 떠난 상태에서 그것을 회복하려는 것이 도덕인 것이다.

영민이는 여기서 책을 덮었다. 그리고 자신은 어떤 사람인가를 생각해 봤다. 답은 당장에 나왔다. 자기는 이미 마음이 근원에서 떠나 있고 타락해 있는 속인俗人이 아닌가?

태어나서 얼마 안 있어서 그렇게 변한 것이다. 이것을 고쳐서 정신을 밝게 해야 한다. 사람은 원래 맑은 존재였을 것이다. 그런데 태어나서 관능에 물들어 더럽혀졌을 것이다.

영민이는 자신이 천진한 사람이 아니라는 것을 알았다. 세상에 누구도 천진한 사람은 없었다. 단지 그것을 회복한다는 것이 중요하다. 그것이 바로 도덕이다.

'그렇다면 나 자신은 도덕을 행하는 존재인가? 도덕이란 지키는 것이 아니라 근원으로 돌아가려는 노력이다.'

영민이는 고개를 저었다. 자신은 생애에 단 한 번도 근원을 회복하려는 마음을 가져 본 적이 없었던 것이다. 그러나 이제부터는 천진을 찾아야 한다. 영민이는 《소곡심서》의 첫 줄에서 수행의 목표를 발견했다.

'일운一雲 스승께서 남겨 놓은 글에 맑은 정신을 이룩하라고 한 것이 바로 천진일 것이야.'

영민이는 이렇게 해석하고 마음을 가다듬었다. 모든 인간의 내면에 있는 맑은 정신, 이것을 회복해야 한다. 영민이는 덮은 책을 유심히 바라보고는 지그시 눈을 감았다.

이 책 속에 마음 닦는 도리가 들어 있는 것이다. 책은 영민이의 마음에 쉽게 와 닿았다. 마치 언젠가 이 책을 한번 접했던 느낌마저 들었다. 영민이는 이제 《태극진경太極眞經》을 펼쳤다.

이것은 팔괘八卦의 논리로부터 시작하는 아주 난해한 문장이었다. 《주역》이란 책이 팔괘의 적용을 보여 주는 것이라면 '태극진경'은 그 기초를 보여 주는 책이었다. 영민이는 한동안 여기에 몰두했다.

영민이의 모든 정신은 팔괘의 극의極意를 깨닫기 위해 힘겨운 작용을 계속했다. 영민이가 골방에 틀어박혀 자연의 원리인 팔괘를 궁리하는 동안 밖에서는 날이 점점 밝아 오고 있었다.

조용하던 하숙집 안은 여러 사람이 깨어나면서 얼마간 소란이 있었다. 그러고는 마침내 하숙집 아줌마의 아침 식사를 알리는 신호가 문 밖에서 들렸다. 영민이는 책을 덮고 나와서 식사에 참석했다. 영민이가 이렇게 하는 것은 수년 동안을 통해 요즘이 처음이었다.

이런 것은 여느 사람에게는 너무나 당연한 일인데, 영민이에게만은 엄청난 변화였다. 영민이는 식사를 마치고 자기 방에 돌아와서는 다시 외출 차림을 갖추고 나왔다. 오늘은 밖에 일이 있었다.

영민이는 언덕길을 내려와 큰길을 건너 택시를 잡아탔다. 택시는 미아리 고개로 향했다. 거리는 한산했고 차는 삼십여 분 만에 미아리에 도착, 영인이는 차에서 내려 곧장 학선생의 집을 찾았다. 학선생은 마침 혼자 있었다.

"형님!"

영민이는 문 앞에서 조용히 불렀다. 이어 문이 열리고 학선생의 밝은 모습이 보였다.

"어서 들어와! 그분은 아직 도착 안 했어!"

학선생이 말한 사람은 바로 박영진이라는 부자 노인이다. 이 노인은 오늘 영민이를 만나 문제 상담을 하기로 한 것이다. 영민이와 학선생은 잠시 한담을 나누고 있었다. 노인은 정각에 나타났다. 학선생은 노인을 정중히 맞아들였다.

"안녕하셨습니까? 들어오시지요!"

"선생도 안녕하시오?"

노인은 밝은 모습에 미소를 머금고 들어왔다. 방 안은 몹시 좁아서 세 사람이 들어와 앉으니 더 이상 틈이 없이 꽉차 버렸다.

"방이 좁아서 불편하겠습니다."

학선생이 멋쩍어하며 옹기종기 앉아 있는 상태에서 말했다.

"괜찮아요. 마음이 넓으면 되니까, 하하……."

"네? 아, 네, 그렇습니다."

학선생은 가볍게 놀랐는데, 노인의 말은 무엇인가 심오한 일면이 있었다. 영민이도 노인의 말이 가슴에 와 닿았다.

"자, 인사부터 나누지요. 여기가 전에 말했던 제 동생입니다."

학선생은 노인에게 영민이를 소개했다.

"아, 그래요? 아주 귀한 분이군요!"

노인은 영민이를 바라보며 다정한 표정을 지어 보였다.

"안녕하세요?"

영민이도 고개를 숙여 인사를 올렸다.

"자, 그럼, 떠나 보실까요?"

노인은 학선생의 의견을 물었다.

"네, 그러시지요."

당초 노인과는 이곳에서 만나 노인의 사무실에 가기로 되어 있었던 것이다. 학선생은 노인의 사무실 근방에서 만나자고 했으나, 노인이 굳이 데리러 오겠다고 했다.

노인은 이곳까지 와서 데려가는 것이 영민이에게 편리할 것으로 생각한 것이다. 세 사람은 문을 나섰다. 노인의 사무실에는 영민이만 가기로 되어 있어서 학선생은 큰길까지 배웅을 나왔다. 큰길가에는 노인의 승용차가 대기하고 있었다. 노인과 영민이는 뒷좌석에 올랐다.

"집으로 가게."

노인이 운전사에게 지시하자 차는 천천히 출발했다. 영민이는 이때 자신이 어떤 중대한 운명으로의 여행을 떠난다는 생각이 들었다. 옆에 앉은 노인에 대해서는 이미 많은 것을 파악했다. 노인은 부자이고 건강하고 게다가 인격도 뛰어났다.

영민이는 노인이 좋았다. 만난 지 얼마 되지 않았지만 노인의 시원한 인품이 느껴지는 것이었다. 영민이는 원래 노인에 대한 애착이 좀 있기는 했다. 그것은 어쩌면 어려서 잃은 아버지에 대한 그리움인지도 모른다.

차는 언덕을 내려서면서 우측으로 회전했다. 길은 더욱 넓어졌다.

"선생, 성씨가 뭐라고 했더라?"

차가 한동안 달리자 노인은 옆으로 돌아보며 다정히 물었다.

"아, 네. 전영민입니다."

"전영민이라? 좋은 이름이군. 선생은 공부를 많이 했나 봐요?"

노인은 묻는 건지 아니면 자기 느낌을 얘기했는지 모르지만 진지하게 말했다.

"네? 아니에요. 이 나이에 뭘 공부했겠어요?"

영민이는 노인에 대해 친숙한 기분이 들어 솔직한 마음을 토로했다.

"아니오. 공부란 것은 질이 문제지 양이 문제가 아니지요!"

노인은 강조하듯 말했는데, 그 내용은 깊이가 있었다. 영민이는 노인에 대해 다시 한 번 감명을 받았다.

"고맙습니다, 명심하겠습니다."

"허허, 역시 대단하구먼."

노인은 이렇게 말하면서 고개를 끄덕였다. 차는 어느덧 정릉 지역으로 접어들었다. 도로는 다시 좁아지고 간간이 푸른 숲들이 보였다.

"이제 거의 다 왔소."

노인이 이렇게 말하고 얼마 안 있어서 차는 목적지에 당도했다. 운전사가 먼저 내려 노인의 차문을 열어 주고 영민이는 혼자 내렸다.

"자, 들어갑시다."

대문은 잠겨져 있지 않았는데, 들어서자마자 잔디로 된 통로가 나타났다. 건물은 도로에서 등지고 있었는데, 풀밭을 조금 걷자 우측으로 넓은 정원이 나타났다. 건물은 정원 위쪽에 하나가 더 있었다.

그 뒤쪽은 숲으로 가려져 있어서 정원 전체가 더욱 아늑해 보였다. 상당히 넓은 집인데 사람은 보이지 않았다. 이곳은 일부러 조용한 분위기로 꾸며 놓았는지 모른다. 정원 전체가 마치 깊은 산중에 있는 것 같았다.
　노인은 돌로 된 층계를 올랐다. 영민이는 뒤를 따르면서 집의 아름다움에 놀랐다. 위에 오르고 보니 자그마한 정원이 하나 더 있었던 것이다. 영민이는 우측에 한가해 보이는 정원을 바라보며 집 안으로 뒤따라 들어섰다.
　"여기가 내 서재이지요."
　노인은 이렇게 말하면서 책장을 가리켰는데 책은 많지 않았다. 전체 공간은 상당히 넓었다. 한쪽에 자그마한 책상도 보였다.
　"차를 마시겠소?"
　"아닙니다."
　영민이는 즉시 사양했다. 방에 사람이 없으니 필경 노인이 손수 차를 타올 것 같아서였다. 노인은 웃으며 주스를 한잔 내 왔다.
　"술은 한잔 어떨까?"
　노인은 한쪽 눈을 찡긋하면서 말했다. 친절하고도 대범한 모습이었다.
　"일부터 하겠습니다."
　영민이는 부드럽게 사양했다.
　"허허, 나중에 마시겠다는 거군. 좋아요."
　노인은 웃으며 마주 앉았다. 그러나 이내 표정이 변했다. 그 모습은 근심이 아닌 고통스러운 모습이었다.
　"선생, 나는 풀어야 할 숙제가 있다오."
　노인은 조용히 서두를 꺼냈다. 영민이는 잠시 자신의 무능을 염려했지만 점점 평온해지고 있었다.
　"이미 짐작하고 있을지도 모르지만, 문제는 가족에 관한 것이에요. 바로 내 딸에 관한 문제지."
　노인의 모습은 고통 속에 분노가 깃들여져 있었다.

"선생, 문제를 풀어 주시오!"

"글쎄요, 일단 들어 보기로 하지요."

"그래요? 그런데 이 문제는 들으면 반드시 풀어 줘야 하는 것이오. 자신 있소?"

"네? 자신은 없습니다. 그러나……."

"그러나 뭐요?"

"풀어 보고 싶습니다."

"허허…… 좋아요. 비밀은 지켜 줘야 하오. 내 딸을 보겠소?"

"아닙니다. 내용부터 먼저 듣겠습니다."

영민이는 원래 여자를 싫어한다. 특히 일에 있어서는 더욱 그러했다. 여자란 원래 조리가 없어서 공연히 시간을 허비하게 하지 않는가? 영민이는 이것이 딱 질색이었다.

노인은 고개를 끄덕이고는 천천히 얘기를 꺼냈다. 얼굴색은 다시 어두워지고 있었다.

"내 딸은 아주 부끄러운 일을 당했어요. 괘씸하기도 하고……. 내 딸은……."

노인은 여기서 잠시 멈추었는데 말하기가 힘든 듯 주스를 한 모금 마셨다. 그러고는 속삭이듯 말했다.

"강간을 당했어요!"

노인은 다시 한 번 주스를 마셨다. 영민이는 잠자코 있었다. 노인의 고통은 이해하지만 영민이가 무어라고 위로할 수 없는 입장이었다. 노인은 이런 내용을 점쟁이에게 얘기해서 어쩌자는 것인가?

노인의 비통한 말이 들려 왔다.

"범인을 잡아 주시오!"

"네? 그런 일을 제가 어떻게……."

영민이는 놀라면서 망설였다. 그런 일이라면 경찰의 소관이지 점쟁이나 도사가 풀 문제가 아닌 것이다. 그런데 노인은 영민이의 생각과 반대되는 의견을 내놓았다.

"이 문제는 경찰이 풀지 못해요. 어쩌면 범인을 잡을 수도 있겠지. 하지만 얻는 게 뭐겠소? 부끄러운 소문만 내는 꼴이지. 그럴 바엔 차라리 범인을 안 잡는 게 낫겠지!"

노인의 말은 지당한 것이었다. 범인을 잡는 것도 중요하지만 비밀 유지는 그 못지않게 중요한 것이다. 그러나 영민이가 무슨 재간으로 범인을 잡는단 말인가? 영민이는 이곳에 온 것을 후회했다.

"죄송합니다, 제가 할 수 있는 일이 아닌 것 같군요. 저는……"

"아, 가만. 더 들어 보시오."

노인은 영민이의 말을 제지했다.

"범인은 우리 회사 직원이오, 누군지는 모르지만."

"네?"

영민이는 의아스러운 표정을 지었다. 얘기가 점점 더 이상해지고 있었다.

"내가 자세히 얘기하리다. 듣고 보면 선생이 무슨 방도를 찾을 수 있을 것이오."

노인은 영민이를 잠깐 쳐다보고는 얘기를 시작했다. 노인의 표정에는 영민이를 신뢰한다는 뜻이 들어 있었다.

"그러니까, 작년 이맘때군요. 나는 회사의 직원들과 속리산을 갔었어요. 회사 직원 모두가 참여하는 정기 훈련이었지요. 나는 그 기간 중 피서를 겸해서 며칠 가 있었는데, 내 딸도 함께 가게 되었지요."

노인은 과거를 회상하듯 눈을 지그시 감았다 뜨고는 다시 말했다.

"거기서 사건이 발생한 거예요. 나도 그 당시에는 몰랐지만 나중에 딸에게 들어서 안 것이지요."

노인은 이제 남 얘기하듯 편하게 말하기 시작했다. 노인의 얘기는 상세하고 길었는데 내용을 간추리면 이렇다.

노인은 회사의 회장으로 뒤늦게 속리산에 합류했다. 직원들의 훈련 상황도 돌아볼 겸 피서를 간 것이다. 그때 딸도 함께 대동했다. 딸은 종종 회사일에 따라다니는 편이었다. 아버지의 휴가에 딸이 함께 간 것은 지극히 자연스러웠고, 노인은 아주 좋아했다. 평소 딸을 몹시 사랑하고 있었기 때문이다.

그런데 문제는 숙소 배정에서 비롯되었다. 회장의 숙소는 당초 호텔로 정해졌지만 회장 스스로가 숙소를 바꾼 것이다.

이래서 숙소는 가장 넓고 숲이 가까운 곳으로 바뀌었다. 이곳에는 기획실과 비서실의 젊은 팀이 한쪽 방을 차지하고 있었다.

회장의 방은 그 뒤쪽 별채로 특히 경관이 좋았다.

이 방은 회사의 다른 간부들이 자리잡았다가 갑자기 내준 것인데, 그 옆에 딸의 방도 정해졌다. 딸도 아버지와 함께 어울리겠다는 것이다. 여기까지는 좋았다. 문제는 밤늦게 발생한 것이다.

회장은 숙소 바로 앞 젊은이들과 어울리게 되었다. 물론 한 차례 밖에 나가 회사 간부들과 어울리고 숙소로 돌아와 쉬는 중에 다시 어울리게 된 것이다.

마침 하나의 큰 담 안에 있는 바깥쪽 방에서 젊은 사람들이 늦도록 술을 마시고 있었다. 회장의 방은 뒤뜰 멀리 떨어져 있었지만, 들어오는 길에 젊은 직원들과 운명의 조우를 하게 된 것이다.

"자네들 잘 노는구먼, 허허."

"어, 회장님, 한잔 하시지요!"

젊은 직원의 말에 그냥 지나쳤으면 그만이었는데, 인품 좋은 노인은 마침 술 생각도 나고 해서 같이 어울리게 된 것이다.

"애야, 먼저 들어가 자거라."

회장은 딸을 먼저 보내려고 했지만 딸은 말을 듣지 않았다.

"싫어요, 아빠. 나도 함께 있을래요."

이때 박수 소리가 터졌다.

"좋습니다, 환영합니다!"

직원들은 조금 술을 마신 상태여서 허물 없이 말했던 것이다. 회장도 허락했다. 휴양지에 와서 젊은 사람들과 잠깐 어울리는 것은 평화롭고 한가한 일이다. 술좌석은 이렇게 해서 어우러지게 되었다.

술자리는 아주 재미있었다. 원래 술을 좋아하는 노인인데다 젊은 사람들의 노는 모습이 보기에 좋았던 것이다. 딸도 함께 술을 마셨다. 결국 술자리가 파하도록 술을 마시고 숙소로 돌아왔다.

회장과 딸은 각각 자기 방에 들어가 곯아떨어졌다. 회장이 돌아가지 젊은 사람들도 모두들 그 자리에서 쓰러졌다.

그런데 누군가가 일어났다. 그러나 누군지 그것을 의식할 수가 없었다. 모두들 취해서 깊은 잠에 떨어졌기 때문이다. 이 젊은이는 뒤뜰로 향했다. 처음엔 회장의 방문을 열었다. 회장은 완전히 혼수 상태였다. 젊은이는 다시 다음 방으로 가서 문을 열었다.

거기에는 기대하던 먹이(?)가 무방비 상태로 놓여 있었다. 젊은이는 즉각 행동을 개시했다. 이 젊은이가 취중이었는지 어떤지는 알 수 없었다. 아무튼 딸은 치마가 들쳐지고 팬티가 벗겨졌다.

젊은이는 바지를 내리고 슬그머니 그러나 망설임없이 낙원(?)을 향해 진입했다. 그런데도 딸은 잠시 동안 이를 몰랐다. 꿈인지 생시인지 무엇인가를 느끼고 깨어났을 때는 일은 이미 끝나 있었다.

젊은이는 벌써 도망가고 있었다. 딸은 상황을 즉시 파악했다. 그러나 어렴풋했기 때문에 소리를 지르지 않고 먼저 범인의 뒤를 쫓았다. 범인은 거의 뛰다시피 사라지고 있었다.

딸은 재빨리 뒤쫓았다. 범인은 앞뜰로 달려갔다. 뒤쫓아오는 것을 감지했기 때문이다. 딸은 범인을 쫓아가는 한편, 소리를 지를까 하는데 범인이 방문을 열고 잽싸게 들어갔다.

딸은 이때 이젠 됐구나 생각했다. 범인은 독 안에 든 쥐다, 이렇게 생각한 것이다. 그러나 이것은 큰 오산이었다. 딸이 방문을 열어 보자 범인은 어디에 섞여 있는지 알 수가 없었던 것이다.

모두들 잠들어 있었다, 물론 불은 그대로 켜져 있는 채로. 딸은 한 사람 한 사람 살펴보고 흔들어 봤지만 모두가 정신 없이 자고 있었다. 밖에 나와서 신발을 봤지만 섞여 있어서 특별한 것을 찾을 수가 없었다.

딸은 낙심을 하고 자기 방으로 돌아왔다. 그리고 새벽이 되자 그 방문 앞에 다시 갔다. 누가 제일 먼저 나오느냐 이것을 보고 싶었다. 그러나 이것을 봐서 무엇하랴? 제일 먼저 일어난 사람이 범인이라고 볼 수는 없기 때문이다.

딸이 제법 침착하게 대처해서 소란도 일지 않고 아무도 몰랐지만 그 상처만은 분명한 것이었다. 딸은 다음날 아버지와 함께 집으로 돌아왔다.

오는 동안만은 고통을 참았다. 그러나 그 길로 병원을 다녀온 딸은 자신이 당한 일을 확실히 알게 되었고, 상심과 좌절의 길을 걷게 되었다.

아버지가 이 사실을 알게 된 것은 여행을 다녀온 후 일주일이나 지나서였다. 그러나 아버지도 무슨 대책을 세울 수가 없었다. 아버지가 할 수 있었던 것은, 이런 일이 인생에 결정적인 파멸의 요소가 될 수 없다는 것을 설득하는 일이었다.

여자가 강간을 당하고 혹은 정절을 잃은 것의 의미를 단적으로 말할 수는 없다. 아버지는 괴로워하는 딸에게 이것은 큰 것이지만 전부는 아니라고 말해 주었다. 과연 아버지의 말이 맞는 것인지 혹은 아무 일도 아닌 가벼운 일인지는 알 수가 없다. 단지 딸의 마음은 이로부터 차차 회복되었고, 지금은 정상적인 생활로 돌아와 있었다.

이것이 노인이 말한 사건의 전모였다. 그 당시 9명의 젊은이들은 아직도 회사에 잘 다니고 있다. 그러나 노인의 정신 속에 깊이 자리잡고 있는 그 회한과 범인을 잡고 싶은 마음은 이루 다 말할 수 없었다. 그것이 복수를 위한 것이든지 단순히 범인이 누군지 알고 싶기 때문이든지 간에……

영민이는 한동안 아무 말도 할 수 없었다. 노인이 다시금 그 당시의 고통으로 돌아가고 있기 때문이었다.

"범인을 잡아 주시오!"

노인은 한숨과 함께 침통한 어조로 말했다. 이제 영민이에게 주어진 문제는 분명해졌다. 노인과 딸의 고통은 영민이로서 어쩔 수 없는 것이고, 그가 할 수 있는 일은 범인을 찾아야 한다는 것이다.

그런데 문제가 참으로 미묘했다. 범인을 잡되 소문 없이 조용히 잡아내야 하는 것이다. 난감한 문제였다. 그러나 영민이의 마음 속에는 범인을 찾고 싶은 강한 욕구가 폭발적으로 일어났다.

도대체 누가 범인인지 알고 싶은 것이다. 인생에 이러한 문제도 있다는 것을 영민이로서는 처음 느껴 본 것이었다.

"범인을 잡겠습니다."

영민이는 이렇게 말했다. 노인은 이 말에 놀란 듯 보였다. 영민이의 말에 어떤 움직일 수 없는 힘을 느꼈던 것이다.

"좋아요. 단번에 범인을 찾아내야 합니다. 실수를 해서 소문이 난다면 피해가 더 큽니다. 범인을 잡으나마나지요. 알겠소?"

"네."

영민이는 입을 꼭 다물고 천천히 고개를 끄덕였다. 반드시 그래야 하는 것이다. 조사를 하는 것조차도 모르게 잡아내야 한다. 기회는 단 한 번이다. 범인을 한 번 지정했으면 그것이 확실해야 한다. 이 사람 저 사람을 헤매면서 찾을 수는 없는 것이다.

"어떻게 하시겠소?"

"그 사람들 인적 사항을 주십시오. 며칠 연구를 해 봐야겠습니다. 그리고 나중에 그 사람들 모두를 직접 봐야겠지요."

"물론이오. 분명히 말하지만, 실수는 용납되지 않아요. 단 한 번에 잡아내야 하는 것이오."

노인은 다시 한 번 사건의 되돌릴 수 없음을 강조했다. 이 말에 영민이는 웃음을 보였다. 그러나 이내 차갑게 변하면서 말했다.

"저도 분명히 말해 두겠습니다. 제가 만일 실수를 한다면 저는 자살하겠습니다."

노인은 주스를 들어 마셨다. 속으로 상당한 충격을 느낀 것이다. 이어 노인은 책상 서랍으로 가서 서류 봉투 하나를 내 왔다.

"이것이오! 여기에 그 사람들 인적 사항이 다 적혀 있소."

"사진도 있습니까?"

"물론이지."

노인은 당연하다는 듯 말했다. 그러자 영민이는 뜻밖의 말을 해 왔다.

"사진을 모두 떼어 주세요. 얼굴은 나중에 다시 보겠습니다!"

"음? 사진을 떼라고? 알겠소."

노인은 의아스럽게 생각했지만 순순히 영민이의 말에 따랐다.

영민이는 노인이 사진을 일일이 떼는 것을 일부러 외면한 채 창 밖을 보고 있었다. 이윽고 노인은 사진을 다 떼어냈다.

"자, 다 됐습니다."

"네, 그럼 저는 이만 가보겠습니다."

영민이는 자리에서 일어났다. 노인은 앞서 나가면서 벨을 눌렀다. 그리고 계단을 내려가는데 저 아래 운전사가 대기하고 있었다.
  "선생, 이것은 이곳 전화번호요. 아무 때나 연락됩니다."
  영민이는 명함을 받아 넣었다.
  "이분을 집까지 모시게!"
  노인은 운전사에게 말하고 집 밖까지 배웅을 나왔다. 영민이는 차에 타고 눈을 감았다. 차는 달리기 시작했다.

좌도坐島, 그리고 좌도座島

따르릉—.

따르릉—.

전화벨 소리가 몇 차례 계속 울리고 있었다. 민여사는 남편의 출근을 배웅하고 돌아오다가 벨 소리를 듣고 급히 달려와 수화기를 들었다.

"여보세요, 언니예요? 네, 잘 지냈어요. 언니는요? 하하."

최여사의 전화였다.

"지금요? 그래요! 나갈게요."

최여사는 오랜만에 전화를 해서는 무조건 나오라고 했다. 민여사는 싫지 않았다. 마침 자랑할 것도 있었기 때문이다. 그리고 최여사도 무엇인가 재미있는 소식을 준비했는지 모른다.

민여사는 서둘러 나갈 채비를 갖추었다. 그러는 중 또 한 번의 전화가 울렸다.

따르릉

"여보세요. 네? 아, 안녕하세요?"

이번에는 김선생이었다.

"만나 뵈었으면 하는데요."

김선생은 더듬지 않고 분명하게 말했다. 평소하고는 완전히 다른 음성이었다.

"네? 저……."

오히려 말을 더듬는 것은 민여사였다. 민여사는 방금 최여사를 만나기로 했기 때문에 속으로 잠시 생각했던 것이다.

"내일 만나면 안 될까요?"

민여사는 이렇게 말했다. 아무래도 오늘 최여사하고 만나면 시간이 좀 걸릴 것 같은 느낌이 들었기 때문이다. 그런데 김선생은 물러서지 않았다.

"중요한 일입니다."

"네? 그래요? 그럼, 뵙지요. 그 다방에서요."

민여사는 속으로 가볍게 놀랐다. 김선생이 이 정도로 얘기하면 여간한 일이 아닐 것이다.

'좋은 일일까, 나쁜 일일까?'

민여사는 고개를 갸우뚱하면서 집을 나섰다. 다방에 도착한 시간은 이로부터 10여 분 후, 최여사는 이미 와 있었다.

"언니, 오랜만이에요."

"그래, 잘 지냈니?"

두 사람은 밝은 표정으로 인사를 주고받았다. 이어 차를 주문하고 잠시 짬을 둔 후 민여사가 먼저 말했다.

"언니, 여기서 누굴 만나기로 했어요."

"음?"

"잠깐이면 될 거예요, 언니하고는 한참 있을 거구요."

"그래, 아무럼 어떻니?"

최여사는 미소를 지으며 민여사를 바라봤다.

"언니, 그 동안 어떻게 지냈어요?"

"나는 잘 지냈어. 넌 바빴던 모양이야!"

"네, 일이 좀 많았어요. 대금산도 몇 차례 갔다 오고……."

"그래 참, 거기 어떻게 됐니?"

"수리를 다 끝냈어요."

"그래? 잘됐구나. 언제 한 번 가봐야지."

"네. 그리고 언니…… 그곳 이름을 지었어요."

민여사는 자랑하듯 말했다.

"응, 이름? 그렇지, 산장이면 이름이 있어야겠지!"

최여사는 고개를 끄덕였다.

"산장이 아니라, 관觀으로 부를 거예요."

"음? 관? 그게 무슨 뜻이니?"

"네? 하하. 언니는 도관道觀이란 말 못 들어 봤지요? 도인이 수도하는 곳을 관이라고 해요!"

"그래? 누가 거기서 도를 닦니?"

"하하, 언니, 누가 도를 닦아요? 거긴 옛날에 도인이 살던 곳이잖아요?"

대금산 집의 내력에 대해서는 최여사도 잘 알고 있었다.

"그렇지! 관觀이라고 하면 좋겠구나. 그래, 이름을 뭐라고 지었니?"

"네, 산수山水라고 지었어요. 합쳐서 말하면 산수관山水觀이지요. 어때요?"

민여사는 즐거운 표정을 지으며 물었다.

"산수관이라, 평범하고 뜻도 좋구나! 산수관…… 좋아!"

최여사는 잠시 생각해 보고는 이름을 잘 지었다고 평했다. 민여사는 미소를 짓고 있었다. 이 이름은 바로 영민이의 도호道號가 아닌가!

이 사실은 영민이도 모르고 있었다. 민여사가 무슨 뜻으로 그 곳에다 영민이의 호를 붙여 놨는지 모르지만 최여사로서는 아무래도 좋았다. 단지 민여사가 그 집을 갖게 된 것에 대해서는 부러울 뿐이었다.

"언니, 뭐 재미있는 소식 없어요?"

민여사는 화제를 돌렸다. 이제 슬슬 최여사의 소식 보따리가 풀어질 때가 된 것이다. 민여사는 은근한 기대를 보였다. 별 얘기가 없어도 좋지만 오랜만에 만나면 최여사는 으레 재미있는 얘깃거리를 들고 나온다.

"글쎄, 대단한 건 없지만……."

최여사는 조용히 서두를 꺼냈다. 뭔가 있는 낌새가 보였다. 민여사는 미소를 지으며 기다리고 있었는데, 과연 놀랄 만한 얘기가 나왔다.

"좌도를 찾았어!"

"네, 좌도를요? 도사가 말한 그 사람 말인가요?"

민여사의 표정은 심각하게 변했다. 최여사는 민여사의 반문에 천천히 고개를 끄덕이며 말했다.

"틀림없어! 그런데 그 사람은 죽었나 봐, 오래 전에……."

"죽다니오?"

민여사는 다소 실망을 느끼며 물었다. 그러나 최여사는 오히려 더욱 진지해졌다.

"좌도라는 사람은 도인이었나 봐. 100여 년 전에 죽었지만……."

"네? 100여 년 전에 죽었다고요?"

뭔가 심상치 않은 것이 있었다.

100여 년 전에 죽었다? 그리고 도인이다?

이것은 신비한 여운을 풍기고 있었다. 필경 신비해야만 조성리 도사가 찾으라는 좌도일 가능성이 많다. 단지 죽었다는 것이 조금 맥빠지게 만들었다. 더군다나 100여 년 전에 죽었다면 도사가 이제 와서 찾으라고 했을 리가 없다.

그러나? 뭔가 있을지도 모른다.

민여사는 이상한 느낌이 들었다.

"언니, 자세히 좀 얘기해 보세요."

민여사는 자신의 느낌이 심상치 않기 때문에 분명 현실적으로 중대한 내용이 있을 것이라고 생각했다. 최여사는 잠시 허공을 응시하는 듯하다가 얘기를 막 시작하려고 했다. 그런데 이때 민여사가 말을 막았다.

"언니, 잠깐만요. 만날 사람이 왔어요. 잠시만 기다리세요."

민여사는 미소를 짓고 일어나서 김선생을 마중했다.

"안녕하세요?"

"아, 네. 저……"

김선생은 방심하고 있던 중 갑자기 민여사가 나타나자 엉거주춤한 자세가 되었다.

"이쪽으로 오시지요."

민여사는 다른 쪽으로 자리를 안내했다. 최여사에게는 굳이 인사를 시키지 않았다.

"급한 일일 것 같아서."

김선생은 자리에 앉자마자 서두를 꺼냈다. 김선생은 민여사를 억지로 불러내서 미안한 듯 보였다.

"괜찮아요. 우선……"

민여사는 김선생에게 차를 시켜 주고 들을 자세를 취했다. 김선생의 얘기가 시작됐다.

"일전에 알아보라고 한 것을 알아봤어요. 좌도에 관한 것입니다만."

"네? 좌도요?"

민여사는 놀라는 한편 재미가 있었다. 좌도라는 말이 또 나오다니!

'어디, 김선생의 좌도는 누구인지 들어 보자!'

민여사는 이렇게 생각하며 미소를 지었다.

"좌도는 광주에 있었습니다."

있었습니다? 그럼 지금은 없다는 말이 된다. 이는 최여사가 말한 좌도와 비슷하다. 혹시 김선생은 최여사가 말했던 그 좌도를 말하려는 것이 아닐까? 민여사는 아무튼 더 들어 봐야겠다고 생각했다.

"그런데. 그 사람은……."

김선생은 오늘따라 말을 참 잘하고 있었다. 가끔 이럴 때가 있기는 했다.

"며칠 전 죽었습니다."

"네, 며칠 전요?"

민여사는 놀랐다.

좌도라는 사람이 있는데 또 죽었다니?

오늘은 묘한 날이다. 두 사람이 전화를 해서 같은 장소에서 만나고 같은 사람을 얘기하고…… 글쎄, 같은 사람일까? 둘 다 죽었다는 얘기를 하고, 그런데 김선생의 얘기는 좌도가 며칠 전에 죽었다고 한다.

그렇다면 최여사가 말한 좌도는 아니다. 최여사의 좌도는 100여 년 전에 죽었으니까!

김선생의 말이 이어졌다.

"그분은 서예가였지요. 공부를 많이 한 사람이었습니다. 문제는 그 사람이 왜 죽었느냐 하는 것입니다."

김선생은 민여사를 흘끗 보며 날카로운 표정을 지었다.

"그 사람은 살해되었습니다."

"네?"

민여사는 놀라고 말았다.

"살해!"

끔찍한 일이기도 하려니와 웬지 남의 일 같지가 않았다.

"살해되었다니오?"

민여사는 다시 물었다.

"네, 며칠 전 무등산 근교에서 시체로 발견되었습니다. 경찰 조사에 의하면 깡패들의 소행이라고 합니다. 좌도는 매맞아 죽었습니다."

"어머, 끔찍해라!"

민여사는 얼굴을 찡그렸다.

"좌도라는 사람은……."

김선생은 계속해서 말했다.

"무술 실력이 대단했다고 합니다. 그런데 그 사람은 일격一擊에 죽었어요. 싸움 흔적이 전혀 없었어요."

"무슨 뜻이지요?"

민여사는 김선생이 말하는 뜻을 잘 몰랐다.

"네, 상대방은 아주 무서운 사람이란 뜻입니다. 무술의 고수高手를 단 일격에 죽일 수 있는 기습을 했는지도 모르지요. 혹은 잠시 동안 대치했을지도 모르겠지만 문제는 그 사람이 죽을 이유입니다. 그 사람은 인품이 좋아서 원한을 가질 사람이 없다고 하더군요."

민여사는 여전히 뜻을 몰라 의아스러운 표정을 지었다. 김선생이 설명했다. 목소리에는 힘이 들어가 있었다.

"그 사람은 좌도이기 때문에 죽었습니다. 누군가가 좌도를 찾아 죽인 것입니다."

"그런가요?"

민여사는 고개를 천천히 끄덕였지만 속으로는 많은 것을 생각했다.

'조성리 도사가 찾으라는 좌도는 이렇게 죽은 것일까? 최여사가 말한

100여 년 전에 죽은 좌도는? 그렇지! 얼마 전 용산의 누군가도 좌도를 찾고 있다고 했어. 그렇다면 조성리 도사가 찾으라는 좌도는 아직 안 나타났는지도 몰라. 도처에 좌도를 찾는 사람이 있어. 진짜 좌도는 누구일까? 무등산에서 죽은 사람? 아니면 지금 어딘가에 살아 있을까?'

민여사는 머리가 복잡했다. 그러자 김선생이 주의를 환기시켰다.

"이제 우리의 문제로 돌아갑시다."

김선생의 목소리는 차분했다. 오늘은 김선생의 정밀한 논리가 유감 없이 전개되고 있는 것이다.

"민여사님도 아시다시피 며칠 전 저는 미행을 당한 적이 있었습니다. 그것은 용산에 있는 깡패가 시킨 것이었습니다. 제가 좌도인가 아닌가를 알기 위해서, 그렇지요?"

김선생은 돌연 질문했다.

"네, 그랬었지요."

민여사는 조심스럽게 대답했다.

"바로 그겁니다. 제가 만일 좌도라면 저는 죽었을지도 모릅니다. 저는 저들의 배경을 조사해 봤어요, 물론 민여사님이 시킨 것이지만. 좌도를 찾고 있는 사람은 강치복이란 사람이었습니다. 깡패 두목이지요. 이 사람이 광주에서 서예가를 죽였는지는 아직 모릅니다."

김선생은 잠시 말을 멈추었다. 긴장이 조금씩 고조되고 있었다.

"그런데 중요한 것이 밝혀졌습니다. 아주 어렵게 알아낸 것이지만……"

김선생은 다시 말을 멈추고 이번에는 천천히 말했다.

"강치복이 저를 처음 조사하게 된 이유가 무엇일까요? 그것은 바로 제가 민여사님을 만나고 있기 때문입니다."

"네?"

민여사는 아직 뜻을 모르고 있었다.

"저들은 말입니다, 당초 민여사님을 조사하고 있었어요!"

"어머나, 저를요?"

민여사는 놀라서 목소리를 높였다. 김선생은 민여사를 빤히 보면서 고개를 천천히 끄덕였다.

"저들은 오래 전부터 민여사님의 뒷조사를 하고 있었습니다. 민여사님, 혹시 지리산을 다녀온 적이 있었습니까?"

김선생의 질문은 아주 날카로웠다. 민여사는 가슴이 두근거리기 시작했다.

"네, 몇 달 전 지리산엘 다녀왔어요. 그게 뭐 잘못됐나요?"

"바로 그겁니다. 저들은 민여사님을 지리산에서부터 추적한 것이 틀림없습니다. 저들이 이렇게 말했답니다. '아, 그 여자, 지리산의 그 여자 말이지요. 민씨라고 하던데…….' 민여사님을 말하는 것이 틀림없지요?"

"네, 그런데 그 사람들이 저를 왜 조사하지요?"

민여사는 목소리가 조금 떨리는 듯했다.

"이 문제는 말입니다."

김선생은 무엇인가를 깊이 생각하며 말했다. 그 모습은 어색해 보이기도 했지만 냉철함이 서려 있었다.

"근원이 아주 깊습니다. 그리고 넓은 영역에 퍼져 있어요."

"네? 무슨 뜻인지요?"

"저들이 민여사님을 조사하는 이유는……."

김선생은 질문을 외면하고 말했다.

"민여사님이 눈에 띄게 행동하기 때문입니다. 저들은 민여사님을 아주 중요한 인물로 보고 있습니다. 좌도를 찾는 데 있어서요. 민여사님은 지리산 외에 어딜 또 다녔지요?"

"네? 아, 네, 조성리 도사의 집에 갔었지요."

"그겁니다. 사건의 발단은 조성리 도사의 집입니다. 저들은 배경이 아주 깊어요. 조성리 도사를 추적하고 있는 인물일 겁니다. 좌도라는 사람도 그곳과 관련 있지 않나요?"

김선생은 뻔하다는 듯이 물었다. 민여사는 고개를 끄덕이며,

"그래요! 좌도라는 사람은 조성리 도사의 후계자인가 봐요. 그런데 그 깡패들은 뭐지요?"

민여사로서는 도저히 연결이 되지 않았다. 김선생은 고개를 갸우뚱하고는 설명하기 시작했다.

"확실한 것은 저도 몰라요. 하지만 충분히 이해될 수는 있어요. 저는 생각해 봤습니다. 저들의 배경은 필시 도인들일 것입니다만, 어쩌면 대단히 도가 높은 분들인지도 모릅니다. 조성리 도사에 버금가는…… 아무튼 아주 높은 곳에서부터 사건이 흘러 내려 왔다고 생각하는 것이 자연스럽습니다. 즉, 누군가가 좌도를 찾기 위해 불량배를 이용하고 있는 것이지요. 그런데 그 과정에서 민여사님이 눈에 띈 것입니다. 아마도 조성리 도사의 집이겠지요. 저들은 조성리 도사의 집을 감시하고 있었을 겁니다. 민여사님은 조성리를 비롯하여 지리산, 그리고 최근에는 대금산까지 종횡 무진하고 있습니다. 저들의 눈에 민여사님이 중요하게 보이는 것은 당연합니다. 목표는 물론 좌도라는 사람이겠지만, 그 사람을 민여사님 주변에서 찾으려 한다는 것입니다. 좌도라는 사람은 지금 몹시 위험합니다. 이미 그 이름을 가진 한 사람이 죽었습니다."

민여사는 어두운 표정으로 고개를 천천히 끄덕였다. 사건이 너무나 광대하고 난해했다.

"알겠어요. 그럼, 저는 어떡하면 좋지요?"

민여사는 애써 태연한 척하면서 김선생의 의견을 물었다.

"글쎄요, 우리는 좌도가 아닌 한 별 위험이 없을 것 같군요. 그러나 저런 무리들이 근처에 얼씬거리면 불길한 것은 틀림없지요. 오히려 제가 묻겠습니다. 좌도가 누군가요? 민여사님은 필경 좌도와 관련이 있을 것 같습니다."

"제가요?"

"아닌가요? 좌도를 전혀 모르나요?"

김선생은 민여사를 의심스럽다는 듯이 쳐다봤다.

"네? 뭐, 조금은 알아요. 이름 정도는 듣고 있어요. 저는 그 사람에 대해 관심이 많아요."

"그런 가요? 왜지요?"

"글쎄요, 운명이라고 해야 할까요. 저는 조성리 도사를 연구하고 있어요. 그리고 이제는 좌도라는 사람이 궁금하기도 하고요."

"좋습니다……. 그럼 앞으로 계속 좌도라는 사람을 찾을 겁니까?"

"그렇습니다."

민여사는 잠깐 생각해 보고 대답했다.

"위험해도요?"

"네? 저…… 그렇습니다. 찾을 겁니다."

민여사는 망설였지만 단호히 대답했다. 김선생은 웃는 표정을 지었다. 아주 어색해 보였다. 그러나 이내 맥빠진 김선생 특유의 표정으로 다시 돌아왔다.

"좋습니다, 저도 그럴 겁니다. 좌도라는 사람이 누구이며, 왜 중요한지 연구해 볼 것입니다."

김선생은 쉽게 말하고 있지만 그 속에는 한없는 의지가 엿보였다.

"김선생님이 좀 도와주세요. 저쪽에 대한 조사도 계속해 주시고요."

민여사는 김선생의 말이 크게 의지가 되었다. 조금 위험할 것 같기는 하지만 자신이 좌도가 아닌 이상 설마 무슨 일이 있으랴 하고 생각한 것이다. 게다가 민여사 자신은 운명적으로 안전하다는 생각을 항상 가지고 있었던 것이다.

그리고 지금 이 자리에서 느낀 것이지만 좌도라는 사람과 민여사 자신은 어떤 숙명적 관련이라도 있는 것처럼 생각되어졌다.

"다른 일은 없나요?"

민여사는 밝아진 표정으로 물었다.

"네. 무언가 밝혀지면 연락을 드리지요. 조심하셔야 됩니다, 아시겠지요?"

민여사는 김선생에게 고마움을 느끼면서 고개를 끄덕였다.

"그럼, 저는 이만……."

김선생은 자리에서 일어나려 했다.

"잠깐만요."

민여사는 지갑에서 수표 몇 장을 꺼냈다.

"이거…… 경비로 쓰세요."

김선생은 말없이 수표를 받고는 급히 다방을 나갔다. 민여사는 잠시 마음을 가다듬고는 다시 최여사가 있는 자리로 돌아왔다.

"언니, 많이 기다렸지요?"

"아니, 괜찮아! 급한 일이 있었나 보지?"

"네, 뭐 조금."

민여사는 미소로 답하고 화제를 돌렸다.

"언니, 아까 하던 얘기를 계속하지요."

민여사로서는 방금 전 김선생과의 얘기가 복잡했지만, 지금 최여사가 하려는 얘기도 좌도라는 사람에 관한 것이기 때문에 섞어서 들어도 좋다고 생각했다. 어쩌면 두 사람 얘기가 연관이 있는 것인지도 모른다.

"그럴까? 좌도라는 사람이 100여 년 전에 죽었다고 했었지. 그런데 그 도인은……."

최여사는 한동안 기다렸기 때문에 끊어진 리듬을 맞추기 위해 천천히 말을 이었다. 민여사는 웃음을 보였다. 그것은 방금 김선생으로부터도 며칠 전 죽은 좌도 얘기를 들었기 때문이다.

최여사는 민여사가 웃는 뜻을 모르고 100여 년 전에 죽은 좌도라는 사람, 어떤 도인에 대해 얘기를 꺼내기 시작했다.

"아주 불운했던 모양이야. 내려오는 전설이 있어. 그 도인은 어느 산에서인가 도道를 닦다가 남해 바다로 왔어. 어디인지 알아? 바로 좌도라는 섬이야! 하하……."

"네? 좌도라는 도인이 좌도라는 섬으로 왔단 말이에요?"

"그렇지! 그러나 한문이 좀 달라, 좌도라는 섬은 자리 좌座이고 좌도라는 사람은 앉을 좌坐야."

"그렇군요, 우연인가 보군요!"

그렇게 생각할 수도 있다. 혹은 좌도라는 도인이 자신의 이름과 닮은 곳을 찾을 수도 있다. 아무튼 민여사로서는 여기까지 들은 상태에서 크게 흥미를 느낄 만한 것이 없다고 생각했다.

"그런데 그 도인이 어디서 왔는지 알아?"

최여사는 의미 심장하게 웃고 있었다. 민여사는 심상치 않은 기분을 느꼈다.

"어디서 왔는데요?"

최여사는 갑자기 심각해졌다. 민여사도 숨을 졸이고 있었다.

"그 도인이 온 곳은 경기도 대금산이래!"

"어머!"

민여사는 너무 놀라 말문이 막혔다. 머리를 어디에 심하게 부딪힌 것 같았다.

"정말이에요, 그게?"

"하하…… 그럼! 놀랄 줄 알았어. 나도 뭐가 뭔지 모르겠어."

"참 신기하네요. 하필 대금산이라니…… 혹시 대금산 도인하고 연관이 있을까요?"

"글쎄, 그건 모르겠어. 놀라울 뿐이야……."

민여사는 속으로 더욱 놀라고 있었다. 당초 좌도라는 사람이 좌도라는 섬에 살고 있지 않을까 하고 제안했던 사람은 바로 민여사였다. 그 당시 지리산 회합에서는 막연히 했던 말인데 그것이 사실이라니…….

최여사는 참으로 대단하다. 어느 새 그런 굉장한 사실을 알아 오다니, 하긴 좌도라는 섬이 실제로 있다는 것은 최여사가 처음으로 말했던 것이 아닌가!

어디 그뿐이랴! 애당초 조성리 도사를 발견해서 민여사에게 얘기해 준 사람은 바로 최여사였다. 최여사는 원래 그런 사람이다. 그런데 민여사가 가장 놀란 것은 좌도라는 도인이 대금산에서 왔다는 사실이었다.

이건 또 무슨 숙명이란 말인가? 민여사는 자기가 대금산 집을 인수한 지금 상태에서 보면 묘하게도 좌도와 관련이 되고 있었다.

'나는 도대체 누구야?'

민여사는 도사에 관한 많은 부분이 자신과 연관되어 있다는 것을 느꼈다.

'과연 나는 하늘이 낸 사람일까?'

민여사는 이런 정도까지 생각하고 있었다. 그러나 잠시 웃고는 이내 현실로 돌아왔다.

"언니, 언니는 참 대단해요. 그런 얘기를 어디서 들었어요?"

"응, 그거? 나 노력 많이 했어! 처음엔 허탕을 치는 줄 알았지. 내친 김에 들쑤셔 봤더니 그런 얘기가 나오더군."

최여사는 자랑스럽게 그 과정을 얘기했는데 내용은 이렇다.

최여사 친구 중에 좌도라는 곳을 다녀온 적이 있다는 얘기는 이미 지리산 회합에서 얘기한 바 있거니와, 근래에 와서 그 친구를 만난 것이다. 그 친구는 연고가 있어 고흥반도에 자주 가는데 최여사도 함께 가게 되었다.

최여사가 그곳까지 가게 된 것은 물론 기회가 마침 닿아서였지만, 그곳에 가서는 최여사가 일부러 알아보고 다녔던 것이다. 최여사는 일단 좌도라는 곳으로 가봤다.

그러고는 그 일대에 나이 많은 노인들을 다 찾아보았다. 좌도라는 사람, 혹은 도인이 있는가 하고. 그런데 끈질기게 헤맨 보람이 있었다. 좌도에서 살다가 이사 나온 할머니가 전설을 얘기해 준 것이다.

"운이 좋았군요. 언니는 어떻게 그런 생각을 해 봤어요?"

민여사는 최여사의 활동에 감동어린 찬사를 보냈다.

"글쎄, 갑자기 그곳에 가보고 싶은 것도 운이라면 운이겠지. 그건 그렇고, 전설 얘기는 또 있어!"

"어머, 그래요?"

민여사는 기쁨을 감추지 못했다. 신비한 이야기가 더 있을 것이기 때문이다. 최여사는 목소리를 낮추고 차분히 얘기해 나갔다.

"좌도라는 도인은 양쪽 다리가 없었어!"

"저런!"

민여사는 얼굴을 찡그렸다.

"그곳에 올 때 이미 다리가 잘려 가지고 온 것이지, 누명을 쓰고. 어떤 못된 관리가 그런 거야. 이 도인은 그곳에서 몇 년을 살고는 죽었어.

그런데 ……."

최여사의 목소리가 조금 커졌다.

"좌도라는 도인은 죽으면서 이런 말을 남겼어. 그 섬에 다시 온다고!"

"네? 다시 온다고요? 그게 무슨 뜻이지요?"

"글쎄, 그 말이 사실이라면 다시 태어나서 온다는 말이겠지!"

"그래요? 그 섬엔 왜 다시 온데요?"

민여사는 어린아이처럼 매달렸다.

"하하, 내가 그런 것까지 어떻게 아니? 무슨 사연이 있겠지, 그리고 그 도인은 특히 겨울의 찬바람을 좋아한다고 했어."

"……."

"그래서 겨울이면 바닷가에 나가서 거의 온종일 바람을 맞고 있었대, 그 잘린 다리를 헤가지고……."

최여사의 얘기는 여기서 끝났다. 그리고 한 가지 견해를 덧붙였다.

"만일 말이야, 조성리 도사가 그 좌도를 말한 것이라면 앞으로 그 섬에 좌도라는 도인이 나타날지도 모르지. 우리가 좌도를 찾고자 한다면 그 섬에 유의해야 될 거야."

최여사의 생각은 엉뚱하지만 깊이가 있었다. 어쩌면 그렇게 될지도 모른다. 민여사는 고개를 끄덕였다.

'그래, 그런 사람이 바로 조성리 도사가 말한 좌도일지 몰라. 오늘 일은 너무나 복잡해. 집에 가서 차분히 생각해 봐야지.'

민여사는 이렇게 생각하고는 좌도 문제를 잠시 덮어두기로 했다.

"언니! 오늘 일은 연구 좀 해 봐야겠어요. 그런데 피서는 안 가요?"

"응, 피서? 하하, 나는 벌써 생각해 두었어!"

"어딘데요?"

"너랑 같이 갈 거야. 지리산으로…… 어때?"

"네, 하하, 좋아요. 마침 지리산엘 가볼 일도 있고……."

"그럼…… 우린 지리산에 가볼 일이 있지. 애기 아빠를 데리고 가자고. 산 아래에 있으라고 하고 우린 한번 올라갔다 오자고……."

최여사의 얘기는 휴가를 겸해서 지리산을 다녀오자는 것이다. 이는 민여사로서도 마침 잘된 일이었다. 그렇지 않아도 요즘 지리산엘 다녀와야겠다고 생각하던 차였다. 오늘 일만 하더라도 지리산의 도인과 의논할 일이 많았다.

두 사람은 당장에 의견이 합치되었다.

"그래요. 날짜를 잡기로 하지요. 집에 가서 의논을 해야겠군요."

"그래, 전화로 조절하자고. 그만 일어날까?"

두 여인은 일어났다. 민여사에게는 오늘 생각할 일이 너무 많았다. 민여사는 일단 집으로 들어가야겠다고 생각했다.

"언니, 그럼 저녁때 전화 주세요."

다방을 나서자 두 여인은 각자 헤어졌다. 시간은 정오가 조금 넘어서고 있었다.

민여사의 정리

　민여사는 집으로 돌아와 곧장 잠으로 빠져 들었다. 얼마나 시간이 흘렀을까? 저절로 잠이 깬 민여사는 커피를 한 잔 마시고 편안히 정원에 앉았다. 그리 넓지 않은 정원에 푸른 잔디가 펼쳐져 있었다.
　바로 앞에는 자그마한 연못이 자리 잡고 있었다. 이 연못은 굳이 연못이랄 것도 없지만, 그래도 그 속에는 물고기도 살고 있고, 몇 가지 물풀도 자라고 있어 하나의 세계를 이루고 있었다.
　그리고 그늘이 지면 이 물웅덩이는 더욱 한가해지고 그윽한 분위기를 느끼게 해 준다. 민여사는 지금 오전에 김선생과 최여사에게 들었던 이야기를 떠올리고 있었다.
　김선생이 조사한 바에 의하면 저들의 정체가 무엇인지는 모르지만 좌도坐島라는 사람은 현재 위험에 봉착해 있는 것이다. 물론 광주에서 죽은 사람이 도사가 찾는 그 좌도라면 상황은 이미 끝난 것이다.
　그러나 민여사의 느낌은 도사의 그 좌도는 아직 건재하다는 것이었다. 또한 그는 최여사의 얘기에 등장하는 그 좌도라는 것이다. 그렇다면 좌도는 앞으로 어디선가 등장하여 좌도座島에 나타날 수도 있는 것이다.

최여사가 말한 좌도는 신비의 인물일 뿐만 아니라 일운 도사가 찾는 그 좌도와 부합되는 바가 많았다.

'도인, 좌도, 대금산…… 등.'

더구나 그 좌도라는 인물은 묘하게도 민여사 자신과 무슨 인연 관계가 있을 것만 같았다. 그리고 보면 용산에 있는 무리들의 판단은 정확하다는 느낌이 든다. 어쩌면 민여사 주변에서 좌도가 발견될지도 모를 일이다.

민여사 자신도 이 점을 충분히 감지하고 있었다. 이에 대해 민여사는 이미 관심을 두고 찾고 있는 좌도를 좀더 적극적으로 찾아야겠다고 생각했다. 그런데 문제는 좌도라는 사람이 위험하다는 것이다.

이 문제를 어찌하면 좋을까?

민여사는 이것도 자신의 임무 중에 하나라고 느꼈다. 어떻게 해야만 좌도를 찾을 수 있고, 또 안전하게 보호할 수 있느냐?

대답은 한 가지밖에 없다. 그것은 좌도를 찾으려 하는 우군友軍인 지리산 도인에게 연락해 주는 일이다. 지리산 도인은 현재 광주의 사건이나 용산의 폭력배가 좌도를 찾아 나선 것을 모르고 있다.

이 사실을 알리는 것이 급선무인 것이다. 지리산 도인은 필경 무슨 대책을 강구하게 될 것이다. 문제는 시간이 얼마나 있느냐이다.

당장에 달려가서 알려 주어야 하는가? 아니면 최여사와 함께 휴가를 가는 길에 천천히 알려 주어도 되는 것인가? 민여사는 잠깐 생각해 보고는 결론을 얻었다.

당장 지리산에 알려 주어도 특별한 방법이 없을 것 같았다. 아직 좌도라는 사람의 행방을 모르는 이상 지리산 도인이 무슨 방법을 세울 것인가? 결국 좌도가 등장해야만 대책을 세울 수 있을 것이다.

민여사는 고개를 천천히 끄덕였다. 지리산에 연락하는 시기는 휴가를 가는 때로 정한 것이다. 단지 그때까지 좌도를 찾는 문제를 최대한 연구해 보고 휴가도 가급적 빠른 시일 안에 가야 할 것이다.

이렇게 방침을 정한 민여사는 최여사가 말한 좌도를 생각하기 시작했다. 그 사람은 도인이라 했고, 대금산에서 왔다고 한다. 좌도라는 섬에 왔을 때 다리가 잘려서 왔다고 했는데, 다리는 왜 잘렸을까?

포악한 관리가 그렇게 했다면 이유는 무엇일까? 그리고 그 일은 대금산에서 당한 일인가?

100년 전이라면 그리 먼 과거도 아니다. 혹시 누군가 그 일을 알고 있을지도 모른다. 만일 좌도라는 도인이 대금산에서 다리가 잘렸다면 당시 그 지방에 알려졌을 것이다.

그렇다면 누군가는 부모나 혹은 조부모에게서 그 사건을 들었을 수도 있다. 민여사는 대금산 근방의 마을 일대에 이런 전설이 있는가를 탐문해 보기로 마음먹었다.

그러고는 다른 문제로 생각을 돌렸다.

'대금산에 현판은 제대로 만들어졌을까?'

민여사는 대금산 집을 산수관山水觀이라고 정했거니와 일전에 현판을 써 달기로 한 것이다. 이 일도 집을 수리하는 사람에게 직접 부탁한 것이니 지금쯤 붙여 놨을 것이다.

또 무슨 문제가 있을까? 민여사는 생각해 두어야 할 일을 꼼꼼하게 확인하고 있었다.

'그렇지! 용산의 패거리들이 나를 미행한다고? 글쎄, 나를 미행한다고 해서 좌도라는 사람이 찾아질까? 아무튼 누가 근방에 얼씬거리는 일은 기분이 나쁘단 말이야! 그러니 어쩌지? 각별히 조심해야지. 그리고 눈에 띄면 즉각 경찰에 연락해야지!

민여사는 이렇게 생각하면서 고개를 끄덕였다. 이때 전화벨이 울렸다.

따르릉!

민여사는 급히 안으로 들어와서 수화기를 집어 들었다.

"여보세요. 네, 저예요."

민여사는 얼굴색이 금방 밝아졌다. 전화는 남편에게서 걸려 온 것이었다. 민여사는 남편을 잘 따르고 좋아하기 때문에 목소리만 들어도 좋았던 것이다.

"네, 나오라고요? 글쎄요. 저, 나갔다 왔거든요."

남편은 밖에서 저녁을 들자고 했다. 그러나 민여사는 망설였다. 한번 나갔다 왔기 때문이었다. 민여사는 밖에 나갔다가 들어와 재차 나가는 것을 몹시 꺼려하는 편이었다.

나가 있는 김에 어디를 가는 것은 얼마든지 좋다. 그러나 한번 집으로 돌아온 이상 그날은 외출을 가급적 삼간다.

그 이유도 있다. 첫째는 그것이 어리석다는 것이다. 뭣 때문에 들어왔다 다시 나가느냐? 나간 김에 처리하고 들어오면 좋을 것을, 일종의 시간 낭비가 아니냐? 이런 뜻이다.

둘째는 사람이 가벼워진다는 것이다. 사람은 계획성이 있어야 임의로 왔다갔다하면 피곤할 뿐 아니라 천박해진다.

셋째는 불길하다는 것인데, 민여사는 이 점을 중시 여긴다. 들어온 사람이 또 나가게 된다는 것은 운에 시달린다는 것인데, 그렇게 정신 없이 다니다가는 사고를 당할 수도 있다는 것이다. 말하자면 자세를 굳건히 함으로써 좋은 운을 맞이하자는 것이다.

어떻게 보면 민여사의 생각이 일리가 있는지 모른다. 물론 남편은 민여사의 생각에 꼭 찬성하는 것은 아니다. 살다 보면 이럴 수도 있고 저럴 수도 있다는 것이 남편의 생각이다.

민여사는 남편의 이런 생각을 보고 안정성이 없다고 하고, 남편은 민여사에게 융통성이 없다고 한다. 누구 말이 맞는지 알 수가 없다. 단지 남편이 모처럼 나오라고 하는데 거절하기가 민망할 뿐이었다.

"오늘 무슨 날이에요?"

민여사는 가급적 안 나가려고 말을 길게 해 보았다 그런데 마침 안 나가도 될 만한, 단호히 거절해도 될 만한 그런 이유가 생겼다.

"네? 누구를 만났다고요? 아가씨요?"

남편이 오늘 저녁을 함께 하자는 사람은 남편의 여동생, 즉 민여사의 시누이인 것이다. 이것만으로도 충분히 거절 사유가 된다. 민여사는 여유가 생겼다.

결론은 이미 거절로 정해졌다. 그러나 짐짓 태연하게 물었다. 이것이 여자인지도 모른다.

"갑자기 아가씨가 웬일이래요? 네, 이혼 기념요?"

남편의 말에 의하면 동생이 오늘 이혼을 했기 때문에 기념도 할 겸 해서 저녁을 함께 하자는 것이다. 말하자면 동생을 위로하고 싶은 것이다.

"여보, 그런 일이라면 혼자 만나세요. 가족끼리 할 얘기도 많을 거예요."

민여사는 목소리는 부드러웠지만 마음은 더욱 굳어졌다. 오늘 같은 날 만나면 피곤하다. 이미 지난 일에 대한 푸념을 한없이 들을 수도 있고 눈물을 볼 수도 있었다.

사실 이런 문제는 스스로의 문제인 것이다. 오늘 같은 날 오빠를 만나자는 그 자체가 독립심이 없는 것이다.

"늦는다고요? 마음대로 하세요. 네."

찰칵—

민여사는 수화기를 내려놓고 잠시 찡그렸지만 이내 밝아졌다. 신경 쓸 필요가 없는 것이다. 시누이로서는 아주 잘된 일이다. 그 몹쓸 인간하고는 하루빨리 이혼하고 새 인생을 가꾸어야 하는 것이다.

'결국 이혼하고 말았구나!'

민여사는 결국 운명의 흐름 속에 때가 된 것으로 생각했다.

운명은 피할 수 없는 것이다!

민여사는 이 사실을 더욱 절감했다. 아울러 인생에 필요한 것은 그때그때의 합리적인 판단력도 중요하지만, 더욱 중요한 것은 운명과 조화를 이룰 수 있는 근원적 지혜라는 것이다.

민여사는 다시 자신의 문제로 돌아오려 했지만 마음이 차분해지지 않았다. 마음이란 것도 흐름이 있어서 한번 흩어지면 제자리로 돌아오기가 그리 쉬운 것은 아니다.

민여사는 이제 책이나 보면서 한가히 쉬어야겠다고 생각했다. 그런데 이때 마음 한 구석에 하나의 선명한 기억이 떠올랐다. 영민이를 만났을 때의 일이다. 영민이는 그때 우연히 민여사의 시누이 사주를 풀었던 것이다.

'―이 여자는 이혼을 할 것 같아요. 이 여자의 성격은 남자를 먼저 좋아하지만 배신을 당할 운수예요. 고집도 세고 여장부라고나 할까? 남자를 지배하려고 하면서도 항상 남자에게 패배당하는 편이지요.'

영민이는 이렇게 말하면서 그 이유까지도 설명해 주었었다. 당시 민여사가 생각하기에는 시누이의 성격 등 모든 것이 영민이의 사주 풀이에 정확히 부합된다고 느꼈었다. 단지 이혼할 것인지는 모르는 상태였는데 오늘 그것마저 사실로 결정 난 것이다.

민여사는 혼자 미소를 지으며 고개를 갸우뚱했다. 당시 민여사의 생각으로는 시누이는 이혼 못 할 여자로 여겨졌던 것이다.

'이것이 운명인가? 그리고 영민이는 정확히 그 운명을 판단할 수 있었던 것일까?'

민여사는 이런 의문을 가졌지만 뭐라고 답할 수 없는 문제였다.

민여사는 생각을 멈추고 서재로 들어갔다. 서재 안에는 온통 벽이 책으로 가득 차 있었다. 민여사는 그 중에 한 권을 뽑고는 편안히 소파에 기대앉았다. 집 밖에는 아직 해가 지지 않았고, 거리는 한산했다.

순명의 그물

 맹부산의 깊은 밤, 고적선古寂仙은 절벽을 타고 서서히 상승했다. 하늘의 별은 가득 찼고 바람은 시원하게 불어오고 있었다. 산 저 아래의 깊은 숲은 밤이 되자 더욱 캄캄해졌다.
 고적선은 방금 전 저 숲 속에서 나온 것이다. 절벽의 한쪽 하늘은 더 이상 어두워지지 않았다. 지금 고적선이 오르고 있는 절벽은 맹부산에서 가장 높고 험난한 곳이었다.
 고적선은 어느 새 정상 가까이 올라 기묘하게 생긴 바위 옆으로 돌아섰다. 바위 틈 곳곳에는 한기와 적막감이 감돌고 있었다. 그 중 어떤 한 곳은 더욱이나 고요가 서려 있었다.
 고적선은 그쪽으로 향했다. 잠시 후 고적선이 바위 앞에 우뚝 서자 좁은 바위 틈에서 목소리가 들려 나왔다.
 "고적! 빨리도 오는군."
 "그렇다네, 어서 나오게."
 원측선圓則仙은 밖으로 나왔다. 원측선의 모습은 긴 수염에 백발을 늘어뜨리고 얼굴은 백옥처럼 맑았다.

"왜 나를 불렀나?"

고적선이 물었다.

"앉아서 얘기하세."

두 선인은 계곡을 바라보며 나란히 앉았다. 계곡은 조금 내려 가서 끊겨 있고, 아래쪽은 깎아 세운 절벽이었다. 간간이 가벼운 바람 소리가 들려 왔다.

"고적, 자네 일은 어찌 되었나?"

"조성리 근방을 가보았네. 계룡산으로 가는 중 자네가 불러서 급히 이곳으로 왔네만."

고적선은 당초 원측선이 조사한 조성리 지역에 대한 설명을 듣고 자신이 직접 답사에 나섰었다. 고적선이 알고자 했던 것은 운선雲仙이 살던 조성리 마을과 같은 작용을 갖는 또 다른 곤천坤泉 지역이 있는가였다. 그리고 조성리 마을 중에서도 특히 운선의 집과 같이 그 작용이 극대화된 지점, 즉 항처恒處를 찾는 것이었다. 이 일을 위해 고적선은 다섯 개의 산, 즉 존제산·초암산·방장산·봉두산·두방산 일대를 둘러보았고, 또한 이 다섯 개의 산의 작용으로 나타나는 곤천이라는 조성리 마을과 그 인근 마을까지 샅샅이 살펴본 것이다.

마침내 고적선은 뜻한 바 목적을 이루고 계룡산으로 이동 중 원측선의 신호를 접했다. 원측선의 신호는 발하는 즉시 고적선의 마음에 감지되었고, 신호를 받은 고적선은 그 길로 바로 발길을 맹부산으로 돌렸던 것이다.

"이렇게 불러서 미안하네. 긴히 의논할 일이 있어서……"

"무슨 일인가?"

"차차 의논하세, 그보다 자넨 소득이 좀 있었나?"

"음, 이번에 가서 상당한 것을 알아 왔네!"

"얘기를 해 보게……."

원측선은 의논에 앞서 고적선의 답사 내용을 먼저 듣고자 했다. 고적선은 그만한 뜻이 있으려니 생각하고 자신이 발견한 내용을 설명했다.

"예상한 대로였어. 그 지역은 분명히 하늘의 기운을 고정시키는 작용을 하고 있었네. 나는 조성리 마을 말고도 또 하나의 곤천을 발견했네. 대곡리라고 하는 마을이라고 하네만, 조성리 마을보다는 힘이 좀 약하더군. 단지 대곡리 마을에 있는 항처는 운선이 살던 집보다도 훨씬 그 작용이 강했네."

고적선은 여기까지 얘기하고는 원측선을 얼핏 돌아봤는데, 원측선은 놀라지도 않고 태평히 듣고 있었다. 고적선은 계속했다.

"그곳은 너무 음기陰氣가 강해서 순양純陽의 기운이 아니면 견딜 수가 없겠더군. 그곳은 생기生氣를 안정시켜 주기는 하지만 너무 강하단 말일세, 일종의 사처死處라고도 할 수 있겠지. 그곳은 지금 사람이 살고 있지 않았지만 그곳에서 태어난 사람은 심상치 않아. 그래서 나는 고심 끝에 하나의 결론에 도달했네, 필경 운선은 어떤 사람을 그곳에 태어나도록 조처했던 것 같으네. 나는 그 사람이 바로 좌도일 것이라고 보고 있네만……."

고적선은 여기서 다시 원측선을 쳐다봤는데 원측선은 반응이 없었다. 고적선의 말이 이어졌다.

"자네의 말대로 운선이 그 지역을 일부러 택했다면, 아니 분명 운선은 그랬을 것이네. 대곡리의 항처에서 태어난 사람은 운선을 찾을 운명이었겠지. 물론 운선은 먼 옛날부터 애써서 그런 운명을 만들어 놓았을 테지만. 그런데 그것이 차질을 빚은 것 같으네. 그럴 수도 있겠지! 당초 운선은 자신의 계획을 위해 지극히 혼란한 운명을 가진 사람을 가르쳤을 것이네, 즉, 부모가 모두 순양의 기운을 가지고 태어나고, 본인도 순양인 그런 사람 말일세. 그래야만 천명天命을 어길 수 있을 테니, 결국 운선 자신도 확신할 수 없는 운명을 가진 제자를 기르고, 생生을 바꾸어서 그 제자가 나타나기를 기다렸겠지, 운선의 입장도 난처했을 것이네. 운명을 확신할 수 있는 사람은 자신의 계획에 쓸모가 없고, 자신에게 필요한 사람은 그 운명을 확신할 수 없으니…… 운선도 별수 없이 적은 가능성을 기다리며 지낼 수밖에 없었겠지, 그렇다고 그 제자를 일부러 찾아간다면 그 제자의 순양의 운명을 파괴하여 역시 쓸모가 없어지니 그런 일은 더 더구나 할 수가 없었을 테고……."

고적선은 이제 원측선을 개의치 않고 자신의 생각만을 설명해 나갔다.

"결국 운선은 그 제자를 기다리면서도 부를 수 없었으니 계획을 진행하는 것이 쉽지는 않았을 거야. 제자가 운선 앞에 나타났는지 아닌지는 나도 장담할 수 없네. 단지, 그 제자가 운선 앞에 나타나지 않으면 그 제자는 수년 안에 죽을 걸세. 그 제자가 아무리 항처에서 태어나고 자랐다 해도, 생기를 안정시킬 기운이 본인에게도 전혀 없고 부모에게도 전혀 없다면 얼마나 살 수 있겠나? 그러나……."

고적선은 여기서 잠시 생각하는 듯하더니 천천히 말을 이었다. 고적선은 결론을 말하려는 것이다.

"만일 좌도가 천선川仙이나 우선雨仙을 만난다든지, 혹은 스스로 숙명을 깨달아 충분한 조처를 강구한다면 죽음을 면할 수 있을 뿐 아니라, 운선이 계획했던 원대한 계획도 이룩할 수 있을 것이네. 그래서 운선은 제자들에게 좌도를 찾아 우선에게 데려가도록 유언을 남겼네. 운선의 제자들은 지금 좌도를 찾는 한편, 우선을 찾고 있을 걸세! 이제 일의 결말이 가까웠네. 나는 제자들에게 대곡리의 항처에서 태어난 그 사람을 찾아 좌도인지를 확인하라고 시킬 것이네. 물론 좌도이면 그 자를 제거하여 나의 일을 끝내는 것이네."

여기서 고적선의 얘기는 끝났다.

"어떤가, 나의 생각이?"

고적선은 원측선의 견해를 물었다. 원측선은 고개를 몇 번 끄덕이고는 말했다.

"허허, 자네, 생각을 많이 했군. 그런데 말일세. 그 대곡리 항처에서 태어난 사람이 좌도가 아니면 어쩔 셈인가?"

"음? 자네는 그 사람이 좌도가 아니라고 생각하나?"

"글쎄, 나는 그저 자네 생각을 물었을 뿐이네."

원측선은 미소를 짓고 있었다.

"좌도가 틀림없을 것이네!"

고적선은 확신에 찬 목소리로 단호하게 말했다.

"고적, 자네의 생각은 알겠네, 하지만 나의 물음에 대답해 주게!"

원측선은 심각하게 말했다

"……"

고적선은 대답을 못 하고 있었다. 얼굴에는 고통의 흔적이 역력했다.

"어서 대답해 보게!"

"음, 글쎄, 좌도가 아니라면 할 수 없겠지. 처음부터 다시 시작해야지."

"허허, 역시 자넨 대단해. 그러나 실수를 하고 있구먼. 좋아, 이제부터 내가 자네를 부른 이유를 설명해 주겠네."

"……"

고적선은 속으로는 궁금하게 생각하고 있었으나 말없이 기다렸다. 원측선이 서두를 꺼냈다.

"나도 자네의 생각에 전적으로 동감하네, 고쳐야 할 점은 좀 있지만. 고적, 나는 이곳에 앉아 여러 날을 생각해 보았지. 그러던 중 나는 우연히 한 가지 사실을 깨달았네. 우선 그것을 말하기 전에 자네에게 먼저 묻겠네. 고적, 자넨 운선을 어떻게 보나?"

"음? 무슨 말이야? 운선은 무시할 수 없네."

"그런가? 그런데 자넨 운선을 무시하고 있어!"

고적선은 속으로 놀랐지만 내색을 하지 않았다. 원측선은 고적선을 흘 끗 쳐다보고는 다시 말했다.

"자네는 좌도를 찾고 있네. 그것은 웬가? 운선이 좌도라는 사람을 얘기했기 때문이 아닌가? 좌도를 찾아서 우선에게 데려가라고."

원측선은 스스로 묻고 스스로 답하고 있었다.

"그럼, 운선은 왜 좌도를 자네가 들도록 얘기했을까?"

이번에는 고적선을 쳐다보며 물었다.

"음? 글쎄, 일부러 얘기했을까?"

고적선은 무엇인가 심상치 않게 느끼면서 대답했다. 원측선은 말하지 않고 있었다. 그러자 고적선은 잠깐 더 생각하더니 고개를 끄덕이며 말했다.

"그렇군! 운선은 일부러 말했어, 나를 혼돈시키기 위해서. 좌도라는 사람은 없는 거야, 공연히 없는 사람을 등장시킨 거야!"

"바로 그걸세. 현재 좌도는 없네, 그러나 또한 있는 것일세."

"뭐라고? 무슨 소린가?"

"허허, 자넨 운선을 무시할 수 없다고 했지? 그렇네. 운선은 치밀한 계획을 세웠네. 말하자면 이런 것이네. 자네가 좌도를 찾으면 좌도는 없고, 좌도를 찾지 않고 다른 사람을 찾으면 좌도는 있는 것이네."

"뭐? 자네 농담하나?"

"농담? 천만에, 들어 보게. 운선이 좌도를 찾으라고 할 때 지금 이름이 좌도라고 하던가?"

운명의 그물

"……."

고적선은 대답하지 않았다.

"좌도라는 이름은 지금 이름이 아닐세! 전생前生의 이름일 것이야! 즉, 전생의 이름이 좌도인 사람을 찾으라 그 말이지!"

"생각해 보게, 운선은 생을 수없이 바꾸면서 제자를 길러 왔네. 하필 이번 생生에 국한시키겠나?"

"그럼, 좌도가 아니면 누굴까?"

"허허. 자네 또 조급해졌군. 전생의 좌도가 곧 좌도가 아닌가! 현재 그 이름이 아니라 해도 장차 그 이름을 회복할 수도 있고, 또한 좌도로 변해 가는 이름을 가진 사람도 있을 걸세. 요는 이름에 너무 집착하지 말고 좌도를 찾도록 하게. 현재 좌도가 아니어도 상관 없네. 장차 좌도로 이름이 바뀔 사람을 찾아야 하네, 아예 전생의 좌도를 찾으면 손쉽겠지만."

"알겠네. 그렇다면 대곡리의 그 사람은 누굴까?"

고적선은 원측선을 쳐다보지 않고 물었다.

"그 사람? 아마 자네의 생각이 맞을 걸세."

"그래? 그럼 그 자를 제거하면 되는 게 아닌가?"

고적선은 웃으며 말했다.

"글쎄, 그게 그럴까?"

원측선은 여운을 남기고 있었다. 무엇인가 또 있는 것인가? 고적선은 웃음을 지우고 원측선의 말을 기다렸다.

"고적, 일이 그렇게 간단한 게 아닐세. 운선은 좌도의 운을 만들어 놓았을 걸세. 즉, 좌도를 보호하기 위해 좌도가 태어나기 오래 전부터 그런 운명을 만들었단 말일세. 자네가 제자를 통해 좌도를 죽이려는 것은 옳은 생각이지만, 운선은 그것을 미리 알고 피할 수 있는 운명을 만들어 놓았다면 어떡하겠나? 결국 자네는 실패로 끝나고 말겠지! 어떤가?"

"음, 자네 말이 맞군! 역시 나는 또 빗나가고 말았어! 그래, 어떻게 하면 좋은가?"

고적선은 낙심한 듯 조용히 물었다.

"좌도의 운명을 먼저 공격하게."

"그런가? 어떻게 하면 되겠는가?"

"자네에게 또 묻겠네. 빠른 고기를 잡으려면 어떻게 해야 하나?"

"……"

"큰 그물을 쳐야 하지 않나! 즉, 좌도를 제거하기 전에 좌도를 돕는 사람을 제거하게."

"뭐라고? 자넨 무슨 소릴 하고 있나?"

고적선은 깜짝 놀라면서 말했다. 원측선의 말이 여러 사람을 죽이라는 뜻으로 들렸기 때문이었다.

"고적! 자네가 이 세계에 올 때 처음 목표가 무엇이었나? 그것은 장백삼호長白三皓를 데려가는 것이 아닌가? 그런데 이제는 목표가 바뀌었네. 좌도를 제거하는 것으로. 그럼 좌도는 왜 제거하려 하는가? 결국 운선의 계획을 좌절시키기 위해서이겠지. 그래서 말일세. 좌도가 일어나는 것이 운선의 계획이라면 좌도를 돕는 자 또한 운선의 계획을 돕는 것이네. 당연히 좌도를 돕는 자도 제거해야 하지 않겠나?"

"음, 그렇군. 자네 말이 맞았어. 고맙네, 역시 그래야겠지."

"그것이 바로 좌도의 운명을 공격하는 것이 되겠지!"

"이제 됐네. 일을 하려면 모질게 해야 하네. 목표를 넓게 잡고 그물을 넓게 펼치는 것이지."

"좋아. 한 가지만 더 묻겠네, 좌도의 운명은 필경 운선이 만들어 놓았을 텐데 그것이 쉽게 깨지게 될까?"

"허허. 너무 염려는 말게. 그물을 넓게 펼치면 좌도의 운명도 그 속에 있을 게 아닌가? 만일 좌도의 운명이 넓으면 자네도 더욱 그물을 넓히게."

"그런가? 허허. 넓은 그물이라!"

고적선도 웃고 말았다. 그러나 그 마음 속에는 이미 잔인한 각오가 서리고 있었다.

"원측, 이만 가야겠네."

"그렇게 하세. 다시 만나기로 하지."

고적선은 자리에서 일어났다. 원측선은 그 자리에 앉은 채로 먼 아래를 보고 있었다. 고적선은 말없이 떠나갔다.

범인을 찾아서

며칠간 영민이는 일정한 나날을 보내고 있었다. 그러나 마음만은 일정할 수가 없었다. 내면內面의 변화는 끊임없이 일어났으며, 사물에 대한 깨달음은 시시각각 깊어만 갔다.

영민이는 마음 속에서 피어나는 수많은 꽃들을 보았다. 그것들은 장차 황폐한 정신을 빛나게 해 줄 것이고, 거대한 자연의 섭리를 이해할 수 있게 해 줄 것이다.

영민이는 그러한 깨달음의 꽃들이 더욱 잘 자라고 피어날 수 있도록 때를 기다리며 학문에 열중하고 있었다.

지금은 캄캄한 새벽, 영민이는 어제와 마찬가지로 《소곡심서疏谷心書》를 펼쳐 놓고 있었다. 하루의 순서인 것이다.

'―낙원계곡 신령수자 근장지불장 연고불사의樂園溪谷 神靈樹者 根長枝不長 然故不死矣 : 저 낙원의 계곡에 사는 신령한 나무는 뿌리만 길게 커서 내려갈 뿐, 키는 자라지 않는다. 그런 까닭에 죽지 않는다.'

지금 읽는 대목은 사물의 기초를 튼튼히 하고 내적 세계를 넓힌다는 뜻이다.

'一道人雖坐 吾謂此行 俗人雖行 吾謂之坐 : 도인은 비록 앉아 있으나 나는 그것을 항상 걷는다고 말하고, 속인은 비록 걷고 있으나 나는 그것을 항상 앉아 있다고 말한다.'

이 대목은 먼저 대목의 실례를 들고 있다. 비록 도인은 가만 앉아서 아무것도 하지 않는 것 같지만, 근원根源을 개선改善하는 공부를 하고 있는 것이고, 속인은 근본을 잡지 못하기 때문에 부지런히 애를 쓰고 있지만 제자리걸음이라는 뜻이다.

'一道人樂住閉處 爲疇通內也 : 도인이 즐겨 막혀 있는 곳에 머무르는 것은, 그 스스로의 안을 통하게 하기를 즐기기 때문이다.'

이 대목 또한 도인의 수행을 논하고 있다. 도인은 비록 밀실이나 동굴에서 면벽面壁을 하고 있으나, 그것은 마음을 넓히고자 하는 것이다.

영민이는 여기서 책을 덮었다. 그러고는 벽을 향해 돌아앉아 한동안 명상을 하면서 내면의 세계를 소통시켰다. 마음을 통해 온 우주와 합일하는 것이다.

지금 영민이가 하는 수련은 마음을 맑히는 공부로써 이것이 이룩된 후에야 평정을 이룰 수 있다. 그런데 이것이 쉽지가 않았다. 밝으면 요동하고 고요하면 흐려진다. 하나의 수련이 다른 수련을 방해하고 있는 것이다.

그러나 이 난관을 극복하지 않고서는 도에 이르는 방법은 없었다. 영민이는 한없는 노력을 경주하여 근원을 안정시키고 맑음을 유지하였다. 그리하여 마음은 점점 바르고 넓어져 갔다.

마침내 시간의 흐름을 완전히 잊었고, 자신이 앉아 있는 장소마저도 잊어버렸다. 나중에는 자신의 존재마저도 분간할 수가 없었다. 사물은 외부에만 있었다. 영민이는 갑자기 놀라서 깨어났다. 밖에서 하숙집 아줌마의 목소리가 들린 것이다.

"학생, 식사해요!"

영민이는 명상을 풀고 천천히 밖으로 나왔다. 식사는 다른 하숙인 몇 명과 함께 했다. 다른 하숙인과 어울리는 이 시간은 가벼운 휴식과 기분 전환의 기회를 주었다. 영민에게는 이때가 제2의 하루가 시작되는 시간인 것이다.

식사를 마친 영민이는 다시 방으로 돌아왔다. 이번에는 《주역》 책을 펼칠까 하다가 일을 하기로 마음을 고쳤다. 오늘 일은 다름이 아니라 여러 사람의 사주를 비교해서 풀어 보는 것이다.

영민이는 책상 아래에서 큰 봉투를 꺼냈다. 그 속에는 9장의 서류가 있었다. 영민이는 서류를 한 장씩 꺼내 거기에 씌어 있는 생년일시를 따로 적어 갔다. 이 서류는 며칠 전 부자 노인이 건네 준 강간 용의자 명단이었다.

잠시 후 영민이의 책상 위에는 9명의 생년일시가 적혀진 종이가 앞에 놓여졌다. 여기에는 이름이 적혀 있지 않았다. 이제 이것을 풀어 운명의 대강과 성격을 파악하고자 하는 것이다.

영민이가 생각하기에는 강간이란 아무나 할 수 있는 것이 아니라, 어떤 특정된 성격의 소유자만이 할 수 있는 것이다. 혹은 그것이 운명에도 나타날 수 있다고 생각했다.

영민이는 지금 사주를 풀어 성격이나 운명으로 강간을 할 수 있는 유형類型을 가려내고자 하는 것이다. 이름을 적어 놓지 않은 것은 선입감을 없애고 순수하게 사주만을 풀어 보기 위해서였다.

영민이는 제1의 인물에 대한 사주를 괘상으로 전환시켰다. 이 사람은 27세 11월생으로, 나타난 괘상은 수택절水澤節:☵☱과 지천태地天泰:☷☰이었다. 이 사람은 아주 규격화되어 있는 사람이다.

생활이 마치 기차가 레일 위를 가듯이 규범을 벗어나지 않는 사람이다.

이런 사람은 공무원이나 착실한 직장인이다. 그리고 가정적이다. 창조력은 없으나 인내가 있고, 갑자기 행운을 만나는 운이다.

이런 사람은 강간을 할 타입이 아니다. 영민이는 제2의 사주를 풀었다. 괘상은 지택림地澤臨:☷☱과 화지진火地晉:☲☷이었다.

이 사람은 크게 출세할 사람이다. 닭띠에 6월 21일생, 저명 인사가 된다. 그리고 밝은 성품에 안정된 위치에서 발전해 간다. 역시 강간의 타입이 아니다.

제3의 사주는 28세 4월로 괘상이 풍지관風地觀:☴☷과 수천수水天需:☵☰였다. 이 사람은 풍운의 기질과 여성 편력이 있다. 용기가 있고 큰 사건을 일으킬 운수가 있다. 게다가 돌발적인 성격이다. 사연이 많고 여자에게는 순종형이다. 이 사람은 강간의 기질이 있다고 볼 수 있다. 영민이는 이 사람의 사주에 표시를 해 놓았다.

제4의 사주를 풀었다. 괘상은 천택리天澤履:☰☱와 화천대유火天大有:☲☰이다. 직위가 높아지고 공부를 많이 할 사람이다. 소심한 면도 있으나 위험한 짓을 할 수 있고 번민과 고뇌가 있다. 강간이 가능한 타입이다. 영민이는 표시를 해두었다.

제5의 사주는 지화명이地火明夷:☷☲와 풍천소축風天小畜:☴☰으로 30세 6월이었다. 이 사람은 대범한 기질이 있다. 돈을 많이 벌고 많이 쓴다. 생각이 깊고 신중하다. 가정 교육을 잘 받았다. 바람을 많이 피운다. 그리고 재주가 있고 깔끔하기도 하다. 도저히 강간의 타입이 아니다.

제6의 사주는 양띠에 5월 13일생, 괘상은 화지진火地晉:☲☷과 천풍구天風姤:☰☴였다. 이 사람은 순탄하고 행복하다. 공처가 기질, 그러나 가정을 잘 다스린다. 훌륭한 자식을 둔다. 저축을 많이 하고, 계획성과 실천력이 있다. 강간은 엄두도 못 낼 사람이다. 이런 사람은 기회가 있어도 소용 없다.

영민이는 고개를 가로저으며 제7의 사주를 풀었다. 괘상은 천화동인 天火同人 ☰☲ 과 뇌천대장雷天大壯 ☳☰ 이었다. 이 사람은 말띠 10월 9일생으로 팔자가 좋고 성격도 좋다. 권력과 명예가 있다.

국회의원이나 장관이 될 수도 있고, 사장도 될 수 있다. 규율이 엄격하다. 난관을 돌파하는 힘이 있고 갑자기 출세한다. 그러나 몸에 큰 상처를 입을 수 있다. 술을 잘 마신다. 강간은 안 한다. 연애를 해도 정신적 연애를 하고 여성을 신성시한다. 여자를 훔쳐보는 일조차 못 한다. 오히려 체면 유지에 신경을 쓸 정도이다.

영민이는 여기서 흘끗 시계를 쳐다보고 제8의 사주를 풀었다.

이 사람은 닭띠 4월 21일생으로 괘상은 풍택중부風澤中孚 ☴☱ 와 수지비水地比 ☵☷ 였다. 귀인이다. 일생이 순탄하다. 돈을 많이 벌고 인격도 있고 색욕色慾이 적다. 한 여자를 만나면 변치 않고 사랑한다. 자식도 많고 사업 수완이 있다. 단지 부인을 일찍 잃는 수가 있다. 재혼은 안 할 것이고 강간은 못 한다.

제9의 사주는 뇌화풍雷火豊 ☳☲ 과 산지박山地剝 ☶☷ 으로 30세 2월 22일생이다. 저력이 있고 정력도 강하다. 부하를 많이 거느리고 통솔력이 있는 사람이다. 첩을 얻거나 재혼을 할 수도 있다. 창조력이 대단하다. 비밀과 사연이 많을 사람이다. 충동적 성격이다. 인생에 기반이 튼튼하다. 장수할 것이다. 멀리 외국에도 나아가고 관재수가 있다. 예의가 바르고 또한 과감하다. 이런 사람은 강간을 할 수 있는 타입이다. 영민이는 혼자 웃으며 표시를 해두었다. 세상에는 별의별 타입의 사람이 있는 것이다.

이렇게 해서 9명의 사주를 모두 살펴보았다. 강간이 가능한 성격의 소유자는 세 사람뿐, 영민이는 이 사람들의 사주를 따로 적어 놓았다. 물론, 이 사람들의 이름은 모른다. 얼굴도 본 적이 없다. 그러나 이 중에 범인이 있을 것으로 기대되었다.

영민이는 잠시 생각을 해 본 후 밖으로 나왔다. 그러고는 전화를 걸었다.

따르릉—

찰칵—

누가 전화를 즉각 받았다.

"여보세요, 거기 박회장님 계신가요?"

"허허. 나요. 학생 도사이시구면."

부자 노인은 영민이의 목소리를 단번에 알아보았다. 이 노인의 목소리는 언제 들어도 상쾌한 느낌을 주었다. 귀인의 특징인 것이다.

"네, 안녕하세요? 저 만나 뵙고 싶은데요."

"그럽시다. 기다려요. 차를 보낼 테니."

찰칵—

영민이는 전화를 끊고 다시 방으로 들어왔다. 그런데 갑자기 가슴이 두근거리기 시작했다. 드디어 절대 판단의 시간이 다가오고 있는 것이다. 단번에 범인을 가려내야 한다.

영민이는 현재 세 사람의 혐의자를 선정해 두었다. 물론 이 세 사람 외에 다른 사람이 범인일 수도 있는 것이다. 그러나 영민이는 그런 생각은 하지 않기로 했다.

어차피 자신은 사주 풀이에 의존해서 범인을 잡기로 한 것이기에 사주에 나타난 성격만을 보면서 전진해야 한다. 분명 강간이라는 것은 기회보다는 성격에서 비롯될 것이다.

이것이 영민이의 생각이었다. 물론 어중간한 성격도 있어서 기회가 주어지면 강간을 할 타입도 있을 것이다. 그러나 영민이는 입을 굳게 다물고 이 생각을 지워 버렸다. 망설이다 보면 오히려 혼란이 온다. 지금 상황에선 가장 가능성이 많은 쪽을 살펴볼 수밖에 없다.

영민이는 고개를 저으며 더욱 각오를 굳혔다. 마음 속에는 잠깐 부자 노인의 만족한 표정이 떠올랐다. 이 모습은 영민이가 범인을 잡았을 때 볼 수 있을 것이다. 영민이는 한편 자신이 죽어 가는 모습을 상상했다. 이 경우는 범인을 잡지 못한 경우이다.

영민이는 지금 마음의 떨림이 없어지고 무덤덤한 상태가 되었다. 그러나 영민이가 특유의 돌발적인 용기를 낸 것은 아니었다. 그저 잡념을 잊고 천진한 마음을 유지하는 것뿐이었다.

영민이는 옷을 갈아입고 밖으로 나왔다. 밖은 한산했다. 날은 아침인데도 기온이 좀 높은 편이었다. 낮이 되면 무척 더울 것 같았다. 영민이는 언덕을 따라 내려왔다.

지금 계절은 한여름으로 영민이가 좋아하는 계절이 아니었다. 특히 오늘처럼 바람이 불지 않는 날은 더욱 질색이었다.

바람은 새로움이고 변화를 뜻한다. 그리고 시련이다. 영민이는 이 세 가지를 모두 좋아하는데, 지금처럼 덥고 습기가 많을 때에는 불길한 생각만 들 뿐이다. 영민이는 골목길을 따라 걸어가며 자신이 현재 걸어가는 운명의 길이 어느 곳인가 하고 생각했다.

'지금 나는 행운이 기다리는 곳으로 가고 있는가, 아니면 불행이 기다리는 곳으로 가고 있는가? 혹시 죽음을 향해 가고 있는 것은 아닌가?'

영민이는 이런 생각을 하면서 자신이 지금 하고 있는 일을 가늠해 봤다. 과연 부자 노인이 염원하는 강간범 색출을 해낼 수 있을까?

만약 범인을 잡는 데 실패한다면? 물론 그럴 경우 정말로 죽을 각오가 되어 있었다. 영민이는 무엇 때문에 자기가 일을 실패하면 자살하겠다고 선언했는지 이유를 잘 몰랐다.

그러나 자신은 충분히 그럴 것이라는 생각이 들었다. 좌측에 처녀보살집이 보였다. 그 순간 영민이는 자신의 팔자가 떠올랐다. 그런데 분명 사주에는 25세 이후 상당히 위태로운 것으로 되어 있었다.

'죽음? 나는 이렇게 죽게 되는 것일까? 자살? 숙명?'

영민이는 이런 생각을 하는 중에 하나의 사실을 깨달았다. 그것은 자신이 부자 노인 앞에서 실패할 경우 자살을 하겠다고 선언한 이유였다. 그 이유는 다름아닌 자신의 운명에 대한 도전의 결의를 표명한 것이었다. 어차피 자신은 수년을 넘기지 못할 운명이다. 이는 조성리 도사의 예언뿐 아니라 자신이 직접 판단한 사주에도 그렇게 나타나 있었다.

그렇다면 그 운명을 이기기 위해서라도 주어진 문제를 돌파해야 한다. 패배란 바로 죽음을 뜻하는 것이다. 지금부터 당장 작은 일이라도 해낼 수 있어야만 장차 큰 운명이 도래했을 때 그것을 감당할 수 있을 것이다.

요행을 바라서는 안 된다. 위험이 오는 것을 미리 알 수 있는 사람이 되기 위해서는 위험에 익숙해져야 한다. 그러자면 주변의 사소한 실패라도 그 모든 것이 죽음과 직결한다는 것을 뼈저리게 체험해야 하는 것이다.

이것이 바로 영민이가 노인 앞에서 자살 운운한 이유인 것이다. 영민이는 스스로에게 선언했다. 이제부터 모든 사소한 실패를 죽음으로 간주하고 완전한 판단, 예지 능력을 길러야 한다.

지금 영민이의 눈은 날카로워 보이지는 않았으나 숙명을 넘어선 먼 세계를 바라보고 있는 듯했다.

'기필코 그곳에 가야 한다. 그러기 위해서는 죽음을 두려워해서는 안 된다. 나에게 있어서는 죽음이란 넘어서야 할 과제인 것이다.'

영민이는 말하자면 인생의 배수진을 친 것이다. 눈앞에 있는 강간범조차 잡지 못한다면 장차 자신에게 닥치는 거대한 숙명의 파도, 죽음의 운명 등을 어떻게 넘어설 수 있겠는가?

골목길은 큰 도로에 연결되었다. 부자 노인이 보낸 차는 이 길로 들어설 것이다. 영민이는 차가 오는 방향을 바라보고 서 있었다. 그러자 오래지 않아 차가 나타났다.

　차는 바로 영민이 앞에 정차했다. 운전사는 영민이를 쉽게 발견한 것이다. 영민이는 기사에게 가볍게 목례하고 차에 올랐다. 그러고는 즉시 눈을 감았다.

　영민이가 이렇게 하는 것은 휴식을 겸해서 마음을 가라앉히기 위해서였다. 차는 어디론가 달리기 시작했다.

　영민이에게는 마치 운명의 동굴 속을 달리는 것과도 같았다. 동굴은 길게 이어졌다. 영민이는 보이지 않는 시간을 여행하고 있었다.

　운명이란 것은 보이지 않는 사람에게는 필연적으로 도달해야만 하는 기차 레일 위를 여행하는 것과도 같다. 그러나 운명을 아는 사람에게는 그것을 회피할 수도 있는 것이다.

　물론 이럴 경우 그것은 이미 운명이 아니겠지만 알고도 피할 수 없을 경우가 있다면 그것은 운명을 넘어서 숙명이라고 해야 할 것이다.

　그리고 운명이 바뀌는 순간 즉시 다른 운명을 맞이하게 되는 것이니 운명의 그릇은 피할 수가 없는가 보다.

　천하란 바로 운명의 큰 그릇이라 할 수 있지 않을까?

　차는 정릉 영역에 접어들었다. 영민이는 마음 속에서 부자 노인을 느끼고 눈을 떴다. 잠시 후 차는 우측의 좁은 길로 꺾어 들었고, 이윽고 박노인의 저택에 당도했다.

　어느 새 기사는 차문을 열어 주고 있었다. 영민이는 차에서 내리자 건물 옆으로 난 통로를 따라 들어갔다. 잔디가 깔려 있는 길은 감촉이 좋았고 평화로운 분위기를 자아내고 있었다.

　영민이는 천천히 걸으며 마음을 편안히 했다. 잔딧길이 끝나고 우측으로 넓은 정원이 나타났다. 갑자기 운명의 세계로 들어온 느낌이 들었다. 저 위쪽에는 숲이 보이고, 돌로 된 계단이 통하고 있었다. 영민이는 경치를 감상하며 한 걸음씩 올라갔다.

"어서 오시오!"

목소리에 가볍게 놀라며 올려다보니 박노인이 마중을 나와 있었다. 영민이는 걸음을 빨리해서 단숨에 층계를 올랐다.

"안녕하세요!"

"허허, 별고 없으셨소? 자, 들어갑시다!"

박노인은 생기 넘치는 모습을 하고 영민이를 맞이해 들였다.

"자, 이쪽에 앉아요. 주스를 드릴까?"

"네, 아무래도 좋습니다."

영민이는 밝게 대답하고는 자리에 앉았다. 노인은 주스 두 잔을 들고 와서 마주했다.

"……."

두 사람은 서로 보며 가볍게 미소 짓고는 잠시 말이 없었다. 노인은 영민이가 말을 꺼내기를 기다리고 있는 것이다. 영민이는 마음을 안정시키고 있었다.

"저, 사진을 좀 주실래요?"

이윽고 영민이가 먼저 말을 꺼냈고 노인은 즉시 일어나 사진을 가져왔다. 사진이란 바로 강간 용의자 9명의 사진을 말한다. 영민이는 박노인이 주는 사진을 일부러 뒤집어서 받았다.

아직 사진을 보지 않겠다는 뜻이다. 노인은 말없이 영민이의 기색을 살피고 있었는데, 영민이의 이상한 행동이 보였다. 영민이는 사진 한 장을 들고 뒷면을 멍하니 바라보고 있는 것이 아닌가?

노인은 숨소리를 죽였다. 학생 도사가 무엇인가 신통한 도술을 전개하는 것인가?

영민이는 한동안 사진을 들고 있다가 내려놓고 다른 사진을 집어 들었다. 이번에도 뒷면을 쳐다보고 있었다. 영민이의 눈은 초점이 없었다. 이것은 마음이 현실을 떠나 있는 것이다.

'사진의 뒷면에서 무엇을 찾는 것일까? 사진을 들고 영감을 떠올리는 것인가? 도사의 직감이 발동되고 있는 것일까?'

노인이 나름대로 생각하고 있는데 영민이는 네 번째 사진을 집어 들고 있었다. 그런데 이번에는 즉시 내려놓았다. 그러나 이번 사진은 따로 놓여진 것이다.

다섯 번째 사진이 조사되고 있었다. 이번에는 시간이 좀 걸렸다. 영민이의 얼굴은 어두워져 있었고 전신은 지쳐 있는 듯 보였다. 두 사람이 마주 앉아 있는 방 안 전체는 적막한 공기가 감돌았다.

노인은 무엇인가 엄청난 기운에 억눌려 있는 듯한 기분을 느꼈다. 시간도 천천히 흐르는 것 같았다. 영민이는 또 한 장의 사진을 집어 들었다. 이번에도 시간이 걸렸다. 영민이의 이마에는 땀방울이 맺히고 있었다.

또다시 일곱 번째 사진을 집어 들었다. 이번 사진은 즉시 내려져 따로 놓여졌다. 이렇게 놓여진 사진은 두 장째였다. 박노인이 살펴보니 따로 놓여진 사진은 즉시 내려진 것이었다.

영민이는 여덟 번째의 사진을 쳐다보기 시작했다. 이번 것은 시간이 아주 많이 걸렸다. 놓여졌다가 다시 들려지기도 했다. 이때 영민이는 고개를 갸우뚱하며 몹시 괴로워하는 것이었다.

박노인의 얼굴은 근심하는 모습으로 변했다. 마침내 영민이는 마지막 남은 사진을 집어 들었다. 이번에는 즉시 내려놓았다. 그러나 따로 놓여진 것은 아니었다.

이렇게 해서 사진 9장은 둘로 나뉘어졌다. 일곱 장과 두 장이었다. 영민이는 일곱 장 무더기를 집어서 노인에게 주었다.

"이것을 보관하세요."

영민이는 이렇게 말하면서 두 장의 사진은 자신이 가져온 봉투 속에 집어넣었다.

"이것이 중요한 것인가요?"

박노인은 영문을 모르니까 빤히 바라보며 물었다.

"글쎄요, 어떤지 모르겠어요."

영민이의 대답은 맥이 빠져 있었다.

"네?"

노인은 뜻밖이라 여기고 무엇인가 물어 보려다 그만두었다. 영민이는 주스를 들어 몇 모금 마셔 버렸다. 몹시 지쳐 있는 것 같았다. 노인은 일어나 사진을 갖다 놓고 돌아왔다.

그 사이에 영민이는 기력을 약간 회복한 듯 보였다.

"저 따님을 볼 수 있나요?"

영민이는 가벼운 미소를 지으며 물었다.

"그럼요, 마침 집에 있으니까."

노인은 이렇게 말했지만 실은 딸을 집에 대기시켜 둔 것이다. 도사가 온다고 하니 오늘쯤은 딸아이를 보자고 할지도 모른다고 생각한 것이다. 노인의 표정은 희망적으로 바뀌었다.

'이제 범인을 지목하는 것일까?'

노인은 이런 생각을 하며 전화 있는 곳으로 걸어갔다. 그런데 노인은 전화를 걸지 않고 그냥 돌아왔다.

"잠깐만, 할 말이 있소."

노인은 무엇인가 마침 생각이 난 듯 보였다.

"……"

영민이는 무심코 있었는데 노인의 얼굴은 심각해 보였다.

"저번에 말이오."

노인의 말은 망설이듯 혹은 조심하듯 천천히 이어졌다.

"당신이 한 말…… 실패하면 자살한다고 하지 않았소?"

"네, 그렇게 말씀드렸습니다만."

영민이는 노인을 의아스러운 눈으로 바라봤다.

'그 말이 어떻다는 것인가? 다시 한 번 다짐을 하다니! 지금 각서라도 쓰자는 것일까?'

영민이가 속으로 이렇게 생각하는데 노인의 부드러운 말이 들려왔다.

"나는 그 말을 생각해 봤소. 내가 보기에는 당신이 그 말을 지킬 것 같은데."

"그렇습니다!"

영민이는 노인의 말을 막으며 대답했다.

"허허, 그래서 말입니다만."

노인은 영민이의 단호한 말에 미소를 지었다.

"그 말을 취소했으면 하는데요."

"네? 무슨 뜻인지요."

영민이는 달려들 듯 말했다.

"허허, 내 말은 당신이 최선을 다 하겠다는 결의 표명으로 족하다고 보오. 일이 틀어졌다고 해서 자살까지 할 필요가 뭐 있겠소?"

노인은 영민이를 달래듯 말하고 있었다. 노인으로서는 영민이의 투지와 책임감이 너무 강하기 때문에 만약의 경우 정말로 영민이가 죽을 것을 염려하는 것이다.

"내 딸은 이미 당한 것이고, 그 범인을 찾는 것은 어쩌면 운명일 수도 있어요. 그것은 내 운명이오. 내 운명이 나쁘다고 해서 당신 같은 사람이 죽을 필요가 뭐겠소. 실수란 있게 마련이오."

노인은 실패할 경우 그것을 운명으로 알고 감수하겠다는 것이다. 노인은 진정 영민이를 보호하려고 한다. 영민이의 결의와 정성에 감동했기 때문일까?

아무튼 노인의 마음은 정이 넘쳐흐른다. 영민이도 이것을 충분히 느끼고 있었다.

"무슨 말씀이신지 알겠습니다."

영민이는 미소를 지으며 말했다.

"저도 말씀드리지요. 사실 말씀드릴 필요도 없는 것이지만."

영민이는 이렇게 말하면서 얼굴이 창백하게 변했다. 속으로 단호한 결심을 하고 있기 때문이리라!

"제가 처음에 회장님의 문제를 해결하겠다고 나선 것은 두 가지 이유가 있었습니다. 첫째는 회장님의 인품 때문이었고, 둘째는 범인이 과연 누굴까 하는 궁금증 때문이었습니다. 그러나 일단 범인을 잡기로 결심한 이상 두 가지 이유는 제게 문제가 안 됩니다. 저는 반드시 범인을 잡고 싶을 뿐입니다. 만일 제가 범인을 못 잡으면 제 자신이 그것을 용납할 수가 없습니다."

영민이의 표정은 미소가 아니라 냉소적으로 변했다. 그것은 자신을 비웃고 질책하는 뜻이 담겨 있었다.

"누가 저를 어떻게 보느냐, 혹은 누가 피해를 입느냐 하는 것이 문제가 아니란 말입니다. 이 문제는 제 자신하고의 싸움입니다. 저는 문제를 풀어야 할 외적 이유보다는 제 자신에 대해 부여한 목표 의식이 큽니다. 그것은 책임감이 아니지요. 제 자신은 그 문제를 풀 수 있는 사람이 되어야 한다는 겁니다. 그 문제를 풀 수 없다면, 즉 제가 무능하다면 그런 저를 살려 둘 수 없습니다. 저는 사실 할 만큼 공부를 해왔습니다. 그런데도 작은 문제 하나 해결할 수 없다면 살 필요를 느끼지 못합니다."

영민이의 얘기는 여기서 끝났다. 그 내용은 분명한 것이었다.

노인은 더 이상 영민이의 마음을 바꿀 수 없다는 것을 깨달았다. 이제 범인을 잡지 못하면 딸과 자신은 망신을 당하는 것이지만 영민이는 죽게 되는 것이다. 노인은 입을 굳게 다문 채 고개를 끄덕이고는 자리에서 일어났다. 딸에게 전화를 하려는 것이다.

따르릉—.

찰칵—

"여보세요, 음 올라오너라."

노인은 수화기를 내려놓고 다시 자리로 돌아왔다.

"곧 올라올 거요. 범인을 정했나요?"

노인은 떨리는 듯한 음성으로 물었다. 어쩌면 두려움 같은 것이 있는지도 몰랐다.

"아닙니다, 신중을 기하기 위해 몇 가지 조사를 더 하겠습니다."

영민이는 부드럽게 말했다.

"그런가요?"

노인은 고개를 천천히 끄덕이고는 잠시 침묵했다. 영민이는 이때 노인의 딸을 상상하고 있었다.

'어떤 여자일까? 얼굴에 지금 같은 불운이 나타나 있을까?'

노인은 눈을 감고 고뇌를 삭이고 있었다. 방 안에 잠시 무거운 분위기가 감돌더니 문이 열렸다.

노인은 눈을 뜨고 일어나 딸을 맞이했다. 딸의 모습은 생각보다 밝았다. 나이는 이십대 초반으로 대단한 미인이었다.

"인사 드려라, 선생님이시다."

"네? 아, 안녕하세요."

딸은 약간 부끄러움을 타며 인사를 했다. 선생이라는 사람이 젊은 데 놀란 것 같았다. 부끄러움을 타기는 영민이도 마찬가지였다. 영민이는 민망함을 달래기 위해 주스부터 한 모금 마시고 서두를 꺼냈다.
"물어 볼 것이 있는데요. 자세히 얘기해 주셨으면 합니다."
영민이가 여기까지 말하자 노인이 거들어 주었다.
"애야, 이분은 그놈을 잡으려고 하는 거야. 숨김없이 다 얘기해야 해. 범인은 반드시 잡을 거야! 알겠지?"
"네."
딸은 아무 일도 아니란 듯이 웃으며 고개를 끄덕였다. 노인은 미소를 지으며 영민이를 바라봤다.
"아가씨, 묻겠습니다."
영민이의 질문이 시작되었다.
"그날, 사고를 당한 다음날 말입니다. 새벽부터 그 사람들 방을 감시하며 기다렸지요?"
"네."
"제일 먼저 나온 사람을 기억합니까?"
"네. 이계장이었어요."
딸의 대답은 분명했고, 영민이는 무엇인가를 적어 가면서 물었다.
"좋습니다. 가장 마지막에 나온 사람은요?"
"비서실에 있는 사람인데 문 입구에 앉아 있는 사람이에요."
딸은 이렇게 말하며 노인을 바라봤다.
"최기철입니다."
노인이 답하자 영민이는 다시 물었다.
"그들 중 한꺼번에 나온 사람은?"
"네?"
"따로 혼자 나오지 않고 몰려서 나온 사람들 말입니다."
"네, 기획실의 박대리·김과장, 그리고 처음 술을 먹자고 한 사람인데,

누구더라?"

딸은 또 노인을 쳐다본다.

"이명일!"

노인이 말하자 딸은 계속했다.

"이 세 사람이 함께 나왔어요. 그리고 조금 있다가 두 사람이 나왔지요. 최대리와 비서실 사람."

"김인규일 겁니다."

노인이 말해 주었다. 영민이는 다시 물었다.

"좋습니다. 그들과 아침을 함께 들었습니까?"

"네."

"누가 음식을 잘 먹던가요?"

"모두 잘 먹던데요!"

"그럼 식사 중 누가 말을 많이 하던가요?"

"유씨요!"

"유래선입니다. 기획실 직원이지요."

노인이 딸의 대답을 보충해 주었다.

"아가씨를 유난히 바라본 사람은요?"

"김지명."

"많이 웃었던 사람은?"

"최대리."

"우울해 보인 사람은?"

"글쎄요, 유래선…… 밥을 잘못 먹더군요."

노인의 딸은 당시 상황을 너무나도 잘 기억하고 있었다. 그것은 자기 나름대로 범인을 찾기 위해 유심히 살펴 두었기 때문이었다. 영민이의 질문이 계속됐다.

"밥숟가락을 제일 먼저 놓은 사람은?"

"이계장하고 김지명."

"유난히 명랑해 보였던 사람은?"

"김지명."

"그날 떠날 때 아버님한테 인사가 분명했던 사람은?"

"최대리 그리고 이계장이었어요."

"종합적으로 말해서 그날 누가 눈에 가장 잘 띄던가요?"

"네?"

딸은 이 질문에 잠시 생각하고 대답했다.

"김인규던가, 김지명이던가?"

"좋습니다. 가장 눈에 안 띄었던 사람은요?"

"글쎄 아마, 최기철 씨인가?"

딸은 고개를 가우뚱했다. 그러자 다시 영민이의 질문이 떨어졌다.

"몸을 유난히 많이 움직인 사람은요?"

"김지명일 겁니다. 그 사람은 두리번거리기를 잘해요."

이렇게 말한 사람은 박노인이었다. 영민이는 고개를 끄덕이고는 재차 질문했다.

"누구 옷이 단정해 보였습니까?"

"글쎄요, 유래선?"

"그럼, 유난히 옷이 불량해 보였던 사람은요?"

"네, 김인규였습니다."

딸의 얼굴은 약간 찡그려졌다. 여자는 그런 일에 민감한가 보다.

영민이는 웃으며 물었다.

"아가씨가 생각하기에는 누가 범인 같습니까?"

"네? 제가 어떻게 알아요?"

딸은 놀라며 발뺌하듯 말했다. 그러자 박노인이 거들었다.

"얘야, 그저 느낌을 얘기하면 돼!"

"알았어요. 최기철, 아니 김인규요."

이렇게 말하면서 딸의 표정은 뾰루퉁해졌다.

"좋습니다. 마지막 질문을 하겠습니다. 누가 범인이 아닌 것 같습니까?"

"네? 김과장요."

"됐습니다. 아가씨는 이제 가도 좋습니다."

"얘야, 내려가 있거라."

박노인은 영민이가 질문을 마치자 딸을 내보냈다.

"어떻습니까? 범인의 윤곽이 나왔습니까?"

노인은 영민이와 둘이 남게 되자 은근히 물었다.

"글쎄요, 아직 모릅니다. 그보다는 회장님께 묻겠습니다."

"……"

"서울로 돌아오셔서 회사에 출근한 것은 언제입니까?"

"이틀 후였습니다."

"그런가요? 비서실이나 기획실 직원이 출근하는 것을 봤습니까?"

"그럼요? 나는 출근을 매일 하지는 않지만 나갈 때는 일찍 나가요. 그리고 비서실이나 기획실 사람은 들어가면서 보지요!"

"좋습니다. 그날 회장님이 출근할 때까지 안 보였던 사람은요?"

"최기철요. 그 사람 결근했어요."

"그들 중 결혼 안 한 사람은요?"

"거의 모두이지요. 결혼한 사람은 김지명 한 사람뿐입니다."

"좋습니다. 회장님 생각에 누가 범인 같습니까?"

"네? 허허, 나보고 의심하라는 것이군요. 할 수 없군요. 나는 이명일이 범인 같습니다."

"그래요? 그 사람을 평소 미워했나요?"

"아니오. 단지 딸 얘기를 듣고 처음 떠오른 사람이 그 사람이었어요."

"이유는요?"

"글쎄…… 그렇지! 술자리에서 딸아이를 몇 번 훔쳐보더군요."

박노인은 이렇게 말하며 미소를 지었다.

"좋습니다. 누가 범인이 아닌 것 같습니까?"

"이명일말고 전부요!"

"한 사람만 얘기해 보세요!"

영민이는 심각하게 말했다.

"글쎄. 박대리, 김과장 아니 막내리입니다."

"체격이 유난히 뚱뚱한 사람은요?"

"이계장요!"

"유난히 호리호리한 사람은?"

"이명일이지요."

"됐습니다. 회장님 혼자 생각을 좀 해도 되겠습니까?"

"그러세요. 나는 딸아이한테 가 있을게요. 생각이 끝나면 여기 벨을 누르세요."

노인은 얼른 일어나서 나갔다. 영민이는 잠시 동안 멍하니 있다가 질문서를 검토하기 시작했다. 영민이의 눈은 점점 날카롭게 변해 갔다. 영민이는 질문서를 살피며 속으로 세심한 분석을 진행해 나아갔다.

그날 제일 먼저 밖으로 나온 사람은 이계장이었다. 이는 죄를 지은 사람의 태도가 아니다. 범인이라면 지난 밤 죄를 짓고 날이 밝자 제일 먼저 문을 열고 나서기 꺼려질 것이다.

영민이는 고개를 끄덕이고는 이계장 옆에 ×표를 해두었다. 마지막에 나온 사람은 최기철인데 이 사람도 마찬가지이다. 범인은 맨 나중에 나오면서 남에게 표시나게 되기를 바라지 않을 것이다. ×표를 해두었다.

함께 나온 사람은 박대리·김과장·이명일이다. 범인은 노출을 꺼려 남과 섞여서 행동할 것이다. 영민이는 눈을 지그시 감는 듯하더니 이들 옆에 ○표를 해두었다.

최대리와 김인규도 마찬가지이다 이 사람들도 ○표이다. 영민이는 다음 사항을 살폈다.

식사 중 말이 많았던 사람은 유래선이다. 지난밤 죄를 지은 사람의 태도가 아니다. ×표이다.

식사 중 유난히 아가씨를 쳐다본 사람은 김지명이다. 이것도 범인의 태도가 아니다. 오히려 범인은 아가씨의 얼굴을 자세히 보기를 꺼릴 것이다. 이 사람도 ×표이다.

많이 웃었던 사람은 최대리인데 범인이라면 뻔뻔해 보일 것을 걱정했을 것이다. 범인은 결코 웃지 않는다. ×표이다.

우울하고 밥을 못 먹었던 사람은 유래선이다. 범인은 절대로 우울해 보이지 않는다. 죄를 숨겨야 하기 때문이다. 이 사람은 ×표다.

밥숟가락을 제일 먼저 놓은 사람은 이계장하고 김지명인데 이는 명랑하고 씩씩한 것으로 오히려 의심받을 수 있는 태도이다. 범인이라면 이렇게 행동하지 않는다. ×표다.

유난히 명랑해 보였던 사람은 김지명. 범인은 뻔뻔해 보이는 것을 경계한다. 이 사람은 ×표다.

박회장이 떠날 때 인사가 분명했던 사람은 최대리와 이계장인데 범인은 쉽게 나서지 않을 것이다. 더구나 인사를 하다 웃음이 날까 봐 걱정도 들 것이다. ×표다.

눈에 가장 잘 띄었던 사람은 김인규나 혹은 김지명이다. 이것은 범인의 태도가 아니다. 당연히 ×표다.

가장 눈에 안 띄었던 최기철도 마찬가지다. 너무 눈에 안 띄면 의심받는다. 범인은 이런 짓을 안 한다. ×표.

몸을 유난히 움직인 사람은 김지명이다. 범인이라면 오히려 조용히 있을 것이다. 물론 너무 조용히 있지는 않겠지만, 아무튼 몸을 유난히 많이 움직이는 것은 거리낌이 없다는 뜻이다. 범인이라고 볼 수 없다. ×표이다.

옷이 단정했던 사람은 유래선이다. 이런 사람은 성격이 외향적이다. 외향적인 사람은 강간, 특히 몰래 하는 일을 좋아하지 않는다. 이 사람은 자신이 있는 사람이다. 강간은 자신이 없는 사람의 태도이다. 또 옷이 말끔한 사람은 성격이 느긋한 사람이다.

강간범은 성격이 급하다. 따라서 이 사람은 ×표다.

옷이 불량한 사람은 김인규인데 이런 사람은 게으르기도 하고 둔한 사람이다. 게으른 사람은 강간을 못 한다. 더군다나 둔한 사람은 기회를 포착 못 한다. ×표이다.

아가씨의 생각에는 범인이 최기철 혹은 김인규라고 한다. 김인규는 아마 옷 때문에 미움을 받았을 것이다. ×표이다.

그리고 최기철은 다른 이유로 그날 미움을 받았겠지만 범인은 대개 호감을 받는다. 특히 강간을 하고 다음날 그 여자를 볼 때는 호감받는 행동을 할 것이다. 그 외에도 범인이라면 범인이란 느낌을 주지 않을 것이다. 역시 ×표이다.

범인이 아닌 것 같은 사람은 김과장이다. 이런 사람은 오히려 범인일 경우가 많다. 필경 아가씨한테 잘 보이는 기술이 있었던 것 같다. 범인이라면 특히 더 잘 보였을 것이다. 방법은 모르겠지만 아무튼 이 사람은

○표이다.

영민이는 주스를 한 모금 들이켜고는 계속했다. 서울로 돌아와 결근한 사람은 최기철이다. 당당하다. 범인이 아니다. ×표이다.

결혼한 사람은 김지명이다. 결혼한 사람은 강간을 잘 안 한다. 성교의 즐거움이 그리 크지 않다고 생각하기 때문이다. 역시 ×표이다.

박회장의 마음에 떠오른 범인은 이명일이다. 이명일은 술자리에서 아가씨를 유난히 살펴보았다. 범인이 아니다. 왜냐 하면 강간은 은밀한 것이고 표적이 눈앞에 있으면 오히려 딴청을 부린다. ×표이다.

회장의 눈에 범인이 아닐 것 같은 사람은 박대리와 김과장이다. 이는 의심스러운 것이다. 필경 잘 보였던 것일 테고 행동이 교묘했던 탓이다. 둘 다 ○표이다.

뚱뚱한 사람은 이계장인데 강간범은 날쌔게 도망갔다. 뚱뚱했다면 표가 났을 것이다. 범인이 아니다. ×표이다.

호리호리한 사람은 이명일이다. 이도 범인이 아니다. 날쌘 것으로 보면 범인일 것 같지만 그렇다면 호리호리하다는 것이 아가씨 눈에 띄었을 것이다. ×표이다.

이렇게 해서 23개 사항의 질문을 모두 검토했다. 영민이는 한숨을 쉬고는 고개를 들었다. 영민이가 표시해 놓은 명단은 이렇게 되어 있었다.

    이계장 ××××
    최기철 ××××
    박대리 ○○
    김과장 ○○○
    이명일 ○××
    최대리 ○××

김인규 ○×××
유래선 ×××
김지명 ××××××

영민이는 이중에서 박대리와 김과장을 따로 적어 놓고는 먼저 넣었던 사진과 함께 보관했다. 박대리와 김과장의 사진이 봉투에 있는지는 모른다. 그리고 이곳에 오기 전에 풀어 봤던 사주가 강간 가능성이 있는 이들 것인지도 모른다.

영민이는 여러 측면에서 범인을 판단해 보는 것이다. 이제까지 한 것은 첫째 사주풀이, 둘째 사진 뒷면을 보면서 직감을 떠올린 것, 셋째 정황 조사였다.

영민이는 이셋으로 할 일을 다 한 것일까? 아니면 다른 할 일이 더 남은 것일까? 영민이는 자리에서 일어나서 벨을 누르고 돌아왔다. 그리고는 눈을 감고 잠시 휴식을 취했다.

잠시 후 문이 열리고 노인이 들어왔다.

"다 됐습니까?"

노인은 신중히 물었다.

"아니오. 아직 할 일이 더 남아 있습니다."

영민이는 고개를 저으며 무겁게 말했다.

"……"

"며칠간 쉬고 나오겠습니다. 그 사람들 모두를 한 번 봐야겠습니다. 가능한가요?"

"허허. 가능하다뿐이겠소."

"네. 다시 연락을 드리겠습니다."

영민이는 자리에서 일어났다. 박노인은 영민이를 위로하듯 친절한 표정을 짓고는 문 밖까지 배웅했다. 저쪽 아래에는 아가씨가 기다리고 있었다. 영민이는 빠른 걸음으로 돌계단을 내려갔다. 아가씨가 다가와서 묻는다.

"범인을 찾았나요?"

"아닙니다. 다시 오겠습니다."

"네, 그런가요, 안녕히 가세요."

아가씨의 목소리에는 실망이 담겨 있었다. 집 밖으로 나오자 박회장의 차가 대기 중이었다. 영민이가 차에 올라타자 차는 서서히 출발했다. 영민이는 조용히 눈을 감았다.

산수관 山水觀

 '―문을 등지고 앉아 만 가지 상념을 쉬게 하면, 큰 도道는 저절로 일어나는 것이다背門坐 休萬想 大道 自起焉.'
 영민이는 지금 좁은 방 안에서 벽을 바라보며 명상에 잠겨 있었다. 시간은 밖으로만 흐르고 마음의 저 깊은 곳은 천지 자연의 근원과 통하여, 태어나기도 전의 세계와 합치하고 있는 중이었다.
 영민이의 마음은 점점 가라앉으며 넓어져 갔다. 맑음은 바람처럼 불어와 영혼에 생기를 공급하고, 고요는 허공처럼 자리 잡고 마음의 요동을 잠재웠다.

 '―집 밖으로 문을 열고 나가면 넓은 들에 나갈 수 있으나, 마음의 문을 열고 들어가면, 저 한없이 넓은 허원虛原에 갈 수 있는 것이다出門 可達廣野 關心入門則達 無限闊之 虛原矣.'

 영민이는 조용히 눈을 뜨고 명상 상태를 풀었다. 하숙집 안은 아직 조용했다. 오늘 아침 공부는 《소곡심서疏谷心書》의 안내에 따라 깊은 영역에 도달하였다.

이제는 정신을 움직여 팔괘八卦의 이치를 파헤치기 시작했다. 영민이 앞에는 《태극진경太極眞經》이 펼쳐져 있었다. 지금 읽고 있는 부분은 천지 해결天地解結이란 대목이었다.

이는 하늘天의 기운이 아래 있고, 땅地의 기운이 위에 있어서, 음陰과 양陽이 작용하고, 점차 그 한계에 도달하는 과정을 그리고 있다.

각 단계는 지천태地天泰:☰☷의 괘상卦象으로 시작해서, 천지부天地否:☷☰의 괘상에서 끝나며, 모두 10단계이고 괘상은 20개였다.

영민이의 얼굴은 환희에 차 있었다. 지금 눈앞에 전개되고 있는 괘열卦列은 만물의 근간으로서, 자연의 모든 사물이 여기서 파생되는 것이다.

이러한 이치는 영민이가 그토록 갈구하던 팔괘의 귀결이었다. 오늘 이것을 깨침으로써 영민이의 내면 세계는 완벽한 질서를 잡게 되었다.

영민이는 《태극진경》을 덮고 다시 자리에 누워 버렸다. 오랜만에 늦잠을 자고 싶었기 때문이다. 영민이는 큰일을 앞두고 잠을 자는 버릇이 있고 큰일을 마쳤을 때도 잠을 자는데, 오늘은 후자였다.

영민이가 잠을 일시적으로 깬 것은 식사를 알리는 아줌마의 기별 때문이었지만 영민이는 이를 마다하고 계속해서 잠을 취했다. 그러나 오래지 않아 스스로 잠을 깨고 말았다. 아니, 어쩌면 이것도 누가 잠을 깨웠는지도 몰랐다.

그 사람은 바로 민여사였다. 영민이는 잠결에 민여사의 느낌이 강하게 와 닿았기 때문에 깨어난 것이다.

따르릉—

조용한 하숙집 안에 전화벨 소리가 요란하게 울렸다. 영민이는 급히 밖으로 나왔다. 그러나 하숙집 아줌마가 먼저 수화기를 집어 들었다.

"여보세요! 네, 기다리세요. 학생! 전화받아요. 어!"

어느 새 다가온 영민이가 수화기를 받아 들었다. 영민이는 정확히 민여사에게서 전화가 올 줄 알고 미리 깨어 있었던 것이다. 이는 민여사가 자기 집에서 전화를 걸려고 마음먹었던 그 순간이었을 것이다.

"여보세요, 누나예요? 자고 있었어요. 네? 대금산요? 좋지요! 큰길에 나와 있을게요."

찰칵—

민여사의 전화는 대금산엘 가보자는 것이었다. 사실 벌써 가봤어야 옳았다. 그 집에서 나온 비서祕書만을 받아 보고 그 집을 한 번도 보지 않은 것은 무엇인가 무례를 범하는 것 같았다.

영민이도 이러한 점을 느끼고 있었다. 그러나 무슨 일이든 인위적으로 하지 않는 것이 요즘 영민이의 방식이다. 항상 마음에 두고 있다가 자연스럽게 가보게 되기를 기다렸다.

오늘 대금산에 가보게 된다면 그것이 바로 운運인 것이다. 영민이는 세수를 하고 방에 들어와 잠시 안정을 취했다. 영민이에게는 대금산이 두려우리만치 묘한 느낌을 주는 것이었다.

무엇인가 신비한 기분을 자아내고 먼 고향처럼 그리움도 느끼게 했다. 대금산은 무엇인가 중요한 뜻이 있는 것 같았다. 영민이는 그것이 무엇인지 알고 싶었다.

사실 그렇기 때문에 대금산에 가는 일을 서두르지 않았는지도 모른다.

'대금산이란 도대체 어떤 곳일까? 나에게 무슨 뜻이 있을까? 나에게는 왜 대금산이 낯익게 느껴지는 것일까? 오늘 대금산에 가보면 무엇인가 얻어지는 게 있을지도 모른다.'

영민이는 이런 생각을 하며 집을 나섰다. 날은 몹시 더웠다. 바람도 불지 않았다. 골목길은 평소보다 좁게 느껴졌다. 영민이는 드넓은 바닷가를 잠깐 생각해 봤다. 시원한 바람이 부는…….

그러고 보니 언젠가 그런 바닷가에 가본 것 같았다. 그런데 생각이 나지 않았다. 영민이는 고개를 가로 저으며 웃었다. 실제로 그런 바닷가에 가서 시원한 바람을 쏘인 적이 없었던 것이다.

요즈음에 와서는 가끔 있지도 않은 일에 대한 회상을 한다. 영민이는 이것을 지나치게 공부에 몰두하기 때문에 생기는 착각 현상 정도로 이해하고 있었다.

골목길이 끝나고 훤히 트인 도로에 당도했다. 다니는 차량은 많지 않았다. 영민이는 얼핏 시계를 보았다. 그와 동시에 민여사의 차가 나타났다. 영민이가 앞좌석에 오르자 차는 즉시 출발했다.

"어떻게 지냈니?"

"잘 지냈어요! 누나는요?"

"나도 잘 지냈어. 오늘 날씨가 좋은데!"

두 사람이 한가하게 인사를 나누고 있는 사이 차의 속도는 높아졌다. 민여사의 모습은 밝았다. 영민이도 편안한 마음이 되어 대금산의 정경을 상상하고 있었다.

대금산은 경기도 가평군에 있는 해발 704미터의 자그마한 산으로, 인적이 드물고 산세가 험해 은거하기 좋다.

그 능선은 사방으로 청우산·불기산·축령산·상산 등으로 이어져 장관을 이루고 있으며, 수많은 계곡을 품고 있다.

대금산은 근원이 깊은 산이다. 그 맥은 동북쪽으로 올라 명지산에 이르고, 다시 거산巨山인 화악산을 지나 광주산맥에 당도하게 된다.

차는 순탄하게 달리고 있었다. 가까이 우측에는 북한강이 흐르고 주변의 농촌 풍경은 평화로워 보였다.

"영민아, 경치가 좋지?"

민여사가 무료함을 달래기 위해 말을 걸었다.

"네……."

"요즘 공부는 잘되니?"

"열심히 하고는 있어요. 하지만 도사의 기대에는 전혀 못 미치고 있어요!"

영민이의 목소리는 결의에 차 있었지만 서글픈 여운이 느껴졌다.

"도사? 도사의 기대라니?"

민여사는 약간 의아스럽다는 듯이 물었다. 차는 좌측으로 꺾이고 있는 중이었다.

"일운 선생 말이에요, 조성리 도사. 아참, 누나한테 말 안 한 것이 있군요."

"뭔데?"

"네, 조성리 도사는 내게 유언을 남겼어요!"

"어머, 그분이?"

민여사는 깜짝 놀라면서 차의 속도를 늦추었다.

"어떻게 된 거니? 너는 그분을 만나 본 적도 없잖아?"

"그야 그렇지요. 그런데 어머니가 유언을 받아 왔어요."

"그래? 자세히 좀 얘기해 봐!"

민여사는 매우 긴장하며 영민이를 돌아봤다. 민여사로서는 이제 도사의 얘기보다 흥미 있는 것은 없다. 현재 민여사의 주변은 대금산을 비롯해서 온통 도사에 관한 일들로 감싸여 있는 것이다.

차는 한가한 시골길을 달리고 있었다. 차와 마주치며 흐르던 시냇물 줄기는 좌측으로 멀어져 갔다. 민여사는 영민이의 얘기를 듣기 위해 차의 속력을 조금 더 늦추었다.

"하마터면 도사의 유언서가 있다는 것을 모르고 넘어갈 뻔했어요!"

영민이는 도사의 유언, 즉 편지를 발견하게 된 경위부터 설명하기 시작했다.

"우연이었지요, 어머니의 유품을 살피다가 도사의 편지를 발견한 것은……. 도사는 어머니를 통해 나를 알았나 봐요. 그런데 내게 신비한 글을 남겼어요! 뜻모를 내용도 있었어요. 공부를 열심히 해서 숙명을 깨달아야 한다고 했지요. 그리고……."

영민이는 편지의 내용을 간추려 설명했다. 이 중에는 영민이 자신이 3년 이내에 죽을 것이라는 것도 밝힌 것이다.

"음? 도사가 그렇게 말했다고?"

민여사는 영민이가 3년 내로 죽는다고 하니 당장에 안색이 변했다. 누구보다도 도사의 위력을 알고 있는 민여사가 아닌가!

"아니, 3년 이내에 왜 죽는데?"

민여사는 떨리는 목소리로 말했다.

"누나, 너무 걱정 마세요. 도사께서는 사는 방법을 일러줬어요!"

영민이는 일부러 이렇게 말했다. 민여사가 충격받는 것이 염려되기도 하고, 대책 없이 길게 얘기하고 싶지도 않았기 때문이다.

"그래? 다행이구나! 그럴 테지, 도사가 누군데!"

민여사는 적이 안도감을 느끼는 것 같았다. 목소리도 밝아지고 화제도 바뀌었다.

"영민아, 너 대단한 사람이구나! 도사가 너에게 큰 기대를 걸고 있는가 봐!"

민여사는 미소를 지으며 영민이를 흘끗 돌아봤다. 그러고는 차의 속도를 높이기 시작했다. 영민이도 밝은 표정을 짓고 속으로 민여사의 말에 수긍했다.

도사의 편지는 분명 영민이의 장래를 염려하는 한편, 학문의 성취를 독려하고 자세한 가르침을 내리고 있는 것이다. 이 점에 대해 영민이는 절망과 희망을 동시에 느끼고 있었다.

3년 이내에 죽는다……. 그러나 숙명을 깨닫고 큰 학문을 성취하면 그 액을 면할 수 있다!

뿐만이 아니다. 액을 넘어서는 천명을 깨달아야 거대한 섭리와 화합할 수 있고, 또한 도사가 글을 남겨 놓은 뜻을 받들 수 있는 것이다.

이 모든 것이 마음의 평정과 밝은 정신, 그리고 팔괘의 큰 도리를 얻는 것에 달려 있다. 지금 영민이는 차창 밖으로 지나치는 풍경을 바라보며 마음의 짐을 잊고 있었다.

길은 좁아지고 차는 흔들림이 많아졌다.

흔들림, 이것은 영민이에게는 시름을 잊게 하고 휴식을 주었다. 영민이는 잠깐씩 눈을 감으며 차의 흔들림에 몸을 내맡기고 있었다.

길이 더욱 좁아지더니 이윽고 차가 멈추었다. 대금산에 당도한 것이다.

두 사람은 차 밖으로 나왔다. 목적지까지는 조금 더 남았지만 도로가 끝나 있었다.

"다 왔어. 여기서부터는 걸어야 돼!"

민여사는 맑은 하늘을 둘러보며 말했다. 산은 좌측 정면을 막아 서 있었고, 우측에는 시원한 개울물이 흐르고 있었으며, 등뒤 쪽으로는 넓은 들판이 전개되어 있었다.

영민이는 돌아서서 기지개를 폈다. 인가는 우측 멀리에 한두 채 보일 뿐 주변에 인적은 없었다. 하늘과 땅은 모두 평화롭고 한적했다.

"출발할까?"

잠시 숨을 돌리고 난 민여사가 말했다. 두 사람은 좌측의 산자락을 끼고 걷기 시작했다. 우측의 개울물은 소리 없이 흐르고 있었고, 길은 아직 수평으로 이어지고 있었다. 그런데 조금 걷다 보니 이상한 점이 발견되었다.

"어! 이상한데…… 물이 거꾸로 흐르네!"

"뭐? 물이 거꾸로 흘러? 어디?"

민여사는 영민이의 말에 놀라 가던 길을 멈추고 개울을 바라봤다. 그러나 민여사로서는 영민이가 말한 것을 발견할 수 없었다.

"뭐가? 물은 제대로 흐르고 있잖아!"

민여사는 영민이를 의아스러운 눈으로 쳐다봤다. 영민이는 미소를 지으며 흐르는 물을 계속 바라보고 있었다.

"누나, 저것 보세요. 개울물이 이상하지 않아요?"

"글쎄!"

민여사는 여전히 영민이의 말뜻을 몰랐다.

"하하. 누나, 물이 지금 어디로 흐르지요?"

"응? 저 위쪽으로…… 어! 이상한데!"

물은 산 쪽으로 흘러가고 있었던 것이다. 물론 경사를 오르며 흐르는 것은 아니지만 벌판 쪽에서 산을 바라보며 흐르고 있는 것이다. 이것은 이상하지 않은가?

물이란 필경 산에서 나오는 것이니 벌판 쪽으로 흘러 나가야 옳다. 민여사는 신기한 듯 개울이 흘러가는 정면을 바라봤다. 물은 벌판 쪽에서 산을 향해 몰려드는 것이 분명했다.

도대체 이 물은 산 쪽으로 흘러가서 어쩌자는 것이냐? 그리고 산에서도 내려오는 물이 있을 텐데 그 물은 어디로 간단 말이냐?

민여사는 난감한 기분을 느끼며 흐르는 물을 바라보고 있었다.

물은 참으로 맑았으며, 쉬지 않고 흘렀다. 영민이는 산 쪽과 벌판 쪽을 번갈아 보면서 무엇인가를 열심히 생각하고 있었다. 두 사람은 한동안 걷지 않고 개울물만 바라보고 있었다. 마치 두 사람에게 큰 문제라도 되는 듯이…….

"누나, 알았어요!"

이윽고 영민이가 환하게 미소를 지으며 외쳤다.

"음? 그래? 어찌 된 거지?"

민여사는 재미있다는 표정을 지었다. 어차피 자신이 모르는 뭔가가 있는 것이지 자연의 법칙이 잘못된 것은 아닐 것이기 때문이다.

"저쪽을 보세요. 좌측과 전면에 큰 산이 있지요? 그런데 우측의 위쪽을 보세요. 산이 아주 낮아요."

영민이는 총기를 번뜩이며 설명해 나갔다.

"그렇다면 필경 물은 저쪽으로 가다가 어디선가 우측으로 꺾어져 들어갈 거예요. 우측의 산은 전면의 산과 끊어져 있겠지요. 그리고……."

영민이는 벌판 쪽으로 돌아섰다. 민여사도 영민이를 따라 뒤로 돌아섰다.

"이 물은 벌판의 우측에서 오는 걸 거예요. 그러니까 대금산 옆쪽에서 흘러나와 일단 대금산 앞으로 흘러들어서……."

영민이는 다시 산을 향해 돌아섰다.

"저 산을 향해 흐르다가 저 산을 부딪힌 지점에서 우측 언덕 사이로 흐르겠지요."

민여사는 영민이의 설명을 듣고 상황을 확실히 이해했지만, 그래도 물이 산을 바라보며 흘러가고 있다는 것이 재미있었다. 얼핏 보면 물은 산을 찾아가고 있는 것처럼 보였다.

"그거 참 희한하구나!"

민여사는 미소를 짓고는 가던 길을 재촉했다. 이제 두 사람은 산을 향해 냇물과 함께 접근해 가고 있는 것이다. 조금씩 바람이 불어 오고 있었다.

영민이는 금방 좋다는 표현을 한다.

"바람이 부네요, 나는 바람이 좋아요!"

민여사는 웃으며 고개를 끄덕였는데, 순간 마음 속에서 어떤 생각이 스쳐 갔다.

'영민이는 언제나 바람을 좋아해……. 그런데 누가 또 바람을 좋아했지? 그래, 좌도라는 도인이 바람을 좋아한다고 했어. 바람을 왜 좋아하지? 바람은 무슨 뜻이 있는 것일까?'

민여사는 영민이가 종종 겨울의 찬바람도 좋다고 말한 것을 기억하고 있었다. 하나의 개성일까?

민여사는 고개를 갸우뚱하고는 계속 걸어갔다. 산자락은 깊어져 가고 하늘은 점점 좁아지고 있었다.

"누나, 저거예요!"

영민이가 또 외쳤다. 개울물이 우측으로 꺾이고 있었다. 처음 영민이가 말한 대로 과연 우측 언덕과 전면의 산이 끊겨 있고, 그 사이로 물이 흘러나가고 있었다.

전면의 길은 이제 막히고 좌측으로 길이 나타났다. 대금산으로 들어서는 길이다. 여기까지 오던 길 우측에 보이던 큰 개울은 뒤쪽으로 사라져 갔고, 산 위로 우측편에 작은 개울물이 흘러나오고 있었다.

민여사는 이곳을 몇 번이나 다녀갔지만 거꾸로 흐르는 개울물에 대해서는 유의하지 않았었다. 물이 워낙 잔잔히 흘러 어쩌면 그냥 산 쪽에서 벌판 쪽으로 흘러나가는 것으로 생각했는지도 모른다.

아무튼 이제 목적지인 산수관은 그리 멀지 않았다. 산길을 곧장 올라가면 바로 나타난다. 길은 좁아서 한 줄로 올라갈 수밖에 없었다. 그런데 여기서 영민이가 또 한 번 소리를 질렀다.

"누나, 이상해요!"

이번에는 뭐가 이상하다는 것일까? 영민이의 표정은 심각하다 못 해 크게 긴장하고 있었다.

"……."

민여사도 심상치 않은 기분을 느끼고 영민이를 돌아봤다. 영민이는 민여사를 빤히 보며 말했다.

"난 이곳을 알아요! 기억이 나요!"

"응? 이곳에 와봤단 말이야?"

"네, 아니오! 글쎄……."

영민이는 횡설수설하면서 속으로는 생각을 진행했다.

'분명해, 언제 와봤지? 글쎄…… 처음인데! 그럼 왜 이리 생생하지, 꿈속에서 와봤나? 착각일까? 아니야, 이 길을 나는 알고 있어! 많이 다녀본 길이야!'

영민이는 고개를 가우뚱하며 어두운 표정을 짓고 있었다.

"영민아, 잘 생각해 봐! 전에 와봤던가 아니면 착각이겠지!"

민여사는 심상치 않은 느낌을 받았지만 특별한 일은 아니라고 생각했다. 누구나 기억이 희미해지거나 착각을 하는 법이니까.

그러나 영민이는 여전히 심각했다.

"누나, 내가 앞장 설게요. 그 산장이란 곳까지 가보지요!"

"음? 그래, 앞장 서 봐!"

민여사는 흥미롭게 생각했다. 영민이가 언젠가 이곳에 와봤다면 길은 익숙할 테지만 산장은 어딘지 알 수 없을 것이다. 영민이는 지금 산장을 찾아갈 수 있다고 말하는 것이 아닌가!

영민이는 즉시 앞장 섰다. 민여사는 몇 걸음 처져서 영민이를 뒤따랐다.

산길은 올라갈수록 경사가 급해지고 숲은 더 우거져 있었다. 좌측에 있는 집을 몇 채 지나쳤다. 이곳은 산속의 자그마한 마을인 것이다.

우측 개울 건너편에도 집들이 나타났다. 그러고는 다시 숲들이 이어지고 있었다. 개울물은 쉬지 않고 흘렀다. 영민이는 가끔씩 멈춰 서서 여러 방향을 살피곤 했다. 어느 때는 걸음을 빨리하고 지나치는 집들을 유심히 보기도 했다.

이윽고 영민이는 멈추어 서더니 개울을 건넜다.

"누나, 여기예요. 이곳이 누나가 말한 산장 아닌가요?"

"응? 글쎄, 들어가 봐!"

민여사는 웃으며 말했다. 영민이는 바로 지금 산수관 앞에 서 있었다.

참으로 신기했다. 그러나 어쩌면 영민이가 이 동네에 와본 적이 있고, 이 집이 팔릴 집이라는 것을 알고 있었을 수도 있는 것이다.

영민이는 거리낌없이 집 안으로 들어섰다. 집 안에는 아무도 없었다. 단지 전보다 깨끗이 단장되어 있고 터가 좀 넓어져 있을 뿐이었다.

건물 뒤쪽으로는 산 쪽으로 깊은 숲이 연해 있었다. 영민이는 건물 뒤쪽으로 가보았다. 민여사는 마루에 걸터앉아 잠시 쉬면서 기다렸다. 영민이가 다시 나타났다.

"누나, 이곳이 분명해요! 난 이곳에 살았었어요!"

"음? 이곳에 살았었다고?"

민여사는 깜짝 놀라 물었지만 영민이 스스로도 놀란 것 같았다.

'어! 내가 이곳에 살았다고? 글쎄? 이상해!'

영민이는 자기가 말해 놓고도 무엇을 말했는지 모르는 것 같았다. 민여사는 이 순간 묘한 기분에 휩싸이면서 신비한 느낌이 발동했다.

'혹시 전생에라도 와본 것이 아닐까? 글쎄, 그런 일이 있을 수 있을까?'

민여사는 이런 생각을 하면서 영민이에게 말했다.

"잘 생각해 봐! 언제 와봤는지……"

"분명히 여기 온 적은 없어요. 그런데도 기억이 나요. 글쎄, 이상하네요."

"잠깐, 가만 있어 봐! 온 적은 없는데 기억이 난다? 그렇다면 생각할 점이 많아. 우선……"

민여사는 영민이의 말을 막고는 심각하게 말했다. 민여사의 목소리는 어느 새 침착하게 변해 있었다.

"기억이 분명한가부터 생각해 봐야지. 저쪽 방에 들어가 봐, 무엇이 달라졌는지……. 그리고 창고 쪽도 가보고."

민여사는 영민이의 기억이 분명한지를 확인하려는 것이다. 영민이는 벌써 방 쪽으로 걸어가고 있었다.

민여사는 영민이가 걸어가는 모습을 보면서 생각에 잠기기 시작했다.

'영민이는 참 신기하단 말이야……. 혹시 정말로 저 애가 이곳을 기억하고 있을까? 이곳에 와본 적이 없는데도…… 그렇다면 결론은 하나, 즉 전생에 이곳에 와봤다는 것인데…… 어머! 과연 그럴까? 영민이는 얼떨결에 자신이 이곳에서 살았다고 하지 않았나! 어쩌면 그 말이 사실 그 자체인지도 모른다. 그렇다면 여기가 영민이의 집이라는 것인데…… 그렇지! 지금도 산수관, 즉 영민이의 집이나 마찬가지인데…… 어? 이것은 무슨 숙명인가?'

민여사는 여기까지 생각한 다음 지체 없이 하나의 결론을 도출해 내었다. 그것은 자기의 운명과도 부합되는 절묘한 결론이었다.

이러한 생각 혹은 느낌은 지금 당장에 나온 것이 아니라 민여사의 마음 속에서 잠자고 있었던 것이다.

민여사는 대금산 집을 사기로 결정하면서 이는 어떤 숙명이고 도사와 자기의 어떤 인연으로 생각했었다. 그리고 《소곡심서》의 주인이 영민이라고 생각되었던 것이다.

물론 《소곡심서》와 영민이의 관계는 민여사 자신이 억지로 맺어 준 것이지만 지금 생각해 보니 그런 것만은 아니었다. 민여사가 막연히 생각했던 운명은 바로 적중된 것이었다.

'그렇다! 조성리 도사는 영민이에게 편지까지 남겨 주지 않았나! 영민이는 역시 보통 인물이 아니다.'

민여사는 미소를 지으며 생각을 더욱 진행시켰다. 얻어지는 결론은 아주 자연스럽고 유일한 판단처럼 여겨졌다.

'어쩌면…… 아니, 어쩌면이 아니라 반드시 그럴 것이다. 일천 도사는 70여 년 전《소곡심서》를 누군가에게 전하기 위해 유언을 남겼다. 그것은 결과적으로 나에게 연결되었다. 일천 도사가 나에게《소곡심서》를 전하기 위해 유언을 남긴 것일까? ……당치도 않다!'

민여사는 웃으며 고개를 가로저었다. 생각은 계속되었다.

'그럼 누구에게? 뻔하다. 책은 나를 통해 영민이에게 전달되게 하기 위한 것이다. 이것은 너무나 자명하다. 일천 도사의 유언이 의미 있는 것이라면 이미 판명은 나 있는 상태다. 나는 집을 샀고 영민이는 책을 얻었다. 이것이 바로 70여 년 전 일천 도사가 계획했던 일이 아니고 무엇이냐! 너무나 쉬운 일이다.'

민여사는 혼자 고개를 끄덕였다. 박수라도 치고 싶은 심정이었다. 생각은 더욱 활발하게 진행되었다. 민여사의 느낌은 마치 하늘의 지시처럼 생각의 방향을 정밀하게 몰아가고 있었다.

'영민이는 누구일까? 당장은 알 길이 없다. 그러나 도사가 중시하는 절대 인물임에 틀림없다. 가만 있자,《태극진경》도 영민이가 가지고 있다. 이것은 내가 우연히 구해서 영민이에게 준 것인데 우연이 아닐 수도 있다. 그렇지! 조성리 도사가 그렇게 만든 것이다. 그분은 미래의 운명을 알 뿐만 아니라 운명을 만들기도 한다. 비록 책을 세상에 아무렇게나 내보냈어도 결국 책의 주인에게 갈 것을 이미 알고 있었던 것이다. 그것은 그

런 운명을 만든 당사자이기 때문에 더욱 확실히 알 수 있었을 것이다.'

민여사의 가슴은 떨리기 시작했다. 너무나 많은 것을 단번에 깨달았기 때문이었다. 그 내용은 엄청났다. 생사를 초월했고, 시간과 공간을 초월하고 있는 것이다.

일운 도사는 운명이란 배달부를 통해서 《태극진경》을 영민이에게 보낸 것이다. 그리고 일천 도사는 역시 같은 방법으로 영민이에게 《소곡심서》를 보냈다. 이 모든 것이 운명이라는 거대한 무대 위에서 펼쳐진 작품인 것이다.

'그렇다면 일우 도사도 무엇인가 영민이에게 남겨준 것이 아닐까?'

민여사의 생각은 점점 깊어만 갔다.

'일우 도사는 무엇을 영민이에게 남겨 주었을까? 그리고 영민이는 대체 누구일까? 일우 도사는 좌도라는 사람을 기다리는데, 혹시 영민이는 그 좌도가 아닐까?'

민여사는 흥분을 가라앉히기 위해 잠시 눈을 감고 심호흡을 했다. 영민이는 어디로 갔는지 보이지 않았다. 생각은 다시 진행되었다.

'좌도?…… 영민이일 것이다. 모든 것이 영민이를 향하고 있다. 그렇지, 조성리 도사가 영민이에게 보낸 편지에 공부를 열심히 해서 숙명을 깨달아야 한다고 했다. 숙명? 그것은 나중 문제이고 요는 일운 도사가 영민이에게 큰 기대를 걸고 있다는 것이 중요하다. 영민이는 중요한 인물이다. 만일 좌도가 중요한 인물이라면 영민이가 곧 좌도일 수밖에 없다.'

민여사는 영민이가 간 쪽을 흘끗 바라보면서 다시금 생각에 잠겼다.

'모든 것이 숙명이다. 참으로 기묘하다. 이 수많은 일들이 장백삼호가 계획해 둔 일이다.'

민여사는 행복을 느끼는 한편, 장백삼호의 무한한 지혜에 전율했다. 그러나 애써 안정을 하면서 생각을 오직 영민이에게만 집중시켰다.

'영민이! 좌도! 필경 동일 인물일 것이야. 그렇지, 영민이가 바람을 좋아하는 것! 이것은 좌도가 바람을 좋아했다는 것과 일치하지 않는가. 결론은 이미 나와 있는 것이다.'

만일 영민이가 좌도가 아니라면 장백삼호의 계획에 차질이 있는 것이다. 《소곡심서》는 어디로 가 있는가? 영민이다. 게다가 도사의 편지! 이것은 구체적으로 영민이의 학문 탐구를 독려하고 있지 않은가!

민여사의 마음은 차분히 가라앉았다. 너무나 당연한 귀결을 끌어냈기 때문이었다. 민여사는 손수건을 꺼내 이마에 난 땀을 씻으며 좀더 생각을 진행시켰다.

'영민이는 이곳에서 살았다고 한다. 좌도는? 좌도라는 사람도 대금산 어딘가에 살다가 좌도라는 섬으로 갔다. 좌도는 바로 이 집에서 살았던 것이다. 즉, 영민이가 그랬던 것이다. 좌도, 즉 전생의 영민이는 여기서 살다가 좌도라는 섬으로 갔다. 거기서는 바람을 맞으며 살았다. 그 추억 때문에 영민이는 지금도 바람을 좋아하고 있는 것이 틀림없다. 그런데 좌도는 여기서 살다가 왜 섬으로 갔을까? 어머, 다리를 잘렸다고 했어! 끔찍한 일이야!'

민여사는 얼굴을 찡그리며 생각을 그만두었다. 더 이상 생각을 진행하기가 두려웠던 것이다. 민여사는 끔찍한 생각을 얼른 지우고 밝은 마음을 찾았다. 저쪽에서 영민이가 내려오고 있었다.

"누나, 이상한 일이지만 나는 이곳에서 살았어요!"

"그래? 그게 뭐 이상하지?"

민여사는 태연히 말했다. 민여사의 마음은 이미 생사를 초월하여 과거 생을 현재 생과 같은 것으로 보고 있었다. 아직 그렇게 되지 못한 사람은 영민이인 것 같았다.

"네? 그게 이상하지 않아요?"

"뭐가 이상해! 전생에 이곳에서 살았나 보지!"

"어허, 누나는 오늘 계속 이상한 말을 하네요. 글쎄요……? 그렇구나!"

영민이는 순간 얼굴이 창백해지면서 그 자리에서 얼어붙은 듯 보였다. 드디어 영민이도 중요한 관점을 발견한 것 같았다. 영민이는 잠시 찡그리는 듯하더니 허공을 응시했다. 그러더니 다시 산 위쪽으로 급히 걸어갔다.

민여사는 그냥 내버려두었다. 상황은 뻔한 것이다. 영민이는 전생을 회상해 내는 중이다. 잠시 혼란이 있었던 것은 당연한 연결을 하지 못하고 현재 생에서 맴돌았기 때문이었을 것이다.

영민이는 한동안 나타나지 않았다. 민여사는 기다렸다. 필경 영민이는 선생의 기억을 너듬고 있으리라.

영민이가 나타났다. 그 모습은 울음을 막 그친 그것이었다.

영민이의 옷은 온통 흙이 묻어 있었고 손도 흙이 잔뜩 묻어 있었다. 영민이는 민여사 앞으로 다가와서 무릎을 꿇었다. 그러고는 큰절을 올렸다.

"누나, 고마워요. 나를 이곳에 데려다 주어서."

영민이는 다시 울고 있었다. 민여사는 눈을 감고 고개를 끄덕였지만, 어느 새 자신도 울고 있었다. 무한한 감동을 억제할 수 없었던 것이다. 울음을 먼저 그친 것은 영민이었다.

"누나, 서울로 가고 싶어요. 며칠 있다 다시 오지요. 그리고 누나 이거 뭔지 아세요?"

영민이는 밝은 표정을 지으며 주머니에서 어떤 물건을 꺼내 들었다.

"응? 그게 뭐니?"

"자, 보세요."

민여사는 조심스럽게 물건을 살펴봤다

"아니, 이것은 황금이잖아! 그리고 이 그림은?"

영민이가 건네 준 물건은 팔각형으로 된 금판金版이었고, 거기에는 팔괘가 그려져 있었다.

금판은 광택이 흐려져 있어 오래 된 듯 보였고, 방금 흙에서 파낸 흔적이 있었다. 민여사는 금판을 이리저리 살펴보다가 물었다.

"이게 뭐니?"

"팔괘의 원리를 그려 넣은 것이지요. 그보다는 누나, 이건 말이에요."

영민이는 말을 하다 말고 민여사를 빤히 쳐다봤다. 순간, 민여사는 신비한 육감을 느끼고 가슴이 두근거리기 시작했다.

'필경 이 금판은 중대한 뜻이 담긴 것일 것이다.'

민여사는 이러한 생각을 하며 영민이를 바라왔다. 영민이는 호흡을 한 번 더 늦추고는 천천히 말했다.

"누나, 이건 내가 그린 거예요!"

"뭐라고?"

민여사는 깜짝 놀라며 목소리를 높였다.

"전생에 말이에요!"

영민이는 작은 목소리로 말했다. 금판은 바로 영민이가 이곳에 살았다는 물증인 것이다. 민여사는 꿈을 꾸는 듯한 기분이 되었다.

"이거 어디서 나왔니?"

"창고 기둥 앞에서요. 그곳이 갑자기 생각나서 파봤더니 이게 나왔어요. 어렴풋이 파묻었던 기억이 나요!"

"그러니? 대단하구나, 엄청난 일이야!"

민여사는 고개를 천천히 끄덕이며 망연한 표정이 되었다. 영민이는 민여사의 기색을 살피며 기다렸다. 자신은 별로 생각할 것이 없는가 보다!

민여사는 잠시 금판을 만지작거리며 허공을 응시하다가 물었다.
"그런데 이거 어느 때 것이지?"
"글쎄요, 최소한 100년은 더 됐겠지요."
"그걸 알 수 있니?"
"뒤쪽을 보세요. 연도가 적혀 있어요."
"음?"
민여사는 금판의 뒤쪽을 살펴봤다. 거기에는 작은 글씨로 '기유년己酉年 팔월八月'이라고 써 있었다.
"기유년이 언제지?"
민여사로서는 기유년을 가지고 그 연대를 유추해 낼 수가 없었다. 영민이가 말했다.
"금년이 신해辛亥년이니까, 재작년이 기유년이고 62년 전이 또 기유년이지요. 그런데 대금산 전설이 70년 이상 됐으니까 그전 기유년을 따지면 적어도 122년 전이 되겠지요."
민여사는 영민이의 계산을 알아들을 수가 없었다. 그러나 영민이가 근거를 가지고 유추한 것이니 그럴 것이라 생각했다. 민여사는 고개를 끄덕이고는 다시 물었다.
"오래 됐구나! 그 당시 일 중 기억나는 것이 있니?"
"아니오, 지금은 아무것도 모르겠어요. 누나, 가면서 얘기해요!"
영민이는 자꾸만 이곳을 떠나려 했다. 민여사는 영문을 몰랐지만 뭔가 이유가 있으려니 생각하고 밖으로 걸음을 옮겼다.
두 사람은 개울을 건너서 하산을 시작했다. 오늘 대금산 방문은 뜻하지 않은 엄청난 일을 만났고, 민여사는 또 한 번 거대한 운명의 섭리를 느낄 수 있었다.
이제 운명의 흐름은 어디로 향할 것인가?

민여사의 마음은 지금 한없는 세계를 바라보고 있었다. 인생이란 나고 죽어서 끝나는 것이 아니라 또 다른 세계로 이어져 가는 것이다. 그렇기 때문에 운명도 쉬지 않고 발생하고 어디론가 흘러가는 것이다.

이것은 시작도 끝도 없다. 민여사는 생각하지 않고 느끼면서 걸어 내려가고 있었다. 영민이도 민여사 뒤를 가까이 따르며 무엇인가를 느끼고 있는 것 같았다. 밝은 표정으로 가끔 주변을 돌아보기도 했다.

좌측의 개울물은 평화롭게 흐르고 숲은 한적했다.

'참으로 아름답구나!'

민여사는 대금산 정경을 이렇게 생각했다. 이곳 마을은 거의 일직선으로 내리흐르는 개울 양옆으로 집이 몇 채 있는 정도였다. 이곳에 사는 사람들은 누구나 착한 성품을 지니고 있을 것 같았다.

'이 마을 주민은 얼마나 될까?'

민여사가 이런 생각을 하는 중에 어디선가 새소리가 연이어 들려 왔다. 잠시 후 영민이가 불렀다.

"누나!"

민여사는 걸음을 멈추고 뒤돌아봤다.

"손에 든 게 뭐예요?"

영민이는 웃는 얼굴로 물었다.

"이거? 아참, 너 배고프겠구나! 이거 김밥이야!"

"그럴 줄 알았어요. 그거 먹고 가지요."

영민이는 마음이 편안한가 보았다.

"그래, 어디 좀 앉을까?"

두 사람은 물가로 내려갔다. 민여사도 그제서야 배고픈 것을 느꼈다. 그 동안의 긴장과 놀라움은 가라앉고 평상의 마음을 되찾았다. 아마도 대금산의 아름다운 정경이 정신을 맑게 해 주고 혼란스런 마음을 가라앉혀 주는 것 같았다.

　영민이는 김밥을 집어 들어 맛있게 먹고 있었다. 얼굴에는 즐거움과 평화로움이 깃들여 있었다. 근래 영민이의 모습에서 이런 기색이 보이기는 처음인 것 같았다.

　전생의 고향에 돌아왔기 때문일까? 아무런 거리낌도 근심도 없는 것 같았다. 오늘만은 그야말로 몸과 마음이 함께 이 자리에 와 있는 것이다.

　물가의 자리는 참으로 한가했다. 산그늘이 그윽하게 덮여 있고 맑은 물은 쉬지 않고 흘렀다. 가벼운 바람은 자주 불어왔다.

　"누나, 이곳이 어때요?"

　식사를 마친 영민이가 하늘을 바라보고 있다가 물었다.

　"응, 아주 좋은데, 너는?"

　"좋아요, 나는 이곳에서 살고 싶어요."

　영민이의 모습은 밝았고 목소리는 분명했다.

　"그래? 그럼 이곳에서 살아, 집은 내가 잘 꾸며 줄게."

　"그래도 돼요?"

　"하하, 영민아, 산장의 이름이 뭔지 알아? 바로 산수관이야. 네가 공부하는 곳이란 뜻이지."

　"네? 그렇게 지었어요? 누나가 지은 건가요?"

　"그럼, 하늘이 지어 준 거나 마찬가지야. 네가 살던 집이니 당연히 그렇게 된 것이겠지."

　"그렇군요. 아무튼 누나, 모든 게 고마워요."

　"애는! 그런 소린 말고 공부나 잘해. 그리고 참 현관에 산수관이라고 써붙인 거 못 봤니?"

　"네? 하하, 어느 새 그런 것을 써붙였어요?"

　영민이는 정말로 좋은가 보았다. 천진하게 웃는 그 얼굴은 아무런 번

민도 없어 보였다. 민여사의 마음도 그렇게 편안할 수가 없었다. 두 사람은 물가에서 한동안 지내고는 일어났다.

천천히 걷는 하산길도 여전히 평화롭고 아름다웠다. 영민이는 주변을 자주 돌아보았다. 그 모습은 친근해 보였는데, 아마 먼 옛날을 회상하고 있는 것이리라.

하산길이 끝나고 평평히 우측으로 꺾이었다. 개울물은 건너편 산자락 사이로 곧장 흘러 들었다. 두 사람은 그 물을 바라보며 우측으로 돌아섰는데 이번에는 다른 개울이 흘러오고 있었다.

그 모양은 여전히 희한했다. 개울 건너편과 걷고 있는 우측, 그리고 뒤쪽이 산인데 물은 열심히도 찾아오고 있었다. 영민이는 그것이 몹시도 재미있는지 줄곧 개울을 바라보며 걷고 있었다.

얼마간 걸었을까? 갑자기 전망이 트이고 넓은 들판이 나타났다. 이제 개울물은 벌판 쪽에서 오지 않고 우측의 산자락에서 흘러오고 있었다. 두 사람은 잠시 뒤돌아서서 대금산을 바라봤다.

"갈까?"

민여사는 영민이를 다정히 바라보며 말했다.

"네, 가지요."

영민이는 고개를 끄덕였고, 두 사람은 차에 올랐다. 차는 서서히 출발했다. 전면에는 넓은 들판이 열려 있고 태양은 여전히 빛나고 있었다.

생사生死의 기로

영민이는 오랜만에 집을 나섰다. 대금산을 다녀온 이래 영민이의 모습은 더욱 변해 갔으며, 그 마음 속에서 일어나는 갖가지 사건들은 영민이를 완전히 다른 사람으로 만들어 놓고 있었다.

이제 영민이에게 있어서 인생이란 60년 혹은 100년이 아니라 영원한 시간 모두였다.

물론 아직 영민이는 태어나기 이전의 고향인 대금산 생활을 기억해 내지 못하고 있었다.

그러나 간간이 떠오르는 추억의 단편들은 언젠가는 서로 연결되어 완전한 모습을 드러낼 것이다. 현재 영민이의 마음 속에는 뜻모를 기분들과 꿈 같은 사건들이 맴돌고 있었다.

그것들이 과연 전생의 어떤 일들과 관련이 있는지는 알 길이 없다. 단지 시시각각 무엇인지 다가오고 있다는 느낌은 분명했다. 이와 함께 영민이의 정신엔 결정적인 변화가 도래했다.

그것은 마치 긴 세월을 얼어 있던 얼음이 녹아서 흐르는 것처럼 정신의 폭과 방향이 한없이 확대된 것이었다. 요즘 영민이에게는 전에는 결코 보이지 않았던 사물의 은밀한 뜻이 비춰지고 있었다.

영민이는 머지않아 거처를 대금산으로 옮길 생각이었다. 그때가 언제인지 일부러 정해 두지는 않았다. 모든 다른 일도 그렇듯이, 영민이는 이 문제를 자연에 맡겨 두고 있었다.

영민이의 마음은 운의 흐름에 자신의 행동을 맞추고자 하는 것이고 애써 지어대지 않으려고 하는 것이다.

오늘은 아침 공부를 마치자 부자 노인의 모습이 떠올랐다. 강간범을 찾는 일은 더 이상 시간을 두고 생각할 필요가 없었다. 그 일을 해결하는 데 스스로 목숨을 건 영민이는 이제 부딪칠 때가 되었다고 생각했다.

현재 영민이의 마음 속에는 어떠한 거리낌도 없었다. 만약 눈앞에 범인이 있으면 그것은 쉽게 드러날 것이라고 믿고 있었다. 영민이가 이렇듯 확신을 가질 수 있는 것은 천진한 마음을 터득하고 있기 때문이었다.

《소곡심서》에 접한 영민이의 마음은 급격히 맑아져 갔으며, 마침내는 생사의 벽을 뚫고 전생인 대금산의 옛 생활을 비춰 보기 시작한 것이다.

강간범은 찾을 수 있을 것인가?

영민이는 가벼운 마음으로 길을 따라 내려왔다. 날씨는 약간 흐려 있었지만 기분은 어둡지 않았다. 큰 도로에 나온 영민이는 잠시 기다렸다. 부자 노인이 보내기로 한 차는 늦어지고 있었다.

그러나 영민이는 이를 염두에 두지 않고 자신의 생각에 몰두해 있었다. 마음 속에는 강인지 바다인지 넓은 물가의 정경이 떠올랐다. 상상 속의 영민이 자신은 물이 닿는 곳에 앉아 있었다. 순간, 영민이는 깜짝 놀라며 생각에서 깨어났다.

'공연한 생각이 떠올랐구나. 의미가 있는 것일까?'

영민이는 결론을 내리지 않고 이내 잊어버렸다. 그리고 무심히 길 건너편을 바라보고 있었다. 이때 차 한 대가 영민이의 바로 앞에 와서 멈추었다. 영민이는 말없이 차의 뒷좌석에 올랐다. 차는 출발했다.

거리는 한산했고 영민이는 다시 생각에 잠겼다. 이번에 떠오른 생각은 대금산에서 발굴한 팔각 금판이었다. 이 금판에는 팔괘가 둘러져 있는데 그 배열이 아주 특이했다.

영민이는 이 금판에 팔괘를 조각하고 그것을 다시 땅에 묻은 것은 자기 자신이었다는 것을 어렴풋이 기억하고 있는데, 팔괘를 그렇게 배열한 뜻은 알 수가 없었다.

이 배열은 맨 위쪽이 건乾:☰, 맨 아래쪽이 곤坤:☷, 그리고 시계 방향으로 곤坤에서부터 진震:☳·이離:☲·손巽:☴의 순서로 건乾까지 올라가고, 다시 태兌:☱·감坎:☵·간艮:☶의 순서로 내려온다.

문제는 손巽과 태兌인데 이것의 위치는 서로 바꿔야 좋은 것이다. 그렇게 되면 바로 선천팔괘도先天八卦圖가 되지만, 금판의 배열은 도무지 뜻을 알 수가 없었다.

'내가 잘못 그린 것일까? 아니면 현재 내가 모르는 팔괘의 비밀이 들어 있는 것일까?'

영민이는 일단 그림은 이상이 없고 단지 그 뜻을 모르는 것이라고 판단하고, 그 뜻을 궁리하기로 했다. 차는 정릉으로 가지 않고 시내로 진입하여 을지로 방향으로 향하고 있었다. 영민이는 여전히 생각에 잠겨 있었다.

'선천팔괘도와 비교를 해 보자. 곤坤에서부터 진震·이離·태兌로 올라가는 것의 뜻은 축적되어 있는 양陽의 값을 뜻한다……. 그렇다면 금판도는 축적의 반대, 즉 드러난 양의 값을 말하는 것인가? 아니다, 드러난 양의 값은 진震보다 간艮이 많다……. 모를 일이야.'

영민이는 고개를 가로 젓고는 금판도를 문왕후천팔괘도文王後天八卦圖와 정역팔괘도正易八卦圖하고도 비교해 보았다 그러나 여전히 그 뜻이 밝혀지지 않았다.

'필시 중요한 뜻이 있어서 그렇게 그랬을 텐데…… 그렇지, 일렬로 세워서 따져 보자.'

영민이는 한 가지 방식을 떠올리고 마음 속으로 금판도를 다시 정렬시켰다. 그러나 생각을 더 진행시킬 수가 없었다. 차는 어느 건물 앞에 정차했고, 어느 새 운전 기사는 문을 열어 주고 있었다.

영민이는 급히 내렸다. 기사는 영민이를 건물 안으로 안내해 들어갔다. 그러자 바로 부자 노인이 나타났다. 박노인은 시간에 맞춰 마중을 나온 것이었다.

"안녕하세요?"

영민이는 한 걸음 다가서며 밝게 인사를 건넸다.

"어서 오시오, 선생. 여기가 내 일터요, 올라갑시다."

박노인은 부드럽게 말하고 앞장 서 층계를 올랐다. 박노인의 사무실은 이층에 있었다. 문을 열고 들어서니 그리 넓지 않은 사무실에 남녀 직원들이 몇 명 앉아 자기의 업무에 열중하고 있었다.

박노인은 사무실 중앙을 통과하여 또 하나의 문을 열고 들어갔다. 이곳은 조금 더 넓었다. 여기가 박회장의 집무실인 것 같았다.

"자, 여기 앉아요. 음료수를 드릴까?"

박회장이 이렇게 말하고 자리에 마주 앉자 얼마 안 있어서 여비서가 음료수를 날라 왔다. 영민이는 그 동안 마음을 가라앉히고 있었다. 마음 속에는 이미 팔괘에 대한 생각은 지워져 있었고 오로지 천진한 상태만이 유지되었다.

"오늘은 무엇을 하겠소?"

박회장은 다정한 미소를 머금고 물었다.

"네, 사람들을 봐야겠습니다."

영민이는 부끄러운 듯 말했다.

범인의 얼굴을 보는 것이 민망하기라도 하단 말인가?

박회장은 영민이의 얼굴을 잠깐 살피더니 고개를 끄덕였다.

"여기로 부를까요?"

"아닙니다, 일하고 있는 모습을 보고 싶군요."

"그래요? 그럼, 가보십시다. 이 문 밖에도 두 명 있는데."

"……."

"네? 알겠습니다. 자연스럽게 지나치도록 하지요."

영민이는 박회장의 뒤를 따라 바깥 사무실로 나왔다. 박회장은 일부러 걸음을 늦춰 걸으면서 여비서에게 말을 걸었다.

"미스 리! 그 옷 멋있구먼, 비싼 옷인가?"

"아니에요, 싸구려예요."

"그런가? 사람이 비싸면 되지, 허허."

박회장의 말은 귀한 사람이 되란 뜻일 것이다. 좁은 사무실에서 어른이 말하고 있으니 모두들 웃으며 바라보고 있었다. 순간 영민이는 남자 두 명을 일별하는 것으로써 그 심성을 파악했다.

박회장은 사무실 문을 열고 복도로 나왔다. 기획관리실은 복도 끝에 있었다. 영민이는 무심히 뒤를 따라 걸었다. 박회장은 문을 열고 영민이와 나란히 들어섰다. 실내 공간은 상당히 넓은 편이었다. 문 앞의 직원 몇 명이 앉은 채로 고개를 숙여 인사했다.

"음, 수고들 하는구먼…… 덥지는 않나?"

"괜찮습니다!"

젊은 직원이 씩씩하게 대답하자 박회장은 고개를 끄덕이며 다음 자리로 옮겼다. 박회장이 벽의 그림을 살피면서 조금 걷자, 가장 저쪽에서 직원 하나가 일어나서 걸어왔다. 김과장, 아니면 더 높은 사람일 것이다.

영민이는 천천히 지나치며 자연스럽게 살폈다. 박회장은 창문 쪽으로 걸음을 옮겼다. 모두들 회장의 거동을 살피느라 영민이를 크게 의식하지는 않았다. 가까이 다가온 사람은 김과장이었다.

"나오셨습니까?"

"음, 심심해서 와봤네. 여기는 내 조카야."

"아, 네 그렇습니까? 안녕하세요!"

김과장은 영민이에게 정중히 인사를 건넸다. 참으로 깔끔하고 예의 바른 사람이었다. 영민이는 미소로 답례하고 주위 사람들을 은밀히 유의했다. 박회장은 걷다가 종종 책상을 살피며 영민이에게 기회를 주고 있었다.

이제 사무실 전체를 거의 한 바퀴 돌고 저쪽에 두 명만 남아 있었다. 박회장의 걸음은 자연스럽게 그 방향으로 움직였다. 그러자 영민이는 가까이 다가서서 나지막하게 말했다.

"그만 나가시지요."

"음? 그래? 그럽시다."

박회장은 저쪽편과 영민이를 번갈아 보더니 고개를 끄덕였다. 박회장은 속으로 영민이가 이미 근접 확인을 끝마친 것으로 직감했다. 두 사람은 빠른 걸음으로 복도로 나왔다. 김과장은 문까지 배웅을 하고는 다시 들어갔다.

"모두 살펴봤나요?"

"네, 충분히 봤습니다."

영민이는 쉽게 대답했다.

"결론이 나왔습니까?"

"거의 나왔습니다. 우선 사무실로 가시지요."

박회장은 고개를 끄덕이고는 입을 굳게 다물었다. 약간은 긴장하고 있는 것 같았다. 이제 1년여를 기다려 온 범인의 정체가 드러나는 순간이 온 것이다. 두 사람은 빠른 걸음으로 다시 박회장의 집무실로 돌아왔다.

자리로 돌아와 앉은 박회장은 말없이 기다렸다. 영민이는 가지고 온 봉투에서 종이 몇 장과 사진을 꺼내 놓았다. 사진은 두 장으로 뒷면으로 놓여져 있었고, 종이 한 장에는 박대리와 김과장이라고 쓰어져 있었다.

영민이는 다른 종이를 살피고 있었다. 그것은 괘상卦象이 적혀 있는 것으로 세 사람의 사주를 풀어 놓은 것이었다. 괘상 옆에는 이름이 적혀 있었는데 각각 박민수·김영호·최규섭이었다.

박회장은 영민이가 하는 일을 주의 깊게 바라보고 있었다. 박회장이 생각하기에는 영민이가 스스로 풀어 본 사주와 딸에게 한 질문과 사진 뒷면의 육갑 등을 차례로 비교하고 있는 것 같았다.

영민이는 박민수의 사주에 표시를 하고는 물어 왔다.

"회장님, 김과장 이름이 무엇인가요?"

"김영호이지요."

"최규섭은요?"

"음? 직위를 말하는 건가요? 대리지요!"

영민이는 고개를 끄덕이고는 다른 종이를 검토했다. 그 종이는 23개 사항의 질문을 평가한 것으로써 ○×로 표시되어 있었다.

○는 범인일 가능성이 있는 것인데, 박대리와 김과장이 각각 두 개 세 개이고 최대리는 ○ 하나 × 두 개였다. 다른 사람은 모두 ×가 많거나 전부였다

영민이는 두 종이를 함께 살펴보면서 김과장과 박대리가 자신이 범인일 가능성으로 뽑은 세 명의 사주에 들어 있다는 것을 확인했다. 따라서 범인으로 기대되는 사람은 2명으로 압축되었다.

사주풀이와 질문에 의한 소견이 모두 두 사람이 범인임을 가리키고 있었다. 영민이는 여기에 일단 만족한 모습을 보이고 사진 두 장을 집어 들었다. 이 사진은 앞면을 보지 않고 영민이가 육감으로 집어낸 것이다.

이 사진이 김과장과 박대리인지는 아직 모른다. 박회장은 속으로 흥분을 느끼면서 영민이의 다음 행동을 기다렸다. 그러자 영민이는 사진을 박회장에게 건네 주었다.

"회장님, 이 사진을 보세요. 김과장과 박대리인가요?"

박회장은 떨리는 손으로 사진을 받아서 바로 돌려 보았다. 영민이는 박회장의 얼굴을 보고 있었다. 영민이도 가슴이 조금씩 떨리고 있는 것을 느꼈다. 순간 박회장은 고개를 끄덕이며 웃고 있었다.

사진은 정확히 박대리와 김과장의 것이었다. 이제 세 가지 조건이 하나로 합쳐진 것이다. 즉, 사주와 질문 그리고 육감. 박회장으로서는 놀라운 결과가 아닐 수 없었다. 지금까지 한 일이 정확하다면 범인은 두 사람 중 한 사람이다.

그러나 아직 난관은 남아 있었다. 과연 두 사람 중 범인은 누구냐 하는 것이다. 박회장은 속으로 난감하게 생각하고 있는데 영민이의 목소리가 들려 왔다.

"회장님, 아까 저쪽 사무실에서요."

영민이는 천천히 말하고 있었다. 최후의 한 명을 지적하려는 것이다. 영민이는 좀전에 관상을 살피고 왔다. 그 관상의 소견이 두 장의 사진 중에서 한 사람을 가리켜야 한다. 만일 사진에도 없는 사람을 집어낸다면 지금까지의 작업은 일순 와르르 무너진다. 무엇인지 알 수 없게 되는 것이다.

박회장은 숨을 졸이며 영민이의 말을 기다렸다.

"창가 쪽에 앉았던 사람…… 그 사람."

영민이는 조심스럽게 말하고 있었는데, 돌연 박회장이 막아 서며 말했다.

"창가의 그 사람 말이지요? 와이셔츠 차림에 붉은 색 넥타이!"

"네, 그 사람 말이에요…… 그 자가 범인입니다."

드디어 영민이는 최후의 판결을 내렸다. 박회장은 들고 있던 사진 중에서 한 장을 영민이에게 건네 주며 물었다.

"이 사람인가요?"

박회장은 뻔한 것을 재차 확인했다.

"네, 박대리이지요?"

영민이는 편안히 물었다. 박회장은 고개를 끄덕였다. 그러고는 잠시 눈을 감고 감정을 억제하고 있었다.

이 순간의 마음은 무엇일까? 범인을 찾은 기쁨일까, 아니면 배신자에 대한 분노일까?

후자일 것이다. 박회장은 한동안 그 상태로 있다가 눈을 떴다. 얼굴색은 어느 새 밝아져 있었다.

"선생, 그 동안 수고했소! 그런데 한 가지가 더 남아 있군요. 이런 문제는 증거가 없으니 자백이 필요해요."

"그렇습니다. 저는 그 자가 범인임을 확신합니다. 자백은 회장님이 받아내셔야지요!"

"물론이오. 자백의 현장을 보겠소?"

"그래야지요. 저도 아직 끝난 것이 아니에요. 최후의 판결을 받아야지요."

영민이는 단호한 표정을 지으며 박회장을 바라봤다. 박회장은 고개를 천천히 끄덕이며 잠시 허공을 응시했다. 그러더니 갑자기 일어나서 자기 책상으로 걸어갔다. 그리고는 수화기를 집어 들어 지시를 내렸다.

"박대리를 오라고 하시오!"

회장은 다시 영민이의 앞으로 와서 앉았다. 두 사람은 서로 마주치지 않고 딴 곳을 보며 기다렸다.

똑똑—.

한참 만에 노크 소리가 들렸다. 두 사람은 긴장을 하며 자세를 바로했다.

박대리가 들어섰다.

"부르셨습니까?"

박대리는 단정한 모습으로 나타났다.

"음, 이리 앉게."

회장은 일부러 엄숙하게 말했다. 미리부터 냉정한 자세를 견지하려는 것이다. 박대리는 회장이 엄숙해진 것에 약간 긴장했지만 별 생각 없이 자리에 앉았다. 영민이는 그 모습을 다시 한 번 바라봤다.

틀림없었다. 영민이는 변함없이 박대리가 범인임을 확신하고 있었다. 회장은 잠시 망설이다 서두를 꺼냈다.

"박군! 자네 내가 묻는 말에 솔직히 대답해 주겠나?"

"네? 무엇인데요?"

박대리는 아직까지 일의 심각성을 모르고 있는 것 같았다. 그러나 회장의 목소리는 더욱 냉엄해졌다.

"다시 말하겠네, 내가 묻는 말에 솔직히 대답하겠나?"

"네."

"맹세할 수 있나?"

"네."

"자네 종교가 뭔가?"

"없습니다."

"아무튼 좋네. 자네의 인격을 믿고 묻겠네. 나에게 원한이 있나?"

"네? 그럴 리가 있겠습니까?"

박대리는 의아스러운 표정을 지었다.

"좋아. 자네 나에게 죄진 것 없나?"

"회사일 말인가요?"

박대리는 공손히 물었다. 회장은 고개를 가로 저었다.

"제가 생각하기에는 회사일 말고는 없습니다."

"그래? 그럼, 내 딸에 대해서는?"

"네? 무슨 말씀이신지요?"

"내 딸에 대해 지은 죄가 없는가 하고 묻고 있네!"

회장은 날카롭게 힐책했다.

"없습니다, 제가 따님한데 무슨 죄를 짓겠습니까? 본 적도 없는데……"

"작년 여름에 보지 않았나? 속리산에서!"

"아, 네…… 그때 말씀이시군요. 그런데 제가 무슨 잘못이라도 했나요?"

박대리는 몹시 의아스러운 표정이었다. 이 모습을 보고 회장도 의아스러운 표정을 지었다. 회장은 영민이의 얼굴을 얼핏 쳐다봤다.

영민이는 고개를 갸우뚱하고 있었다. 영민이의 얼굴은 당혹감으로 어두워지기 시작했다. 회장은 다시 묻기 시작했다.

"정말 잘못이 없나?"

"없습니다. 그날 제가 술 먹고 무례했단 뜻인가요?"

박대리의 모습은 너무나 천진했다.

"그것을 묻는 게 아닐세."

"그럼, 무엇을 물으시는 것인지요?"

"다시 묻겠네. 자네 정말 부끄러운 짓을 한 적이 없나?"

"없습니다."

박대리의 대답은 한결같았다. 회장은 다시 한 번 영민이의 얼굴을 쳐다봤다. 회장의 마음 속에는 점점 회의가 일기 시작하고 있었다. 그러나 아직은 냉정하게 묻고 있었다.

"자네, 작년 여름 속리산에서 나와 함께 술을 마시고 나서 무엇을 했나?"

"네? 무엇을 묻는지 모르겠습니다."

"내가 나가고 나서 무슨 일이 있었냐고?"

회장은 조금씩 피로의 기색이 보이고 있었다.

"아무 일 없었습니다. 그냥 잠이 들었거든요."

"그래? 밤에 밖에 나오지 않았나?"

"안 나왔습니다."

"한 번도?"

"네."

"아침까지?"

"네."

"하늘에 맹세할 수 있나?"

"밖에 안 나온 것 말인가요?"

"그렇네."

"네, 맹세할 수 있습니다."

"좋아, 자네가 오늘 진실을 말해 줬다고 믿고 있네. 자네는 내가 오늘 왜 이런 질문을 한다고 생각하나?"

"잘 모르겠습니다. 혹시 술 마시는 자세를 말씀하시는 건지요?"

박대리의 태도는 의심쩍은 구석이 전혀 없었다.

"그걸 말하는 게 아닐세."

박회장의 목소리는 한결 부드러워졌다.

"한 가지만 더 묻겠네, 이건 다른 질문이지만…… 자네 일생을 통해서 말일세, 여자를 강제로 추행한 적은 없었나?"

"제가요? 저는 그런 일을 하라고 해도 못 합니다. 저는 그런 사람을 제일 싫어합니다."

"알겠네. 나는 자네가 어떤 사람인지 알고 싶어서 물어 본 것뿐일세. 오늘 질문은 별뜻이 없네. 가보게."

"네."

박대리는 일어나서 공손히 고개를 숙이고는 걸어 나갔다. 회장은 즉시 영민이를 바라봤다. 영민이의 생각은 어떠냐 하는 뜻이었다.

영민이의 얼굴은 창백했다. 이미 확신은 없어진 것 같았다. 영민이는 떠나간 박대리의 좌석을 잠깐 보더니 허공을 응시했다. 그 사람의 모습에서 거짓을 찾아내려고 생각하는 것일까?

그러나 박대리의 모습에는 한 점 의혹도 보이지 않았다. 누가 봐도 그럴 것이다. 영민이도 고개를 끄덕였다. 회장은 숨을 죽이고 영민이의 태도를 지켜 봤다. 인정이 많은 회장으로서는 영민이가 가엾은 것이다.

영민이는 자리에서 벌떡 일어났다. 그러고는 고개를 깊이 숙여 말했다.

"죄송합니다."

영민이의 말은 이것뿐이었다.

"너무 상심 말게. 망신은 안 당한 것 같으니까."

회장은 영민이를 위로하기 위해 말했지만 영민이는 고개를 숙인 채 걸어 나가고 있었다. 회장은 조용히 뒤따라 나왔다. 영민이는 뒤도 돌아보지 않고, 사무실을 나와 급히 걸음을 옮기고 있었다.

회장은 민망한 표정을 지으며 떠나가는 영민이의 뒷모습을 한동안 바라봤다. 영민이는 층계를 힘없이 내려왔다.

어디서 착오가 있었던 것일까? 사주풀이였을까, 직감이었을까, 아니면 질문에 의한 심리 판단이었을까? 마지막에 시도한 관상은 또 어떤 것이었을까?

어쩌면 처음부터 모든 것이 엉터리였는지도 모른다. 네 가지 시도가 우연히 한두 사람을 가리켰는지 모른다. 범인은 전혀 엉뚱한 사람일지도 몰랐다.

그렇다면 도대체 어떻게 범인이란 것을 알 수 있을까? 심리도, 육감도, 사주도, 관상도 아니라면 무엇이 진실을 규명하는가?

영민이는 현재 이런 것을 생각하고 있지는 않았다. 지금 영민이에게 있어 중요한 것은 범인을 찾아낼 수가 없었다는 것이다. 그러나 영민이는 반성이라든가 다시 분석할 힘이 없었다.

당초 영민이의 행동은 극도로 신중했다. 오로지 이 한 번이라는 각오로 임했다. 판단은 최선을 다 한 것이다. 이제 와서 더 잘 했어야 했다는 말은 성립되지 않는다.

영민이는 더 할 수 없는 혼신의 힘으로 일에 달려들었던 것이다. 그리고 자신의 힘을 확신했었다. 이런 일 정도는 능히 풀어낼 것으로 믿었던 것이다. 생각해 보면 그렇게 어려운 것이 아닌데도 영민이는 신중에 신중을 거듭했다.

그렇건만 결과는 실패로 끝났다. 당초 운명이 그렇게 되어 있는지도 몰랐다. 영민이는 회사 밖으로 나오자, 즉시 택시를 잡아 탔다. 그러고는 무어라고 중얼거렸다.

"네? 어디라고요?"

택시 기사는 다시 한 번 물었다. 영민이의 목소리가 입 밖으로 나오지 않았던 것이다.

"한강요!"

택시 기사는 고개를 끄덕이고는 속도를 높였다. 차는 쉬지 않고 달렸다.

영민이는 눈을 뜨고 있었지만 아무것도 보이지 않았다. 정신도 이미 활동을 중지한 것 같았다. 시간은 빠르게 흘러갔다.

어느덧 차는 목적지에 도착했다.

"다 왔습니다."

차가 서고 운전 기사가 말했지만, 영민이는 멍하니 움직이지 않고 있었다.

"손님, 다 왔어요!"

택시 기사가 소리를 질렀다. 영민이는 그제서야 반응을 했다. 얼마인가 택시비를 주고 내렸던 것이다.

"손님, 이거 남아요!"

기사는 영민이가 아무렇게나 집어 주는 돈을 남겨서 돌려주려고 했다. 그러나 영민이는 듣지 못하고 강가로 내려가고 있었다.

택시 기사는 머뭇거리다 그냥 출발했다. 속으로는 별 손님이 다 있구나 하고 생각했을 것이다.

영민이는 어느 새 물가에 도달했다. 주위에 사람은 별로 보이지 않았다. 지금은 한여름인데도 강에서 물놀이를 하는 사람이 없었다. 한강이 오염된 지는 이미 오랜 세월이 지난 터였다.

영민이는 비틀거리듯 걸으면서 사람이 있는 곳에서 멀어져 갔다. 이윽고 주변에 인적이 전혀 없는 지점에 이르렀다. 한강물은 거칠게 흐르고 있었다. 영민이는 물가에 걸터앉았다.

구두를 신은 채로 두 발을 모두 물에 담근 상태였다. 잠시 후 주머니에서 무엇인가를 꺼냈다. 알약이었다.

영민이는 이것을 입에 한가득 넣고 더러운 물을 손으로 떠서 몇 모금 들이켰다.

약은 물과 함께 목구멍 속으로 넘어갔다. 이 약은 부자 노인을 찾아갔던 다음날부터 가지고 다녔던 것이다. 이런 것에 의해 운명이 나쁘게

유도되었는지는 알 길이 없다.

그러나 배수진을 치고 운명에 도전했던 영민이의 결의는 무산되었다.

지금 영민이의 몸은 물 속으로 조금 더 들어간 상태에서 주저앉아 있었다. 옷은 이미 다 젖었고 눈은 초점을 잃었다. 영민이는 무엇을 생각하고 있는 것일까?

꿈을 꾸는 듯한 영민이의 마음 속에는 한 사람의 모습이 떠올랐다. 그것은 학선생의 모습이었다. 영민이는 혼잣말로 중얼거렸다.

"형님, 나는 실패했습니다……. 노인의 문제를 풀지 못했습니다."

목소리가 밖으로 나오고 있는지는 몰랐다. 단지 영민이 자신은 말하고 있는 것이다. 또 하나의 상이 떠올랐다. 이번에는 친구인 인수의 모습이었다.

"인수, 나는 커다란 도박을 하였네. 내 목숨을 건 도박이었지! 그런데 나는 실패했어. 너는 요즘 어떻게 지내고 있니?"

영민이의 몸은 쓰러질 듯하면서 조금씩 밀려 내려가고 있었다. 영민이는 또 말하고 있었다. 대상은 바로 민여사로서 이 세상에 둘도 없는 은인이다.

"누나, 미안해요. 어차피 나는 죽을 사람이에요, 삼 년 후에는! 누나, 나는 운명을 극복하기를 바랐습니다. 그러나 내가 아무런 힘이 없다는 것을 알았습니다. 하찮은 일에도 나는 실패를 했습니다."

실패! 영민이의 마음 속에는 실패의 한과 무능의 채찍질이 소용돌이치고 있었다.

'나는 죽어야 해! 그런데 나는 어디로 가야 하나? 아니, 나는 누구인가? 영민이? 그래 나의 이름은 영민이지! 그리고 다른 이름은 산수山水이지. 산수?'

영민이는 이런 생각을 하며 주변을 돌아봤다. 온통 물이었다.

'여기는 바다인가? 나의 몸은 섬인가?'

영민이의 정신은 점점 혼미해졌다.

'나의 이름은 산수다. 산 아래 물! 물 위에 서 있는 산! 갈 곳을 모르는 산! 이것은 바다에 앉아 있는 섬과도 같다. 그렇지, 나는 바다에 앉아 있는 섬이야! 흔들리지 말아야 할 텐데!'

영민이의 마음은 현실을 초월해 멀고 먼 과거를 더듬고 있었다.

'산수? 산과 물이지. 이것은 섬과 바다와 같은 뜻이야. 그러면? 아, 나는 좌도坐島이구나! 그렇다면 나는 왜 또 죽어 가고 있는 것이지? 아니야, 좌도는 옛날에 죽었어! 지금 죽는 것은 산수야! 그러나 좌도가 산수고 산수가 좌도이지!'

영민이의 몸은 물에 휩쓸리고 있었다. 그러나 이 순간 먼 과거에도 이와 같이 물에 휩쓸려 죽어 가던 자신의 모습이 얼핏 보였다.

그러고는 암흑이 찾아왔다.

산은 물 속으로 쓰러졌고, 섬은 바닷속으로 가라앉은 것이다. 영민이의 의식은 사라졌다. 강물은 여전히 세차게 흐르고 있었다.

드러나는 범인의 모습

다음날 아침, 박회장은 정릉에 있는 자기 집 서재에서 딸의 방문을 받고 있었다. 박회장의 얼굴은 사랑하는 딸이 들어서고 있는 것을 보고 잠시 밝아졌지만, 허탈한 기색을 감출 수가 없었다.

"아빠!"

"어서 오너라, 웬일로 이렇게 왔니?"

박회장은 겉으로는 이렇게 말했지만 딸이 찾아온 뜻을 알고 있었다. 딸은 미소를 지으며 물었다.

"어제 일 어떻게 됐어요?"

딸이 묻고 있는 것은 영민이의 일이었다. 딸은 어제 아버지가 영민이를 만나기 위해서 회사로 나간 것을 알고 있었다.

"응? 어제 일?…… 실패했어!"

박회장은 낙심을 한 표정으로 딸을 외면하며 말했다.

"네? 실패하다니오? 누구를 지목했는데요?"

딸은 아버지를 빤히 바라보며 물었다.

"엉뚱한 사람이야, 박대리를 지목했어!"

"어머, 박대리를요? 그 사람은 그럴 사람이 아닌데."

딸은 박대리를 가끔 본 적이 있었고, 단정하고 잘생긴 박대리를 좋게 생각하고 있었던 것이다.

"그러게 말이야. 내가 만나서 살펴보니 그 사람은 양심에 꺼릴 만한 짓을 하지 않았더군."

"아빠, 그럼 사실을 다 밝혔나요?"

딸이 지금 걱정하는 것은 소문이 나는 일이었다. 범인도 못 잡은 이 마당에서는 비밀이라도 지켜져야 하는 것이다. 박회장은 흠칫 놀라면서 손을 저었다.

"아니, 간접적으로 물었어. 그 사람은 전혀 영문을 모르고 있어. 애야, 잊어버려라."

박회상으로서는 딸이 그 당시의 충격을 다시 느낄까 봐 심히 걱정이 되었다.

"아빠, 그럼 누가 범인이지?"

딸은 아무렇지도 않게 물었다.

"응? 그건, 글쎄…… 애야, 너는 그저……."

박회장은 딸의 정면 질문에 오히려 민망해하며 말을 더듬었다. 그런데 이때 전화벨 소리가 요란하게 울렸다.

따르릉 따르릉—.

박회장은 급히 걸어가 수화기를 들었다.

"여보세요!"

"박영진 씨를 부탁합니다."

"전데요!"

"아, 그렇습니까? 여긴 경찰입니다."

"네, 경찰요? 무슨 일입니까?"

"네, 한강에서 사건이 있었습니다. 자살 사건이지요!"

순간, 박회장의 얼굴은 어두워졌다. 필경 젊은 선생이 자살한 것이리라.

"여보세요, 자살이라고 했지요? 젊은 청년인가요?"

"그렇습니다, 아직 죽지 않았습니다. 그 사람 몸에서 당신 명함이 나왔습니다."

"아, 네…… 어떤가요? 살 수 있을까요?"

"모릅니다, 여긴 경찰병원입니다."

"알겠습니다. 곧 가지요."

찰칵—

"아빠, 누구예요?"

딸은 아버지가 수화기를 놓자 바로 물었다.

"얘, 빨리 가봐야겠어. 그 젊은 선생이 자살했어!"

"네? 그 선생이 왜 자살을 해요?"

"응, 범인을 잘못 짚어서그래. 처음부터 범인을 못 잡으면 자살한다고 했어!"

"네? 그럼, 저……"

딸이 더 물으려고 하는데 아버지는 급히 서둘러 현관 문으로 나아가고 있었다. 딸도 그 뒤를 따라 나섰다.

두 사람이 경찰병원에 당도한 것은 이로부터 한 시간 후.

박회장은 담당 의사를 만났다.

"상태가 어떻습니까?"

"응급 조치를 했습니다. 결과는 두고 봐야겠지요."

"어떻게 된 일입니까?"

"저는 잘 모르겠는데요."

의사는 가 버렸다. 저쪽에 마침 경찰관이 오고 있었다. 박회장은 빠른 걸음으로 다가갔다.

"박영진 씨인가요?"

경찰관이 먼저 알아보고 말을 건넸다.

"네, 어떻게 된 일인가요?"

"자살이라고 보여집니다. 강에서 구했지요."

"강에서요? 투신했나요?"

"그렇습니다. 물에 빠지기 전에 수면제를 복용했습니다."

경찰관은 당시 상황을 설명해 주었다.

어제 대낮, 영민이는 때마침 근방을 순찰하던 해양 경찰선에 의해 구해진 것이었다. 그야말로 구사 일생이었다.

경찰에서는 혹시 타살 시도일 가능성도 있다고 보고 조사를 하는 중이었다. 그러나 박회장을 만나자 정황이 분명하게 드러났다.

"저 청년은 자살을 예고하고 있었어요."

"무슨 일 때문이었습니까?"

경찰관은 무엇인가 적으면서 물었다.

"사적인 일입니다. 공부가 안 된다고 며칠 전부터 자살한다고 했습니다."

박회장은 적당히 둘러했다. 경찰관은 간단히 조사를 마치고 돌아갔다. 사람이 죽은 것도 아니고 자살을 시도했다는 것이 밝혀진 이상 별 사건이 아닌 것이다. 정작 큰 사건으로 인식된 것은 박회장 자신이었다.

박회장은 지금 영민이의 성품을 충분히 실감하였거니와 앞으로가 더욱 걱정이었다. 박회장이 알기로는 영민이란 사람이 자살하려는 이유는 자신의 무능을 탓하기 위해서인데, 아직도 그 이유는 살아 있는 것이다.

'대단한 사람이야, 정말로 자살을 시도하다니……'

박회장은 이렇게 생각하며 큰 감동마저 느끼고 있었다. 이런 생각을 갖고 있는 것은 박회장의 딸도 마찬가지였다.

'책임감이 대단한 분이야. 공부도 상당히 많이 한 분 같은데 어째서 범인을 잡지 못했을까?'

딸은 이렇게 생각하며 영민이에게 동정심을 느꼈다. 아버지와 딸은 각각 이런 마음을 품으며 병실로 들어섰다. 영민이는 의식을 회복하지 못한 채 조용히 누워 있었다.

옆에는 누구 하나 지켜 보는 사람이 없었다. 만약 영민이가 죽는다면 저대로 외롭게 죽어 갈 것이리라. 박회장은 여러 가지 상념을 하면서 영민이의 모습을 바라보고 있었다.

딸은 영민이의 모습을 잠깐 쳐다보았지만 지금은 창 밖을 보고 있었다.

한동안 시간이 흘렀다. 그 사이 간호사가 한 번 들어와 상태를 살피고 나갔다. 이제 박회장도 돌아갈 때가 되었다.

간호사의 말에 의하면 의식이 회복되려면 저녁 늦게나 내일 아침쯤 돼야 할 것이라고 한다. 박회장은 다시 와야겠다고 생각하며 딸과 함께 병실 문을 나섰다. 그런데 이 순간 딸이 큰 소리로 불렀다.

"아빠, 알았어요!"

"음? 무엇 말이냐?"

박회장은 이렇게 말하면서 심상치 않은 것을 느꼈다. 딸은 여전히 큰 소리로 말했다.

"범인 말이에요, 범인을 찾았어요!"

"뭐라고? 무슨 말이야?"

박회장은 놀라면서 딸의 얼굴을 쳐다봤다. 딸은 허공을 응시하면서 고개를 끄덕이다가 다시 말했다.

"아빠, 범인은 박대리예요. 난 알아요, 젊은 선생이 바로 맞혔어요."

"응? 얘야, 어떻게 된 영문인지 말해 보거라!"

박회장은 의아스러운 표정을 지었지만 어느덧 희망을 느끼고 있었다.
'여자의 직감이 범인을 찾아낸 것일까? 그렇다면 증거는 무엇일까?'
박회장이 이런 생각을 하고 있는데 딸이 설명을 시작했다.
"아빠, 나는 그날 밤 범인이 도망가는 뒷모습을 봤어요. 뚜렷한 특징이 있었어요. 분명해요."
여기서부터 딸의 목소리는 작아지며 천천히 말했다.
"두 가지 특징이 있었어요. 첫째, 팔이 유난히 길었어요, 키는 보통이지만, 저는 전부터 박대리의 팔이 유난히 긴 것을 알고 있었어요. 가끔 우습게 생각했지요."
딸의 설명은 치밀하게 요점을 찌르고 있었다.
"그날 밤 그 모습은 틀림없이 박대리였어요. 또 하나의 특징은 걸음걸이예요. 가끔씩 멈칫거리는 걸음걸이! 박대리가 그렇게 걸어요. 아참, 하나가 더 있어요. 좌우의 팔이 오르내리며 걷는 모습! 뒤에서 보면 더욱 뚜렷하지요. 그리고 아빠……."
박회장은 눈을 크게 뜨고 딸의 설명을 숨 졸이며 듣고 있었다.
딸의 설명이 이어졌다.
"이제 와서 생각해 보니 머리 모양도 비슷해요. 길쭉하고 옆머리가 짧았지요. 지금도 그 모양인지는 모르겠지만 그날 밤 방으로 들어서기 직전에는 그 머리였어요."
딸은 설명을 다 마친 것 같았다. 박회장은 딸의 설명을 음미하면서 잠시 허공을 응시하고 있었다. 그러더니 고개를 천천히 끄덕이며 입을 꼭 다물었다
"맞아!"
박회장은 무심결에 한 마디를 내뱉었다.
"얘야, 네 기억은 정확하냐? 그날 밤 본 것 말이야!"

"네? 제 기억 말이에요? 아이 참, 아빠도…… 저는 지금 눈에 선해요. 절대로예요. 그리고 그날 술자리에서 또 한 가지가 생각나요. 박대리는 잠깐 저를 쏘아봤어요. 술도 조금 마시는 것 같았어요. 그 사람 원래 술을 많이 마신다잖아요!"

딸의 말에서 몇 가지 사실이 더 드러나고 있었다.

"틀림없구나!"

박회장은 또 한 번 되뇌었다. 그러자 딸이 어깨를 잡으며 말했다.

"아빠, 자백을 받아내야 돼요. 범인은 박대리가 틀림없어요. 아빠의 임무가 그거예요!"

딸의 말은 박회장의 가슴에 와서 꽂혔다.

"알았다. 박대리를 불러내자. 여기서 자백을 받아내야겠어!"

박회장은 급히 접수계로 걸어갔다. 거기에 전화가 있었다.

박회장은 수화기를 들고 회사로 다이얼을 돌렸다.

따르릉—

찰칵—

"여보세요! 난데, 박대리 좀 바꿔!"

"자넨가? 지금 이리로 좀 오게. 경찰병원이야, 이층."

찰칵—

박회장은 수화기를 내려놓고 딸의 어깨를 감싸 주었다. 또 한 번의 심리 대결이 다가오고 있었다.

박회장은 딸과 함께 다시 병실로 들어왔다. 영민이는 여전히 미동도 하지 않고 누워 있었다. 영민이의 얼굴은 아주 창백했고, 몸은 기운이 다 빠져 나간 것처럼 늘어져 있었다.

박회장은 이 모습을 보며 생각에 잠겼다.

'저 순수한 모습, 그 결연한 행동, 진정 영웅의 기상이 아닐 수 없어!

그런데 박대리가 자백을 하지 않으면 저 위대한 영웅은 죽는 것이야. 안 돼, 어떻게 해서든지 자백을 받아내야 돼!'

박회장은 지금 추호도 의심함이 없이 박대리가 범인이라고 믿고 있었다.

문제는 어떻게 자백을 받아내느냐 하는 것이었다. 박회장의 마음 속에는 박대리의 모습이 아지랑이처럼 떠올랐다.

그 태연자약한 모습, 의연한 태도, 조금도 충격을 받지 않는 마음 상태…… 그 뻔뻔함.

박회장은 고개를 가로 저으며 진저리를 쳤다.

'어쩌면 사람이 그렇게 태연할 수 있을까? 그런 사람이 과연 자백을 하게 될까?'

박회장은 박대리를 상상하는 정도만으로도 지칠 지경이었다. 옆에 있는 딸은 무엇인가를 계속 궁리하는 듯했고, 시간은 지루하게 흐르고 있었다. 이윽고 잘생긴 박대리가 나타났다.

박대리는 병실 문을 열고 들어서면서 가볍게 고개 숙여 인사를 했다. 박회장의 가슴은 두근거리고 있었다. 박대리의 표정은 여전히 태연했다. 딸은 잠깐 박대리를 노려보고는 등을 돌려 창 밖을 보고 있었다.

"자네, 오라고 한 이유를 아나?"

박회장은 즉시 시작했다.

"모르겠는데요."

박대리는 이렇게 말하면서 중대한 실수를 저질렀다. 무심결에 딸의 뒷모습을 흘끗 쳐다본 것이다. 순간, 박회장은 그것을 포착했고, 그 의미도 깨달았다.

박대리는 회장의 물음에 말로는 모른다고 하면서 행동으로는 안다고 한 셈이었다. 이에 회장은 박대리가 범인임을 더욱 확신하고 공략에 자신감을 얻었다.

"모른다고? 좋아, 내가 알려 주지!"

회장은 박대리를 빤히 보며 말했다.

"자네, 내 딸에게 지은 죄가 없다고 했지. 자네는 그것을 죄라고 생각않는 모양이야……. 그건 그렇고, 저 사람이 누군지 알고 있나?"

회장은 영민이를 가리키며 물었다.

"네, 어제 회사에 왔던 사람 아닌가요?"

"그렇다네. 지금 중태야, 자살을 시도했지. 웬지 아나?"

"네? 모르겠습니다."

박대리는 의아스럽다는 표정을 지었다.

"바로 자네 때문이야. 자네가 거짓말을 해서 자살을 했어. 알겠나?"

"……."

박대리는 대답을 못 하고 있었다. 회장은 잠시 박대리의 모습을 보더니 작은 목소리로 말했다.

"자네한테 부탁하겠네, 저 사람을 살려 달라고. 만일 자네가 어제처럼 또 거짓말을 한다면 저 사람은 죽어, 그렇게 되면 자네는 살인까지 하는 거야……. 자넨 내 딸에게 나쁜 짓을 했지만 살인까지는 하지 않겠지? 다시 부탁하겠네, 저 사람을 살려 주게!"

회장은 가슴이 복받쳐 오는지 더는 말하지 못하고 고개를 돌리고 말았다.

"……."

박대리는 말없이 서 있다가 영민이 쪽을 물끄러미 바라봤다. 얼굴색이 점점 어두워지고 있었다. 그러고는 마침내 진실한 모습을 드러냈다. 박대리는 그 자리에서 무릎을 꿇었다.

"제가 했습니다."

박대리의 음성은 기운이 없었지만 분명하게 들려 왔다. 잠시 정적이 흘렀다. 순간, 딸은 돌아서서 급한 걸음으로 병실을 나가 버렸다. 박대리는 무릎을 꿇은 채 미동도 하지 않고 있었다.

"일어나게!"

회장은 부드럽게 말하면서 박대리를 일으켜 세웠다. 박대리는 일어나서 고개를 숙이고 있었다.

"고맙네, 자네의 양심이 저 사람을 구했어."

회장은 이렇게 말하고는 잠시 눈을 감고 있었다. 마음이 몹시도 어지러운 것이다. 범인을 잡았다. 그러나 이제 어떻게 할 것인가?

박회장은 눈을 감은 채로 고개를 가로 저었다. 이윽고 무엇인가를 생각한 회장은 다시 눈을 뜨고 박대리를 바라봤다.

박대리의 얼굴은 처분을 기다리는 중에도 반성의 기색이 보이는 듯했고, 핏기가 하나도 없어 보였다.

"돌아가게……. 나중에 얘기하세."

회장은 박대리의 어깨를 만지며 말했다. 그래도 박대리는 어쩔 줄 모르고 서 있었다.

"어서 가보게."

회장은 다시 한 번 부드럽게 말했다. 박대리는 고개를 숙여 인사하고는 돌아서서 천천히 걸어 나갔다. 회장은 그 뒷모습을 물끄러미 바라보다가 눈길을 영민이에게로 돌렸다.

잠시 후 딸이 다시 들어왔다. 박회장은 딸의 어깨를 가만히 끌어당겨 포옹을 해 주었다.

"아빠, 집으로 가요."

"그래, 나중에 다시 오지."

두 사람은 병실을 나왔다. 저쪽에서 담당 간호사가 걸어오고 있었다. 박회장은 그냥 지나치려다 무엇이 갑자기 생각난 듯 간호사를 불러세웠다.

"아가씨!"

"네?"

"저, 부탁이 하나 있어요."

"……."

"저 환자 말이에요. 만일 조금이라도 기척이 있으면 말을 좀 해 주세요."

"네? 무슨 말인데요?"

"이렇게 해 주세요. 그 범인이 자백했다고."

"그게 무슨 말이에요?"

간호사는 재미있다는 표정으로 물었다.

"중요한 일입니다. 저 사람은 그 말을 들어야만 살 의지가 생깁니다."

"알겠습니다."

간호사는 무슨 뜻인지 알겠다는 듯이 고개를 끄덕였다. 박회장은 병원을 떠났다.

다음날 아침 일찍 영민이는 의식을 회복했다.

간호사는 영민이가 몸을 움직이는 기색이 보이자, 박회장의 말대로 해 주었다.

"그 범인이 자백했대요."

간호사는 귀에다 대고 약간은 장난기 있게 말했는데, 그 말을 들었는지 영민이는 당장에 의식을 회복한 것이다. 그러고는 얼마 후 완전히 기운을 차렸다.

영민이가 기운을 차리고 간호사에게 처음으로 한 말은 민여사라는 사람에게 전화를 걸어 달라는 것이었다. 죽음의 길에서 돌아온 영민이는 제일 먼저 민여사를 찾은 것이다.

민여사가 당장에 달려왔음은 물론이다.

드러나는 범인의 모습 / 193

두 종류의 적

영민이는 일주일이 좀 지나서 건강한 몸으로 퇴원을 했다. 운명은 영민이를 죽음 직전까지 몰아갔지만, 지나고 나서 생각해 보면 그 일은 영민이 자신에게 결정적인 도움을 준 사건이기도 했다.

영민이는 한강물로 빠져 들기 직전 자기가 좌도임을 알게 되었고, 그 직후 사경을 헤매는 중에는 금판에 새겨진 팔괘도八卦圖의 뜻을 얻은 것이다.

이는 팔괘의 극의極義가 담겨져 있는 것으로, 영민이는 이로써 완벽한 팔괘의 이치를 터득하게 되었다. 영민이가 그 와중에 어떻게 궁리를 했는지는 알 길이 없다. 하지만 의식의 회복과 동시에 금판의 팔패도가 저절로 해석된 것이다.

영민이의 정신은 몸이 죽음으로 가고 있는 것과는 상관 없이 꾸준히 활동하고 있었는지도 모른다. 이제 영민이는 또다시 태어난 것이다. 좌도라는 이름을 가지고……

그러나 이 이름은 사용할 수가 없다. 이것은 마음 속에만 간직해야 될 위험 천만한 이름인 것이다. 민여사는 병상을 떠난 영민이에게 좌도라는 사람이 처한 위험에 대해 충분한 주의를 주었다.

영민이가 좌도라는 것을 민여사는 대금산에서 추리로 알았거니와, 영민이는 스스로 전생의 이름을 정확히 기억해 낸 것이었다. 지금에 와서 그 이름을 굳이 사용할 이유는 없겠지만, 오히려 감춰야 할 이유가 있는 것이다.

영민이가 전생의 이름을 감추고 사용하지 않는다면 누가 이것을 알겠는가? 민여사는 크게 안도감을 느끼고 있었다.

좌도라는 이름은 누구에게도 알려져서는 안 된다.

단지 지리산 도인에게는 은밀히 기별하여 좌도를 보호하는 데 만전을 기하는 것이 좋을 것이다. 그리고 위험을 완전히 제거하고 일운 선생의 큰 섭리에 귀일하기 위해서는 하루빨리 일운 선생을 찾아야 할 것이다.

그런데 영민이의 생각과 민여사의 생각에 다른 점이 하나 있었다.

민여사로서는 영민이가 좌도임을 하루바삐 지리산 도인에게 알려야 한다는 것이지만, 영민이는 그 일을 서두를 필요가 없거나 혹은 아예 알릴 필요가 없을지도 모른다고 말했던 것이다.

왜냐 하면 보호 자체가 적을 불러들일 뿐 아니라, 아무리 보호가 튼튼해도 숨어서 노리는 적을 막을 수는 없다는 것이다. 오히려 자신이 좌도임을 밝히지 않고 행동도 유별나게 하지 않으면 적의 탐색으로부터 피할 수 있다는 것이다.

그 이유는 적이 비록 근방에서 서성거린다 하더라도 영민이가 좌도라는 것을 알 수 없을 것이고, 그렇게 되면 결국 떠나고 말 것이기 때문이다. 이것이 영민이의 생각이었다.

그러나 영민이 자신도 과연 어떻게 하는 것이 안전한가에 대해서는 단언할 수 없었다. 그래서 그 문제에 관해서는 되는 대로 자연에 맡기고 오직 일운 선생을 찾는 일에만 전심 전력하기로 방침을 정했다.

영민이는 현재 자신에게 두 가지의 적이 있다는 사실을 염두에 두고 있었다.

첫째는 영민이의 운명 그 자체로서 3년 이상을 살 수 없다는 것이다. 이것이야말로 보이지 않는 가장 무서운 적이었다.

그리고, 두 번째는 아직 정체를 모르는 누군가가 노리고 있다는 것인데, 그들은 필시 중대한 사연을 품고 있을 것이다.

도대체 그들은 무엇 때문에 좌도라는 사람의 목숨을 노리는 것일까?

이미 영민이는 죽음의 문턱을 한 번 넘었거니와 운명의 파도는 계속해서 덮쳐 올 것이다. 지금 영민이가 앉아 있는 방에도 운명은 찾아올 수 있다.

운명이란 피하는 바로 그곳에 찾아오는 것이기 때문에 간단한 생각으로 피할 수 있는 것이 아니다. 영민이는 자신이 보호자도 없는 연약한 어린아이에 불과하다는 느낌을 지울 수가 없었다.

그러나 영민이는 지금 이 순간에도 쉬지 않고 커나가고 있었다.

예측할 수 없는 운명

지루했던 장마가 끝나고 화창한 날씨가 연일 계속되고 있었다. 민여사는 산란했던 마음이 가라앉고 생활 주변의 일도 한가해지자 여행을 할 때가 되었다고 생각했다.

여행이라면 물론 피서를 겸해 지리산 도인을 방문하는 것을 말한다. 원래 일정은 미리 잡혀 있었지만 장마가 며칠 더 길어지는 바람에 한 차례 연기되었던 것이다.

이제 날씨도 좋고 미리 준비도 했던 터라 내일이라도 당장 떠날 수 있었다. 민여사는 이번 여행에 영민이도 함께 가자고 제안했지만 영민이는 한사코 사양했다.

영민이 말에 의하면 자신은 아직 지리산 도인을 만날 때가 되지 않았다는 것이다.

영민이가 말한 때란 도대체 언제일까? 영민이는 자신의 운명을 알고 있기라도 하단 말인가? 아니면 단순히 유난스런 행동을 하지 않겠다는 것일까?

아무튼 민여사는 지리산 도인에게 가서 영민이가 좌도라는 것과 주위에 노리는 자가 있다는 것을 알려 주어야겠다고 마음먹었다. 그렇게 하는 것이 아무래도 만약의 사태에 대처하는 데 신속할 뿐만 아니라 일우 선생을 찾는 데도 도움이 될 것이라고 믿었다.

지리산 여행은 여름이 되기 벌써 전부터 하려던 것이었는데, 그럭저럭 지나가고 이제서야 겨우 짬을 내게 된 것이다. 그러나 민여사로서는 이렇게 늦어진 것이 아주 잘된 일이었다.

지금에 와서는 좌도를 보호하고 일우 선생을 찾는 문제가 지리산 도인만의 것이 아니라 바로 민여사 자신의 문제가 되었기 때문이다.

운명이란 참으로 묘하다.

지리산을 다녀온 지 불과 반 년이 좀 지났을 뿐인데 그 사이 영민이가 좌도라는 것이 밝혀지고, 따라서 민여사 자신이 영민이를 구하기 위해 거꾸로 지리산 도인의 도움을 청해야 하는 입장이 된 것이다.

민여사는 이런 사실이 너무나 좋았다. 당초 조성리 도사에 대해 연구를 시작했던 것은 절박한 필요성에 의해서라기보다는 문화적 욕구 내지 흥미 때문이었는데, 이제는 그게 아니었다.

바로 자신의 운명이었던 것이다. 민여사는 처음 조성리 도사를 연구하기로 마음먹었을 때 그것이 자신의 운명과 모종의 연관성이 있을 것이란 느낌을 가졌지만, 그것은 애써 그런 마음을 가진 감이 없지 않았다.

그런데 지금에 와서는 이게 웬일인가? 영민이가 바로 조성리 도사에게 가장 중요한 인물이 아니던가!

막연했던 생각이 사실로 맞아떨어진 것이다. 민여사가 볼 때 자기 자신은 실로 하늘이 낸 사람이라 아니할 수 없었다. 만일 민여사가 진작부터 조성리 도사를 연구하지 않았다면 영민이의 운명은 어찌 되었을까?

어쩌면 적들에게 무방비 상태로 노출되었을 수도 있고 영민이의 전생이 아직 가려져 있을 수도 있다. 이런 면에서 민여사의 활동은 절대적이었다.

민여사가 움직임으로 해서 장백삼호의 거대한 섭리가 눈앞에 드러났다. 이것이 수천 년 전부터 장백삼호가 미리 준비했던 운명이라도 상관없다. 민여사로서는 시의 적절하게 영민이를 도울 수 있어 다행이었던 것이다.

단지 하나 민여사가 궁금하게 여기는 것은 자신의 숙명이 무엇이냐 하는 것이다. 자신은 영민이, 즉 좌도를 돕고, 나아가 장백삼호 중 한 분인 일우 선생을 찾는 일에 주역이 된다 해도 여전히 자기 자신에 대해서는 알 길이 없는 것이다.

말하자면 역할은 알겠는데 자신의 정체를 모르는 것이다. 어쩌면 민여사라는 사람도 전생부터 중요한 일에 가담하고 있었는지 모른다. 그러나 민여사는 자신의 숙명을 밝히는 문제에 대해서는 다소 여유를 가지고 있었다.

자신의 숙명은 때가 되면 자연히 드러나게 될 것이라는 것이 민여사의 생각인 것이다. 지금은 무엇보다도 영민이의 일이 급할 뿐이다.

지리산 여행은 삼 일 후인 주말로 정해졌다. 출발은 최여사 집에서 하기로 하고, 차는 두 대에 인원은 4명, 즉 양쪽 부부였다.

이번 여행에 대해 그 남편들은 몹시 흥미 있어했다. 조성리 도사에 관한 일은 그들에게도 재미있고 보람이 있었다. 이토록 신비한 일에 관여하면서 피서를 즐길 수 있다니 얼마나 다행한 일이냐!

남편들은 도인이 사는 지리산 산장까지 기꺼이 등정하겠다고 했다. 산 아래에서 기다리라니 무슨 당치 않은 소리인가! 여행 기간도 충분히 잡자는 것이다.

도인들과 여러 날을 함께 지낼 수 있다면 재미를 떠나서도 얻는 바가 많을 것이다. 그런데 민여사는 이번 여행의 동행인들에게 좌도가 영민이라는 것을 밝히지 않았다.

공연히 많은 사람들이 알아서 득될 것이 없기 때문이다. 영민이는 그 일에 대해 지리산 도인에게조차 비밀을 지키는 게 좋을 것이라고 했다. 그러나 민여사는 이번 여행 중 그 사실을 은밀히 도사에게 밝히리라 마음먹었다. 민여사는 안전에 관한 한 영민이보다는 자신의 판단이 더 옳을 것이라 믿었다.

덧없이 하루가 지나갔다.

민여사는 지리산으로 가져갈 책과 산 속에서 필요한 물품들을 챙기는 등 만반의 준비를 갖추었다. 출발은 이제 이틀 남았다. 외출은 일체 삼가고 몸과 마음에 충분한 휴식을 주었다. 민여사는 이번 여행에서 특별한 전기를 맞이할 수도 있다고 기대하고 있었다.

그 동안 지리산 도인은 일우 선생에 대해 어떤 단서를 찾았는지도 모르고, 또한 영민이에 관해 듣게 된다면 무엇인가 새다른 도움을 줄 수도 있을 것이다. 아무튼 서로의 정보가 합쳐진다면 새로운 내용이 발견될지도 모른다.

'지리산 도인은 지금 어떻게 지내고 있을까? 그분이 매일같이 하는 공부는 어떠한 것들일까?'

민여사는 이렇게 생각하며 도인들의 생활을 궁금해하고 있었다.

순간 전화벨이 울렸다.

따르릉—

찰칵—

민여사는 마침 옆에 있다가 재빨리 수화기를 집어 들었다.

"여보세요! 아, 네, 안녕하세요!"

걸려 온 전화는 김선생으로부터였다.

"긴히 말씀드릴 것이 있는데요."

김선생의 목소리는 침착했다. 요즘 들어 김선생의 목소리는 아주 달라져 있었다. 특별히 말하는 공부라도 한 것일까?

그러고 보니 성격도 좀 달라진 것 같다. 조금은 외향적으로 변했다고나 할까?

세상에 변치 않는 것은 없다. 주변을 살펴보면 무엇이든 변하고 있는 것이다. 그리고 그 변화는 언제나 사람의 생각보다 빠르다.

변화가 느린 것은 이상하게도 사람이 어떤 것을 원하고 있을 때이다. 그러나 사람이 원하지도 않고 보지도 않는 것은 쉬지 않고 변하고 있다.

민여사는 찰나지간에 이런 생각을 하고 얼핏 벽시계를 쳐다보았다. 가까운 곳에 외출을 하고 와도 무방할 것이다.

"만나 뵐까요?"

"아닙니다, 전화로 얘기해도 됩니다만."

김선생은 굳이 나올 필요까지는 없다고 했다.

"아, 네, 그런가요? 말씀하시지요."

"저, 용산의 그 사람들 말입니다, 좌도를 찾는 사람들요."

"……."

"그 사람들의 배경을 알았습니다. 좌도를 찾는 사람은 계룡산에서 내려온 도인이라고 합니다."

"도인요? 계룡산에서 내려왔다고요?"

"네, 그분은 공부를 많이 했고, 무술의 절정 고수라고 합니다. 게다가 인격자라고 하더군요."

김선생은 상세히도 알아봤다. 그런데 인격자라는 말은 어쩐지 이상하게 들렸다. 인격자가 어째서 사람을 해치려고 남을 조사하고 있는가? 하기야 인격자라는 말은 흔히 하는 말이니 별 의미를 둘 필요가 없을 것 같다.

"수고하셨네요, 다른 일은 더 없나요?"

"네, 그 도인에게 목포와 구례 쪽에서 누군가 연락을 해온답니다."

"그래요? 좌도를 찾는 사람들이 상당히 많군요. 이상하네요, 도대체 어떤 사람들일까요?"

민여사는 전화로 말하면서 커다란 의구심을 품었다. 좌도를 찾는 사람들은 규모가 대단한 것이다. 김선생의 말소리가 들려 왔다.

"글쎄요, 그들이 누군지는 알 길이 없습니다. 지금까지 알아본 것도 운이 좋아서 우연히 알 수 있었던 것입니다."

"그렇군요, 더 알아볼 방법은 없나요?"

"네, 불가능하지는 않겠지요. 그러나 시간이 많이 걸리고 많은 사람이 필요합니다."

김선생의 말은 시간을 많이 들이고 경비를 많이 쓴다면 더 조사를 못할 것도 없다는 것이다. 그러나 그렇게 하는 것이 크게 의미가 있을까?

민여사는 영민이의 말이 잠깐 생각났다. 유별난 짓을 할 필요가 없다는 것이다. 이런 일들은 오히려 적을 끌어들이는 결과를 초래한다. 이쯤에서 물러나야 할 것이다.

지금 정도로도 저들에 대해 대충 윤곽은 잡은 것이다. 민여사는 이렇게 생각하고는 방침을 굳혔다.

"김선생님, 이쯤에서 그만두는 게 좋을 것 같군요. 좌도라는 사람은 우리와 상관 없으니 저들도 조만간 물러서겠지요."

민여사는 김선생에게도 시치미를 뗄 수밖에 없었다.

"네, 알겠습니다. 그럼……"

김선생은 영문을 모르는지 밝게 대답했다.

"전화 고맙습니다. 안녕히 계세요."

찰칵―.

민여사는 전화를 끊고 자리를 옮겨 조용히 생각에 잠겼다. 내용이 복잡하고 중요하기 때문이다. 김선생에게서 들은 얘기는 지리산 도인에게 반드시 전해 줘야 될 내용이었다.

저들의 배경이 저토록 깊다면 지리산 도인이 뭔가 아는 것이 있을지도 모른다. 더구나 용산에 있는 그 사람은 도인이라고 하지 않는가?

'좌도의 건은 도인들의 복잡한 사연이 얽혀 있는 것일까? 그렇다면 이는 생사를 초월한 긴 세월이 관여된 것인지도 모른다. 어쩌면 장백삼호의 적들인지도 몰라. 좌도란 원래 과거 생의 인물이 아닌가? 그것도 아주 오래 전 사람이다. 그런데도 그 좌도를 찾는 사람이 있다면 이는 일상 인간의 일을 넘어선 사연이 게재되어 있는 것이다. 그러기에 도인이 등장하고 있지 않은가?'

민여사의 추리는 깊고도 정밀했다. 민여사는 이 문제가 자신이 감당하기에는 너무나 엄청나다는 것을 알았다.

'아무래도 지리산 도사와 의논을 할 일이야.'

민여사는 이렇게 생각하고는 마음을 크게 전환했다. 어려운 문제는 지리산으로 가져가고 지금은 편안히 휴식을 할 때인 것이다. 이래서 민여사는 잠시 낮잠을 청하기로 했다.

잠은 꿈과 휴식을 준다. 민여사는 꿈을 꾸었다.

꿈에 나타난 모습은 영민이었는데 그는 어떤 젊은 여자와 함께 있었다. 두 사람은 마주 서서 바라보고 있었다. 잠시 후 두 사람은 포옹을 했다.

그러고는 넓은 들판을 걸어갔다. 길섶에는 꽃들이 아름답게 피어 있었다. 손을 잡고 걸어가는 두 사람은 행복해 보였다. 들판은 길게 이어져 갔으며 태양이 밝게 비춰 주고 있었다.

얼마 후 바람이 불고 비가 떨어지기 시작했다. 두 사람은 비를 피하기 위해 달렸다. 그런데 갑자기 여자가 넘어졌다. 다친 모양이었다.

저런! 민여사는 가볍게 놀라면서 잠에서 깨어났다. 꿈의 내용은 아주 평범했다. 그러나 평범한 꿈은 여간해서 꾸지 않는 법이다. 민여사는 고개를 끄덕이며 웃음을 지었다.

그러나 가만히 생각해 보니 꿈은 결코 평범한 것이 아니었다. 영민이와 여자가 손을 잡고 걸어가다니? 현실의 영민이의 모습과 너무나 다르다.

영민이는 여자를 별로 좋아하지 않는다. 한번은 영민이와 이런 대화가 오고간 적이 있었다.

"영민아, 너도 여자를 사귀어야 하지 않니?"

"네? 무엇 때문에 여자를 사귀어요?"

"음? 얘 봐라, 너는 여자가 안 좋니?"

"네, 싫어요."

"싫다고? 여자가 왜 싫어?"

"싫은 데 이유가 어디 있어요, 그냥 싫은 거지!"

"너는 여자가 안 이쁘니?"

"이쁘긴 하지요, 그래도 싫은 걸 어떡해요."

"거참, 너 혹시 정신이 이상한 거 아니니?"

민여사는 웃으면서 물었다.

"이상하긴요? 여자가 이상하지!"

"여자가 뭐가 이상해, 이쁘기만 한데……."

"누나, 나 한 가지 궁금한 게 있어요."

영민이는 민여사의 말을 막으며 진지하게 말했다.

"응? 뭔데?"

"여자도 영혼이 있나요?"

"뭐라고? 하하, 너 정말로 묻는 거니?"

민여사는 어처구니가 없었다. 그러나 영민이는 심각한 표정이었다. 결코 농담을 한 것 같지는 않았다.

"얘, 너는 이 누나도 영혼이 없는 사람이라고 생각하니?"

"글쎄요, 모르겠어요. 우리 다른 얘기해요."

대화는 이렇게 끝나 버렸다. 민여사는 지금 꿈을 꾸고 나서 다시 생각해 보니 영민이에게 정서상 문제가 좀 있는 것 같았다.

'문제야! 어쩌면 마음에 드는 여자를 못 만나서 그런지도 모르겠지만 지금 나이쯤에는 여자를 사귀어야 할 텐데. 여자가 공부에 방해될까? 아니야, 절대 그럴 리 없어. 오히려 공부의 폭을 넓혀 줄 거야. 여자가 있어야 돼. 감정이 메마르면 학문도 크게 성취할 수 없을 거야.'

민여사는 이런 생각을 하며 얼굴색이 약간 어두워졌다.

'이제껏 왜 이런 생각을 못 했을까? 공부란 억지로 해서 되는 게 아니야. 가만 있자, 회사에 있는 미스 리를 소개할까? 아니야, 깊이가 없어. 미스 최는 어떨까? 그 애는 이쁘지가 않아. 누가 있을까?'

민여사는 걱정스런 표정이 되었다. 영민이가 여자를 싫어한다면 이것을 고쳐 줘야 한다. 이제 1~2년 후면 결혼을 할 나이가 아닌가?

공부를 위해서나 행복을 위해서나 여자는 필요하다.

'영민이는 정서상 결함이 있어. 특히 젊은 여자를 싫어한단 말이야. 무슨 이유가 있을까? 아무튼 고쳐 줘야 돼.'

민여사가 입을 꼭 다물고 생각을 굳히는데 전화벨 소리가 요란하게 울렸다.

따르릉 따르릉―

찰칵―

"여보세요, 그렇습니다."

전화는 남편 회사의 여직원에게서 걸려 온 것이었다.

"네? 병원요? 어머, 알겠습니다."

찰칵―.

긴급 사태가 발생했다. 사건은 남편의 몸 안에서 일어났는데, 충수蟲垂라는 놈이 염증을 일으킨 것이다. 이름하여 맹장염, 현재 민여사의 남편은 급성 맹장염이 발생하여 수술 대기 중이라는 것이다.

민여사는 급히 병원으로 향했다. 맹장염은 그리 위험한 병이 아니다. 병원에서 간단한 수술로 처치될 수 있는 것이다. 그러나 환자는 열흘 이상 운신이 자유롭지 못하고 여행이라도 하려면 족히 한 달은 정양을 해야 한다.

사람이 일생을 살면서 이런 정도의 일은 아주 흔한 일이다. 열흘 정도 조심해야 한다는 것도 대단할 것은 없다. 치과에 가서 이빨만 고쳐도 그 정도는 고생을 해야 한다.

그런데 이런 사소한 일도 운명의 흐름에 커다란 영향을 미치는 수가 있다. 지금 한 남자가 맹장염으로 입원을 하고 수술을 했다. 부인은 당연히 이를 돌봐야 할 것이다. 민여사는 그 부인이다.

민여사는 적어도 열흘 이상은 자유롭지 못하다. 이로써 지리산 여행은 무산되었다. 민여사는 여행이 무산된 데 대해 아쉬워하기는 했지만 크게 괴로워하지는 않았다.

생각하기에 따라서는 여행은 연기되었을 뿐이다. 피서가 중요한 것은 아니었다. 요는 지리산 도인을 만나 보는 것이었는데, 그것이 연기된다고 해서 당장 어찌 되지는 않을 것이다.

피서에 대해서는 좀더 좋은 날 구경하러 가면 그만이다. 그런데 생각나는 것이 하나 있었다.

'영민이는 지리산에 갈 때가 아직 안 되었다고 했는데, 혹시 이런 일이 발생할 것을 알고 있었던 것일까? 그렇다면 언제 지리산으로 갈 수 있을까?'

민여사의 마음 속에는 이런 문제들이 잠깐 고개를 쳐들었지만 이내 현실의 문제에 섞이고 말았다. 오늘 하루는 바쁘게 지나갔고, 예측된 일들은 하나도 맞지 않았다.

지리산의 수업

조성리 강도 사건의 두목이었던 박일준이 지리산에 온 지는 6개월이 좀 지났다. 오늘이 8월 11일이니 정확히 계산하면 188일째 되는 날이다.

박일준은 금년 입춘일인 2월 4일, 조성리 도사의 집에서 스승인 좌명 노인을 만나 입문入門한 바 있거니와, 그 길로 곧장 지리산에 들어온 그는 속세와 인연을 끊은 채 오직 수도에만 전념하고 있었다.

수도 생활이 지금은 다소 익숙해졌지만 그간의 고생은 이루 말할 수 없었다. 좌명 스승의 수도법은 참으로 특이했다. 박일준이 제일 먼저 배운 것은 야생법野生法이라는 것인데, 이는 문자 그대로 야생에서 짐승처럼 사는 법이었다.

이런 것이 왜 필요한지 박일준으로서는 알 길이 없었다. 단지 스승은 자연 속에서 생의 의미를 터득해야 한다고 말하였다. 그런 이유로 해서 박일준은 스승의 지시에 따라 지리산에 온 그날부터 이불이란 것을 덮고 자본 적이 없다.

그나마 방에서 잘 수 있었던 것도 잠시뿐이었다. 스승은 봄도 채 되기 전에 방에 들어와 자는 것을 금했던 것이다. 그런데 이상한 것은 잠자리

뿐만이 아니었다.

먹는 것도 이상했다. 쌀로 된 밥이라는 것은 열흘에 한 끼 정도나 될까? 대개는 익히지 않은 고구마·밤·콩·쌀·도토리·과일·산나물·솔잎 등 닥치는 대로 먹어야 하는 것이었다.

그러고는 하루 종일 짐승의 동작을 본딴 무술을 단련해야 했다. 산도 수없이 오르내려야 하는데, 스승과 거의 보조를 맞추어야 했다. 스승은 평지든 산이든 바람처럼 빠르게 움직였다.

박일준은 처음 얼마 동안 죽을 힘을 다 해 버티었다. 그러나 힘의 한계를 넘어섰을 때는 쓰러져서 사경을 헤매기도 하였다. 그럴 때마다 스승은 이름 모를 탕약을 먹이고 낮수련을 면제시켜 주며, 방에서 낮잠을 자게 해 주기도 했지만, 밤이 되면 어김없이 방에서 몰아냈다.

밖에 나가서는 자든 돌아다니든 상관하지 않았다. 하루 중 유일하게 자유로운 시간이다. 그러나 힘든 수련에 지친 끝에 맞이한 밤이기 때문에 어디 가서든 잠을 자게 마련이다. 그러므로 자유 시간은 있어도 없는 것이나 같았다.

마침 계절이 따뜻한 쪽으로 가고 있기에 망정이지 겨울로 가고 있다면 고생은 더욱 컸을 것이다. 스승은 책도 읽게 하는데, 그 시간은 아침 식사 전 한 시간 가량이다.

읽은 것은 나중에 반드시 확인했다. 박일준은 세월이 흘러가는 것을 요즘에 와서 겨우 느낄 수 있었다. 그 동안은 과거도 미래도 없었다. 오직 지금 당장 살아남기 위해 온 정신을 집중해야 했었다.

박일준은 참으로 강인했다. 그토록 지독한 수련을 견디어 내고 지금은 어느 정도 여유마저 느끼고 있으니…….

그러나 조금이라도 편안한 모습을 스승에게 보였다간 큰일 날 것이 뻔했다. 스승은 필경 더욱 심한 수련을 시킬 것이다. 그래서 박일준은 실제의 고통보다 더 큰 고통의 표정을 짓는다. 힘이 좀 남아 있어도 없는 체하는 것이다.

오늘은 이상한 날이었다.

스승은 아침 식사를 끝내자 외출을 하겠다고 했다. 외출이 이상한 것은 아니었다. 그 동안도 종종 외출을 했으니까.

그래도 수련을 게을리할 수는 없었다. 스승은 외출을 했다가도 박일준이 놀고 있으면 어김없이 나타나 벼락을 떨어뜨리곤 했다. 물론 열심히 수련하고 있을 때 나타나는 법은 절대 없었다.

어쩌면 스승은 숨어서 동태를 살피는지도 몰랐다 그런데 오늘은 나갔다 올 테니 수련을 하지 말라고 했다. 지리산에 온 이래 오늘 같은 날은 처음이었다. 이것은 또 무슨 고생을 시키는 방법이 아닐까?

긴장을 풀 수는 없었다. 스승은 떠나갔다. 박일준은 잠시 의심을 했지만 절호의 기회를 놓칠 수는 없었다. 나중에 무슨 일이 닥치든 지금은 쉬고 볼 일이었다.

박일준은 즉시 산장에서 조금 떨어진 나무숲을 찾았다. 큰 바위 옆인데 밤에 가서 자는 곳이었다. 그곳에 도착한 박일준은 곧장 잠 속으로 곯아떨어졌다. 6개월 동안 못 잔 잠을 실컷 잘 생각이었다.

스승이 떠나가고 박일준이 잠들자 산장 주변은 한적한 기운이 감돌았다. 하늘 높이 떠 있는 구름은 산장 근처에 와서 쉬고 있는 듯했고, 숲 속의 나무들, 바람, 흐르는 냇물들도 저마다 평화로웠다.

넓게 트인 시야는 아무도 바라보는 사람이 없었다. 시간은 천천히 흐르고 있었다. 단지 박일준의 마음 속에는 시간이 빠르게 흐르고 있었지만.

어느덧 해는 기울어 저녁때가 되었다. 박일준은 저절로 잠이 깼다. 스승은 돌아오지 않고 있었다.

시간은 더 흘러가 밤이 되었다. 하늘에는 하나둘씩 별들이 보이기 시작했다. 그래도 스승은 나타나지 않았다. 웬일일까?

　박일준은 의아스럽게 여겼지만 자기가 신경 쓸 일이 아니었다. 여느때 같으면 지금 시간은 자유 시간이어서 스승이 산장에 있는지 없는지 확인하지도 않고 쉬고 있었을 것이다.

　대개는 잠으로 떨어지지만 오늘은 잠이 오지 않았다. 낮 동안 충분히 자두었기 때문이었다. 그러나 내일 수련에 대비해야 할 것이다.

　박일준은 다시 자기의 휴식처로 돌아왔다. 그러고 보니 저녁을 먹지 않았다. 저녁이래 봤자 풀잎 등 곡류 몇 가지일 뿐이고 조리도 필요 없는 것이다. 박일준은 저녁은 숙소에 와서 먹고 아침은 산장의 마루에서 먹었다. 숙소에서 하는 저녁 식사는 바위 틈에 보관하여 둔 식량을 꺼내서 저 좋을 때 먹는 것이다.

　점점 밤은 깊어져 하늘엔 별이 총총했다. 지금쯤 스승이 돌아왔을지도 모른다. 그러나 가볼 필요는 없었다. 묵묵히 자신의 생활 일정에 따르면 그만이다. 잠이 안 와도 자두어야 할 것이다.

　박일준은 겉옷을 모두 벗고 침상인 판자 위에 누웠다. 앞으로 추운 날에 대비해서 지금부터 이렇게 단련을 해두어야 하는 것이다. 앞으로 어려운 날이 반드시 올 것이다. 이것은 스승이 가르쳐 준 것이 아니다. 스스로가 생각해서 만들어 낸 수련이었다. 박일준은 잡념을 털어 버리고 잠으로 빠져 들었다. 잠은 언제나 부족했던 것이다. 시간은 새벽을 향해 쉬지 않고 운행했다. 어느덧 먼동이 트고 있었다.

　가까운 숲에서 새소리가 들려왔다. 깰 시간이 된 것이다. 박일준은 급히 일어나 세수를 하는 등 몸을 챙기고 옷을 걸쳐 입었다. 이제부터 정신을 바짝 차려야 한다. 다시 고된 하루가 시작되는 것이다.

　산장으로 내려온 박일준은 스승이 거처하는 방의 기색을 살폈다. 뭔가 이상했다. 너무나 조용했던 것이다. 스승은 원래 조용해서 소리가 들리는 법은 없지만 느낌이 이상했다. 아무도 없는 것 같았기 때문이다.

"스승님."

박일준은 가만히 불러 보았다. 역시 대답이 없었다. 느낌이 맞았던 것이다. 스승은 아직 돌아오지 않았다.

'어딜 가셨을까?'

박일준의 마음엔 이런 생각이 잠깐 들었지만 오래 연구할 일은 아니었다. 박일준은 평소의 수업 일정을 시작했다. 우선 책을 한 시간 가량 읽고 숲 속으로 들어갔다. 이곳에서는 스승의 별명別命이 있을 때까지 무술 동작을 반복하는 것이다.

지금은 스승이 없지만 낮에라도 불쑥 나타나서 산에 오르자고 하거나 나무를 해오라고 할 수도 있다. 어쩌면 가장 힘든 앉아서 걷기를 시킬지도 모른다.

어제 하루를 쉬었으니 어려운 일이 있어도 어쩔 수 없다. 박일준은 만사를 잊고 수련에 열중했다. 시간은 아주 더디게 흘러갔지만, 지나고 나면 오히려 가장 빠르게 흘렀다는 느낌을 주는 게 고된 시간이다.

사람이 고통 중에 있을 때는 미래를 생각할 겨를이 없기 때문에 시간은 자기도 모르게 지나가는 것이다. 점심 휴식 시간이 되었다. 그러나 먹을 것은 원래 없었다. 단지 휴식을 겸한 좌정 수련이 있는데 이것은 나무기둥을 향해 앉아 눈을 감고 정신을 맑게 하는 것이다.

그런데 이때 조심해야 할 것이 있다. 그것은 잠이 오는 것을 막아야 하는 것이지만, 자칫하다 자거나 졸기라도 하면 어디선가 스승이 나타나 벼락이 떨어진다. 스승에게 들킨 날에는 심한 벌을 받고 수련 시간은 더욱 길어진다. 오늘은 잘 견디었다. 다시 오후 수업이 시작되었다.

스승이 부르지만 않는다면 오후 수업은 비교적 쉽다. 더구나 지금부터는 시간이 갈수록 자유 휴식 시간이 가까워지기 때문에 마음이 느긋하다. 이윽고 오후 수업을 마쳤다. 이제 할 일은 산장 주변의 잡일이었다. 이때는 아주 쉽거나 아주 어려운 경우 중에 하나인데, 스승이 무엇인가를 지정해 주지만 않는다면 아주 쉬운 경우에 해당한다.

이럴 경우 아무 일도 하지 않고 산장 주변을 서성거리기만 하면 된다. 물론 절대로 앉거나 기댈 수는 없다. 오늘은 스승이 없다.

박일준은 일 중에서 가장 쉬운 빗자루 청소를 택했다. 이 일은 빗자루를 들고 흉내만 내면 된다. 그냥 땅에 대고 잠깐씩 기대어 있어도 무방하다.

밤이 되었다.

이제부터는 쉬거나 자거나 자유였다. 물론 이 시간에 생곡식 한줌을 먹어 두어야 한다. 밥을 먹어 본 지가 열흘은 지났다. 원칙은 열흘에 한 번씩은 밥을 먹는데 이 원칙은 안 지켜져도 무방하다.

스승은 가끔씩 날짜를 잊고 하루 이틀씩 그냥 지나간다. 물론 열흘이 되었다고 알려 줄 수는 없다. 그랬다가는 먹을 것만 생각하며 산다고 호통이 떨어진다.

아무튼 내일 아침은 밥을 먹을 수 있을지도 모른다. 박일준은 일찍 잠이 들었다. 그리고 새벽은 빨리 찾아왔다.

평소대로 일어나서 몸을 수습한 박일준은 산장으로 내려왔다. 오늘 스승이 마루에 앉아 있지만 않으면 밥을 먹을 수 있다.

스승은 열흘째 되는 어느 날엔 일찍 일어나 손수 식사를 준비하고 기다릴 때가 있다.

이때는 밥을 먹을 차례인데도 할 수 없이 생식을 해야 한다. 어쩌면 열흘 날짜를 기억하면서도 일부러 그러는지도 몰랐다.

오늘 아침에는 스승이 기다리지 않았다. 밥을 먹어도 좋은 날이다. 박일준은 쌀을 꺼내기 위해 스승의 방 앞을 조심스럽게 지나갔는데, 방 안에는 아무런 기척이 없었다. 아직도 스승은 돌아오지 않은 것이다.

박일준은 서둘러 밥을 지었다. 스승이 바쁘다는 핑계로 생식을 하자고 할까 봐 걱정이 되었기 때문이다.

밥이 만들어지는 시간 동안은 책을 읽었다. 밥은 2인분이 만들어졌다. 그러나 스승은 그때까지 나타나지 않았다.

박일준은 마루에 앉아 혼자 식사를 했다. 물론 반찬이란 것은 없다. 물과 소금뿐이다.

그러나 매일 이렇게 할 수만 있다면 더 바랄 것이 없을 것이다. 다시 수업 시간이 도래했다. 그리고 저녁때가 되었다. 스승은 역시 돌아오지 않았다.

다음날도 마찬가지였다. 박일준은 어제 스승 몫으로 남겨 놓은 밥을 먹어 치웠다. 이것이 규칙에 위반되는지 어떤지는 알 수가 없다. 단지 상하기 전에 먹어 두는 것이 좋은 생활 태도가 아닐지······.

아무튼 하루의 수업은 시작되었다. 박일준은 열심히 수련에 전념했다. 스승 일은 잊기로 했다. 나타날 때가 되면 나타날 것이다. 어쩌면 숨어서 감시하고 있을지도 모른다.

시간은 흘러갔다. 저녁 잡일 시간도 지나고 밤이 되었다. 역시 생곡식을 한 움큼 먹어 치우고는 잠으로 떨어졌다.

다시 아침이 되었다. 그래도 스승은 돌아오지 않았다. 박일준은 여전히 자신의 할 일에만 매달렸다. 시간은 이렇게 열흘이나 지나갔다. 오늘은 밥을 지어 먹었다. 그러고는 다시 수업으로 진입, 어느덧 오후 시간이 되었다.

오늘은 마음이 산란했다. 그러나 몸의 동작은 여전했다. 그런데 오후 수업을 시작한 지 얼마 되지 않아 이상한 기분이 들었다. 이유는 알 길이 없었다. 그저 감각이 이상할 뿐이었다.

스승은 감각이나 느낌을 중시했다. 항상 동물적 감각을 가지라는 것이다. 잘 때도 귀와 코는 항상 깨어 있어야 하며 몸 전체로 느끼라는 것이다.

지금은 무엇이 이상한 것일까?

왠지 산장에 누가 온 것 같았다. 스승이 돌아온 것일까?

박일준은 그냥 자기 할 일이나 하려는데 아무래도 육감이 좋지 않았다. 박일준은 산장으로 가보기로 했다. 설사 스승이라 해도 나무라지 않을 것이다. 열흘 만에 돌아왔으니 인사라도 드려야 하지 않겠는가?

박일준은 조심스럽게 산장에 도착했다. 그러자 이게 웬일인가? 여러 사람이 서성이고 있지 않은가?

박일준은 걸음을 빨리해서 그들 앞에 나타났다.

"누구십니까?"

"음? 당신이 주인이오?"

방문객들은 박일준을 보고 약간 당황했지만 뻔뻔하게 물었다.

'당신이 주인이오? 이놈들은 도대체 뭐야? 어? 방에도 누가 들어 갔잖아?'

박일준은 속으로 긴장하며 잠깐 생각하는데, 마침 방에 들어갔던 친구가 나오고 있었다. 그런데 손을 보니 책과 서류 뭉치가 잔뜩 들려 있었다. 스승의 물건이었다.

박일준은 순간적으로 상황을 파악했다. 이들은 도둑인 것이다. 산중에 이런 일이 있다니…… 도둑은 안에서 나온 놈까지 합쳐 6명이었다.

모두들 서른이 안 된 젊은 청년들이었다. 얼굴을 살펴보니 교양이 없어 보이고 험악해 보였다. 전문 도둑은 아니고 폭력 패거리인 것 같았다.

이게 웬일인가? 그러나 생각할 틈이 없었다.

박일준은 싸늘한 미소를 지으며 일성을 내뱉었다.

"야, 너희들 도둑이냐?"

"……."

"이놈들아, 묻고 있잖아! 그 물건 당장 내려놔!"

박일준의 벼락 같은 음성에 잠시 놀란 이들은 머뭇거렸지만, 즉시 자세를 가다듬었다.

"떠들지 마! 네가 주인이냐?"

이들 중 제법 날쌔게 생긴 친구가 박일준을 노려보며 말했다.

"뭐? 이 자식들, 도둑놈이 큰소리를 쳐?"

박일준은 이렇게 말하면서 패거리 가운데로 뛰어들었다. 그러고는 어느 새 번개같이 주먹을 날렸다.

퍽―.

"윽―."

패거리 둘이 동시에 쓰러졌다. 하나는 뒤로 나자빠지고 하나는 배를 움켜쥐고 주저앉았다. 그러자 이들도 재빨리 반격했다. 이들은 싸움을 좀 해 본 것 같았다.

하나가 껑충 뛰어오르며 발길질을 했다. 그러나 박일준은 쉽게 피하고 이어 한 발 나서며 두 손으로 그 자의 가슴을 세차게 밀어 쳤다.

퍽―.

"윽―."

또 하나가 쓰러졌다. 그러자 이번에는 두 명이 동시에 달려들며 육탄 돌격으로 나왔다. 몸을 잡으려는 것이다.

이것은 인원이 많은 쪽에서 흔히 할 수 있는 방법인데, 만약 몸을 잡을 수만 있다면 상황은 크게 유리해진다. 나머지 동료가 그 틈을 타 공격을 하면 되는 것이다.

그런데 박일준이 더 빨랐다. 박일준은 뒤로 한 발 물러나며 발로 안면을 걷어찼다.

뻑—.

"악—."

이 친구는 안면에 피를 흘리며 엎어졌다. 나머지 하나는 손을 잡아당겨 뒤로 패대기를 쳐 버렸다. 박일준은 순식간에 다섯 명을 처치한 것이다. 이제 한 명만 남았다.

이 자는 두목처럼 보였는데 정식으로 무술을 한 것 같았다. 과연 정식으로 자세를 취했다.

서서히 자세를 낮추며 몸을 비스듬히 하고 한 손을 밖으로 내밀고 있었다. 공격은 박일준이 먼저 시작했다.

박일준은 머뭇거리는 타입이 아니었다. 순간적 기회를 포착해서 즉각 행동하는 것이다. 박일준의 몸은 공중으로 높이 날았다. 발로 연속 두 번 차면서 나아간 것이다.

상대방은 이를 피하면서 주먹으로 안면을 강타해 왔다. 실로 빠른 동작이었다. 그러나 박일준은 왼손으로 이를 막아내고 재차 공격을 퍼부었다. 이번에는 왼발로 발을 후려 차는 것으로 시작해서 연이어 몸을 날려 또 한 번 안면을 걷어찬 것이다.

적은 피하면서 박일준의 한쪽 어깨를 잡았다. 박일준은 이를 쳐냈다. 그러자 다시 다른 쪽 어깨에 손이 올라왔다. 이것은 무술의 어떤 초식 같았다. 박일준은 이것도 쳐냈다. 드디어 적의 필사적인 공격이 답지했다.

한 손으로 옆구리를 쳐오고 다른 손으로도 반대편 그 위치를 공격하는 것이다. 박일준은 몸을 움츠려 두 팔로 동시에 막아내고는 즉시 두 주먹을 내뻗어 가슴을 공격했다.

퍽—.

두 주먹은 여지없이 적중했다.

뻑―.

"윽―."

이것으로 상황은 끝이 났다. 하나 남은 적은 얼굴이 고통으로 일그러지며 무릎을 꿇고 고꾸라졌다. 박일준은 이들을 잠깐 보더니 마루에 있는 물건을 챙겼다. 그 중에는 박일준이 매일 아침 읽고 있는 《육도삼략六韜三略》과 노자老子의 《도덕경道德經》도 있었다.

그 외에도 스승이 적어 놓은 뜻모를 글들과 팔괘 도표 그림 등 모두 학문에 관계된 책자 뭉치였다. 이들은 이것을 훔쳐서 무엇하려고 했을까?

'어리석은 놈들, 산속 도장에 훔칠 것이 뭐 있다고…… 책이 무슨 돈이 되는 줄 알아? 나쁜 놈들!'

박일준은 이런 생각을 하다가 자신의 과거가 얼핏 생각났다. 자신도 한때 도둑질을 하지 않았더냐? 박일준의 얼굴에는 잠깐 민망한 기색이 떠오르더니 무엇인가를 생각한 듯 조용히 말했다.

"야, 너희들 그만 가봐라. 바보 같은 놈들, 산 속에 무슨 보물이 있다고……."

박일준은 이들에게 동정을 베풀어 준 것이다. 박일준은 이들을 산에 놀러 왔다가 우연히 이 산장에 들른 것으로 판단했다. 그리고 산 속에 있는 책이니 무슨 귀한 책자라고 생각했을 것이다.

'무식한 놈들…….'

이들 패거리가 과연 박일준이 생각한 그런 무리인지는 모르겠으나 순순히 보내 주겠다고 하니 좋아라 하며 급히 사라져 갔다. 예전의 박일준이라면 이들은 문초를 받거나 혼이 났을 것이다.

박일준은 이제 너그러운 도인의 면모를 갖추어 나가는 것일까?

박일준은 잠시 마루에 앉아 숲 위에 떠 있는 구름을 바라보고 있었다. 기왕에 수업을 중단하고 내려온 김에 조금 쉬었다 가려는 것이다.

그러나 오래 쉴 수는 없었다. 박일준의 성격은 원래 일을 끝맺는 것을 좋아하기 때문에 멈춰서 방임하지 않는다. 박일준은 다시 수련에 임해야겠다고 생각하고 책 뭉치를 스승의 방으로 가지고 들어갔다.

'어디다 놓을까? 방 안에 아무것도 없구나!'

박일준은 책을 가급적 문에서 깊은 쪽에 놔두고 방 안을 둘러봤다. 방 안에는 이불이라든가 장롱 등 생활 도구는 일체 없고 벽에 글자가 몇 개 붙어 있을 뿐이었다. 박일준은 자기가 스승의 방에 허락 없이 들어왔다는 생각에 가볍게 놀라며 밖으로 나왔다.

그런데 정말로 놀랄 일이 마루 앞에서 기다리고 있었다. 박일준은 그 자리에서 무릎을 꿇고 고개 숙여 인사를 올렸다.

"오셨습니까? 저, 방에는 물건을 두려고 들어갔습니다. 물건은 저……."

박일준은 당황하며 방에 들어오게 된 경위를 설명하려는데 스승이 말문을 막았다.

"알고 있네, 보고 있었어."

스승은 도둑과의 일을 보고 있었다는 것이다.

"네? 아, 네. 그럼 저는……."

박일준은 이제 자기 갈 곳으로 다시 돌아가려 했다. 그러자 스승의 인자한 음성이 들려 왔다.

"여기 앉게, 오늘은 그만 쉬고."

"……."

박일준은 스승의 지시에 따라 잠시 마루에 걸터앉았다. 스승은 웃으며 박일준을 바라봤다.

"일준이, 자네 공부를 많이 했어. 동작은 엉터리인데 마음씨가 고쳐진 것 같군, 허허."

박일준은 스승이 웃는 모습을 오랜만에 보았다. 스승은 지금 도둑을 용서해서 돌려보낸 것을 칭찬하고 있었다. 박일준으로서도 도둑을 용서해 준 것은 잘한 일이라고 여기는데, 동작이 엉터리라는 것은 무슨 뜻일까?

박일준이 스스로 생각하기에는 오늘 도둑을 물리친 동작은 최선이었다. 자신도 놀랐던 일이다. 싸움을 원래 잘하는 박일준이었지만 예전에 비하면 오늘은 아주 만족했던 것이다. 자신도 모르게 몸이 빨라지고 힘이 생겨 있었다. 더구나 적을 손쉽게 처리하지 않았나? 그런데도 스승은 동작이 엉터리라고 했다. 어떻게 해야 잘하는 것일까?

스승이 말했다.

"자넨 너무 바빠. 적은 하나란 말일세, 6명이 어우러진 하나이지. 일일이 봐서는 눈이 너무 피곤해. 그 모든 것을 전체, 즉 하나로 보고 대하는 것이야. 공격을 할 때도 전체를 공격해야지, 일일이 공격하는 게 아냐."

스승의 말은 알 것 같기도 하고 모호하기도 했다. 박일준은 고개를 숙여 보이고는 말없이 있었다. 스승의 말이 이어졌다.

"언제고 알 날이 있을 거야, 힘은 아주 좋아졌어. 오늘은 한가하군!"

스승은 미소를 지었다.

한가하다니? 오늘 같은 날이 한가하다니? 도둑이 들고 스승이 돌아온 날이다.

박일준은 스승의 말뜻을 몰라서 얼핏 바라보는데, 그때 환상이 보이는 듯했다. 스승의 바로 뒤에 어떤 괴인 둘이 서 있지 않은가?

환상이 아니었다. 이들이 너무나 소리 없이 그림자처럼 나타났기 때문에 그렇게 느낀 것이다. 괴인은 중년 남자였는데 얼굴은 창백하고 싸늘했다. 흡사 귀신 같은 모습이었다. 박일준은 소스라치게 놀라면서 말문이 막혔다.

그런데 그 순간 스승의 모습이 돌연 사라졌다. 아니, 그렇게 느껴진 것이었다. 스승은 어느 새 비스듬히 누우면서 그대로 날아갔다. 그 동작은 너무나 가볍고 재빠른 것이어서 마치 새가 날아가는 것 같았다. 그러나 이토록 빠른 새가 세상에 어디 있단 말인가?

스승은 공중에서 옆으로 누운 채 왼발을 내질렀고 뚝 떨어지듯 서면서 손을 어떻게 했는데 자세히 볼 수는 없었다.

빠른 것은 괴인도 마찬가지였다. 괴인 하나는 어느 새 사라졌고, 하나는 마루 옆으로 올라와 있었다. 귀에 들린 것은 옷이 펄럭이고 무엇인가 부딪친 둔탁한 소리였다.

휙 탁—.

사라진 괴인은 하늘에서 떨어졌다. 이 괴인은 곧장 위로 치솟아 스승의 공격을 피했을 것이고, 한 괴인은 마루로 피신한 것이리라. 두 괴인은 그 자리에 얼어붙은 듯 잠시 서 있었다.

스승의 몸은 미세하게 진동하고 있었고, 두 손이 천천히 쳐들어지고 있었다. 주먹과 수도 자세였다. 진동이 일어나는 것은 심후한 내공의 힘이 서서히 발출되고 있는 것이리라.

이제 한 찰나만 있으면 또 한 차례 신기神技가 펼쳐지고 무엇인가 심상치 않은 일이 발생할 것이다. 박일준은 숨이 막히는 듯한 살기를 느낄 수 있었다.

두 괴인은 극강의 고수로서 스승이 두 괴인을 상대로 싸우는 데 있어 얼마나 위태로운지는 알 수 없었다. 주위의 공기는 싸늘하게 굳어지고 긴장이 고조되고 있었다.

그러나 기대했던 현상은 일어나지 않았다. 스승이 자세를 풀자 두 괴인은 바람처럼 사라진 것이다.

생각건대 스승은 두 괴인이 떠날 것을 허락한 것 같았다. 박일준의 눈으로도 그것을 감지할 수 있었다. 두 괴인은 완전히 수비 자세로 전향되어 있어 싸울 의사가 없어 보였다. 스승의 실력을 가늠하러 왔던 것일까?

박일준은 이제야 겨우 숨을 몰아 쉬었는데 스승은 이미 평온한 자세로 돌아와 있었다.

"괜찮으신지요?"

박일준은 혹시나 해서 스승의 안부를 물었다. 스승은 인자한 미소를 지으며 고개를 끄덕이고는 어딘가에 대고 말을 던졌다.

"내려오게!"

박일준은 영문을 몰라 주위를 살폈는데 지붕 위에서 검은 물체가 툭 하고 떨어졌다. 사람이었는데, 바로 사숙인 좌청 노인이었다.

박일준은 좌청 노인을 조성리에서 한 번 만나 본 적이 있지만 정확히 그 모습을 기억하고 있었다. 좌청 노인은 박일준을 친절히 대해 줬었다. 박일준은 놀랍고도 반가웠다.

"사숙님, 인사 드리겠습니다."

박일준은 무릎을 꿇고 고개를 깊이 숙였다. 좌청 노인은 박일준의 어깨를 만져 주고는 마루로 올라왔다.

"사형, 한가합니다."

이 무슨 소리인가? 조금 전에는 스승이 한가하다고 했는데 지금은 사숙께서 한가하다고 한다. 적이 물러갔으니 그렇다는 것일까? 좌청 사숙의 말이 이어졌다.

"사형, 손님이 왔는데 그냥 앉아 있을 겁니까?"

"그래, 어떻게 하면 좋은가?"

"허, 이거 왜 이러십니까? 곡차라도 내오셔야지요!"

"음? 곡차? 그게 마침……"

좌명 노인은 머뭇거렸다. 술이 없는 것이다.

"하하. 사형, 오늘은 제가 올 줄 몰랐나 보지요? 그 동안은 그토록 잘 아시더니만!"

좌청 노인이 지금 하는 말은 은근히 빈정대는 것이었다. 좌명 노인은 그 동안 번번이 좌청이 찾아올 것을 미리 알아맞힌 바 있다. 그리고 그때마다 술을 일부러 준비했는데 이번에는 허를 찔린 것이다.

그런데도 좌명 노인은 기가 죽은 기색이 아니었다. 오히려 재미있다는 표정을 지으며 자신 있게 말했다.

"사제, 사실을 말하자면 나는 오늘 사제가 찾아올 것을 알았다네, 그래서 바쁜 일 마다하고 이렇게 급히 돌아왔지!"

"그런가요? 그런데도 술을 안 가지고 그냥 올라왔단 말입니까?"

"하하, 내가 왜 이중으로 고생하나? 술은 틀림없이 자네가 짊어지고 올 것 같았거든! 어떤가? 내 말이 틀렸나?"

"네? 허, 사형! 대단하시군요!"

좌청 노인은 갑자기 기가 꺾인 듯 고개를 끄덕이고는 이내 밝은 얼굴이 되면서 박일준에게 말했다.

"일준이, 저기 숲 속에 가서 술통을 가지고 오게. 두 개 모두!"

좌청은 이곳에 올 때 술을 가지고 왔나 본데, 좌명 노인은 이것마저 알고 있었던 것이다. 박일준은 그저 놀라울 뿐이었지만 웬지 즐거운 마음이 되어 숲 속으로 달려갔다. 거기에는 과연 큼직한 술통이 두 개 놓여 있었다. 들어 보니 무거웠다. 그러나 박일준은 단숨에 그것을 들어 마루에다 갖다 놓았다.

"잔을 준비하겠습니다."

박일준은 민첩하게도 다음 순서를 진행했다.

"그래야지, 허허. 그리고 숲에 한 번 더 갔다 오게, 저쪽이야."

쇼냉 노인은 만족한 듯 고개를 끄덕이고는 뜻모를 주문을 했다.
"네? 아, 네."
박일준은 의아스러웠지만 급히 스승이 지시한 숲으로 가봤다. 그런데 이건 또 무엇인가? 박일준이 산에 온 이래 처음 본 물건이었다. 이것은 바다에서 온 것으로, 바로 굴비 묶음이었던 것이다. 이것은 필경 안주가 될 것이리라.
박일준은 조심스럽게 굴비를 들고 왔는데 좌청 노인은 크게 놀라고 있었다.
"아니, 이건 굴비 아닙니까? 이게 웬것이지요?"
좌청 노인은 좌명 노인을 돌아보며 기쁜 표정을 지었다.
"보면 모르나? 자네에게 내가 공술 얻어먹지는 않아! 굴비는 자네가 가장 좋아하는 음식 아닌가?"
"허참, 사형, 이렇게 귀한 물건을……"
좌청 노인은 완전히 감동했다. 좌명 노인은 오늘 좌청 사제가 올 것을 알았기 때문에 급히 산장으로 귀환했거니와, 오는 길에 좌청이 좋아하는 굴비를 준비한 것이다. 술은 이미 말한 그대로 좌청이 가져올 것을 알았기 때문에 준비하지 않았던 것이다.
박일준은 놀라서 고개를 가로 저으며 부엌으로 가서 술잔 두 개를 내왔다.
"그럼, 저는 물러가겠습니다."
박일준은 술자리를 준비해 주고 물러가려 했다. 이때 좌청이 말했다.
"자네도 앉게, 오늘은 쉬어도 좋아."
"네? 어르신네들 자리에 제가 어찌……"
"아닐세, 나하고는 오랜만 아닌가?"
좌청은 여전히 자리를 권했다. 좌청은 박일준을 아주 좋아했다. 그는 웃는 눈으로 박일준을 빤히 보고 있었다. 박일준은 어쩔 줄을 몰라 스승의 기색을 살폈는데, 스승은 웃으며 고개를 끄덕였다.
"네, 그럼 사숙님의 명에 따르겠습니다."
박일준은 시원하게 대답하고는 자리에 앉았다. 이렇게 되어 박일준은 지리산에 온 지 6개월 만에 술까지 마시게 된 것이다. 멀리 구름은 한가했다. 시원한 바람도 가끔 불어오고 새소리는 자주 들려 왔다.

드러나는 좌도

박일준은 오늘 술자리에서 스승의 색다른 모습을 볼 수 있었다. 그토록 엄격한 스승이 수련장을 떠난 제자에게 대하는 마음은 다정하고도 천진했다. 스승보다는 다소 냉정해 보였던 사숙도 실은 아주 따뜻한 사람이었다.

단지 사숙은 스승보다는 웬지 고독해 보였고 마음의 여유도 적어 보였다. 그리고 무엇인가 한이 서려 있는 것 같기도 했다.

'도인이란 원래 한이 서려 있는 것은 아닐까?'

박일준은 문득 이런 생각을 했다. 그러나 두 분 어른들의 술자리는 평화롭기만 했다. 술은 어느 새 한 통을 다 비웠다. 박일준도 술이라면 마다하지 않는 사람이지만 두 분 스승과는 도저히 비교할 수 없었다.

그도 그럴 것이다. 술이란 마음으로 먹는 것이라 할지라도 몸이 어느 정도 바탕이 된다. 두 분 스승은 신선의 몸이 아니던가? 아무튼 오늘 술자리는 시간이 지날수록 더욱 한가해졌고, 주변의 정경은 그야말로 선경仙境이었다.

박일준은 산장 주변이 이토록 아름답다는 것을 오늘 처음 느꼈다. 하기야 경치를 살펴볼 겨를도 없었다. 두 어른은 또 한 차례 술잔을 비웠다. 박일준은 재빨리 채워 넣었다.

박일준 자신은 일부러 술을 줄여 마셨다. 마음 같아서는 실컷 마시고 싶었지만 어른들의 술을 축내기가 송구스러웠다. 좌청 노인은 박일준의 마음을 알기라도 하는지 그의 잔을 보며 미소를 지었다.

그러더니 돌연 좌명 노인을 바라보며 얼굴색을 바로했다. 박일준이 옆에서 느끼기에 무엇인가 심각한 일을 얘기할 것만 같았다. 원래 박일준은 주먹 못지않게 총명함이 아주 뛰어난 사람이었다.

'이런 자리에 그대로 앉아 있으면 실례가 되지 않을까? 술맛도 충분히 봤으니 일어나야겠지.'

박일준은 이런 생각을 하고 있는데 스승이 말했다.

"그대로 앉아 있게, 사네도 들어 둘 얘기야."

박일준은 속으로 가볍게 놀랐다. 무엇인가 중요한 얘기가 있는가 보다. 이런 산중에도 사연이란 것이 있는 것인가? 아무튼 스승께서 들어 둘 얘기라 하니 궁금할 뿐이었다.

좌청 노인도 고개를 끄덕였다. 그러고는 서두를 꺼냈다.

"사형, 오늘 찾아왔던 자들을 아십니까?"

"글쎄, 모르겠는데……."

"그러실 것입니다. 저는 그들을 알아요, 위험한 자들입니다."

"음?"

좌명 노인은 의아스러운 표정을 지었다.

"그 자들은 말입니다, 좌도를 죽이려는 사람들입니다."

"뭐라고? 그 자들이?"

좌명 노인은 크게 관심을 나타냈다.

"좌도라니? 자세히 얘기해 보게."

"네, 저는 그들을 거의 10개월 동안이나 조사해 봤지요. 그 자들은 계룡산에서 왔답니다."

"계룡산? 누굴까? 대단하던데……."

"그렇습니다, 그들의 실력은 저보다 조금 떨어지는 정도입니다."

"대결해 봤나?"

"네, 일부러 찾아가 봤죠. 그들도 지난 겨울 이곳에 왔었지요."

좌청 노인은 구례에 있는 무술도장을 찾아간 바 있었다. 좌청은 일부러 시비를 걸어 서존 영암의 실력을 가늠했지만, 가능했으면 아예 없애 버리려 했던 것이다.

"음? 그런 일이 있었어?"

좌명 노인은 놀라면서 얼굴색이 변했다.

"네, 오늘 처음에 왔던 아이들이 지난 겨울 조성리에서부터 서울 여인을 뒤쫓아왔었지요. 그 아이들은 좌도를 찾기 위해 오늘 방을 뒤진 것이에요."

"그렇군, 나도 뭔가 심상치 않아 두고 보고 있었지. 방에서 무엇을 가져 나오는가 보려고…… 책을 가지고 나왔었지."

좌명 노인은 천천히 고개를 끄덕이며 무엇인가를 생각하고 있었다. 옆에서 듣고 있던 박일준으로서는 영문은 모르지만 오늘 책 도둑의 정체는 알 수 있을 것 같았다. 그들은 책을 증거로 해서 좌도라는 사람을 찾으려는 것이다.

좌청 노인이 말했다.

"그들의 배경은 모릅니다, 단지 구례에 진을 치고 있습니다. 한 명은 한의사입니다."

"음? 애들은 뭐지?"

"그들은 구례에 있는 영암이란 자의 부하들입니다. 서존이란 이름이 붙어 있지요."

"당치도 않군, 한의사는 누구인가?"

"오늘 결투에서 공중으로 피했던 자이지요. 실력이 저하고 비슷할 겁니다, 남존 여암이라고 합니다."

"남존? 그렇다면 동존이나 북존도 있겠구먼?"

"그렇습니다. 북존은 서울에 있고 동존은 계룡산에 있는 것 같습니다. 이들의 실력은 어떤지 모르겠습니다."

"계룡산과 서울이라…… 저들은 도처에 퍼져 있군. 누굴까?"

"뻔하겠지요. 저들의 실력으로 보아 배경이 심상치 않습니다. 일운 스승님의 적인지도 모르지요."

"그렇군, 나는 그것을 모르고 있었어. 사제는 왜 이제서야 그 얘기를 하나?"

"조사를 하고 있었지요. 저도 직접 나섰고 다른 사람들에게 부탁도 했었지요. 지금은 저들이 움직이기 시작했습니다. 육감이 이상해요. 좌도가 등장할 때가 된 것 같습니다."

좌청 노인은 이 말을 하면서 좌명 노인의 기색을 날카롭게 살폈다. 좌명 노인은 잠시 허공을 응시하다 말했다.

"서울에 있는 자가 위험할 것이야, 좌도는 서울에 있어."

"네? 좌도를 찾았나요?"

좌청 노인은 놀라서 목소리를 높였다.

"글쎄, 아직 몰라. 그건 그렇고 현재 좌도를 찾는 무리는 네 명이구먼."

"아닙니다, 한 명은 오늘 처치했으니 세 명인 셈이지요."

"그렇군, 오늘 왔던 자는 나의 현공玄功을 정면에서 그대로 받았어. 내 상이 깊어 1년은 치료해야겠지. 그리고 앞으로 치료가 끝나도 큰 무술은 못 할 거야."

좌명 노인은 이 말을 마치고 술잔을 들어 비웠다. 속으로 안됐다는 생각을 하고 있는지도 몰랐다. 그러나 좌청 노인은 별일 아니라는 듯 말하고 있었다.

"네, 그럴 겁니다. 그런데 좌도가 서울에 있다는 건 무슨 말씀인지요?"

"음 그거, 얘기해 주지. 나도 그간 좌도를 찾아 헤맸지, 물론 마음 속으로 말이지만."

"네? 마음으로 말입니까?"

"그렇다네. 나는 오랫동안 연구를 해 봤어, 이제야 그 답을 찾았지만……."

"……."

좌청은 좌명 노인을 바라보며 잠시 기다렸다. 좌명 노인은 허탈한 표정을 지으며 천천히 말을 이었다.

"우리는 바보였어. 일운 스승께서 좌도를 알려 줬는 데도 모르고 지내다니!"

"네? 그런 일이 있었나요?"

"사제도 들었지 않나? 스승께서 떠나시던 날 말일세!"

"무슨 말씀이신지요?"

좌청은 생각에 잠기며 반문했다.

"기억이 안 나는 것도 무리는 아니지! 나도 요즘에 와서야 기억해 냈으니. 사제, 조성리에 왔던 할머니 기억 나나?"

"네? 아, 그 할머니, 기억이 납니다만."

"바로 그 할머니야. 아들이 있다고 했지. 그 할머니 사주는 경술庚戌년 10월 27일, 해시亥時야. 그 남편은 정해丁亥년 9월 26일, 아들은 병술

丙戌년 9월 28일 술시戌時야. 무슨 뜻인지 알겠나?"

좌명 노인은 좌청을 빤히 보며 물었다.

"글쎄요, 모르겠는데요. 아니, 그렇군, 대단하군요. 그런 사람이 살아 있을까요?"

좌청 노인은 놀라는 한편, 무엇인가를 발견한 기쁜 표정으로 말했다.

"바로 그것일세. 그 집안 사람들은 괘상이 모두 건위천乾爲天:☰☰☰일세, 이런 경우는 세상이 난 이래 없을 것이야. 엄청난 일이지. 스승께서는 이 사람들 사주를 내가 볼 수 없을 것이라고 말했네. 36천天이 들어 있어. 그 아들은 벌써 죽어 있어야겠지. 그런데 살아 있어."

"네? 살아 있다니오? 그것을 어떻게 알았지요?"

좌청 노인은 고개를 갸우뚱하고 눈을 찡그리며 물었다.

"살아 있어. 그것보다는 스승께서 그 사람에 대해 얘기했어."

"……"

"스승께서는 누구를 기다린다고 하지 않았나?"

"네? 아, 네 그 할머니의 아들이지요. 이젠 늦었다고 했지요."

"그래, 스승께서는 그 사람을 중요한 사람이라고 했지. 그리고 곧 죽을 사람이라고……"

"알겠습니다, 그 사람이 좌도인가요?"

"그렇다네, 스승께서는 그 사람에게 글까지 남겨 주었어."

"아니, 언제 그런 일을……"

좌청은 멍한 표정이 되었다. 좌명 노인이 설명했다.

"그 할머니를 통해서야. 내가 조성리에 가서 확인했지. 할머니는 이미 죽었어."

"그렇겠군요, 그런데 그 아들이 어떻게 살아 있지요?"

"그래, 그게 이상했어. 그래서 나는 연구를 해 봤지. 그런 사람이 당분간이나마 살려면 어째야 되겠나?"

좌명 노인은 맥없이 물었다.

"글쎄요, 그렇지! 곤천坤泉에서 태어나야겠군요. 그리고 거기서 살아야겠고, 그 외에 또 마음이……."

"바로 그걸세. 그 사람이 살려면 곤천 중에서도 항처恒處에 태어나서 거기서 살아야 해. 물론 오래 살 수는 없겠지."

"사형, 그런데 항처가 세상에 있을까요?"

"허허, 있으니까 그 사람이 살아 있지. 나는 그곳에 다녀오는 길일세."

"네? 어떻게 그곳엘?"

"그 할머니가 조성리에 왔을 때 말했어, 집이 가깝다고. 그래서 그 일대를 찾아봤지, 바로 이웃 마을이더군. 그곳은 오정산五靜山에 싸여 있었어."

"오정산요? 우리 나라에 그런 곳이 있어요?"

"그렇다네. 바로 존재산·초암산·방장산, 그리고 봉두산과 두방산이라네. 조성리 마을의 스승님 집도 바로 곤천이야."

"허, 그걸 왜 몰랐지요? 그토록 오랜 세월 동안 가봤으면서……."

"등잔 밑이 어두운 것이겠지, 그건 그렇고 좌도를 찾아야겠어."

"……."

"좌도는 서울에 있어. 그 할머니가 살던 집은 내가 알고 있어. 그 마을에 가서 알아보면, 서울에 있는 아들 집 주소를 알 수 있을 거야."

"그렇겠군요, 그럼 사형이 직접 내려가 보시려고요?"

"나는 생각할 일이 많아. 일준이를 보내야겠어."

박일준은 옆에서 듣고 있다가 깜짝 놀랐다. 그래서 스승이 들어 둘 얘기라고 했던 것이다.

"네? 일준이를 보내요? 이 아이는 지금 공부가 밀려 있을 텐데요?"

이 말에 박일준은 속으로 기가 찼다. 그토록 열심히 했는데도 공부가 밀려 있다니—.

게다가 사숙은 한 번도 와보지 않았는데 어떻게 공부가 밀렸는지 알 수 있단 말인가? 도인들의 일은 참으로 모를 일이다.

"그렇기는 하지. 그런데 좌도를 찾고 서울에도 가야 해. 아무래도 서울 일은 일준이가 나을 것이 아닌가?"

서울? 서울 일이라면 도인보다도 서울 사는 사람이 나을 것이다. 박일준은 속으로 웃었다. 스승보다 자기가 나은 것이 있다니…….

사숙도 바로 시인하였다.

"그렇군요."

좌청 노인은 고개를 끄덕이며 박일준을 바라봤다. 얘기는 결말이 났다. 술도 어느 새 다 떨어졌다. 좌명 노인은 아쉬운 듯이 술통을 바라보며 말했다.

"이만 끝내야겠군. 일준이, 자넨 며칠간 쉬고 하산하게. 할 일이 많아."

"네."

박일준은 조용히 대답했지만 속으로는 기쁨이 샘솟았다. 휴가! 세속에선 이런 경우 휴가라고 말한다.

'오랜만에 서울엘 간다, 이 얼마나 좋은 일인가!'

박일준은 이런 생각으로 설레이고 있는데 스승의 인자한 음성이 들려왔다.

"가서 쉬어라."

박일준은 두 분 스승께 절을 하고는 숙소인 숲으로 돌아왔다. 하늘이 어두워지고 있었다.

신통력

영민이는 민여사와 함께 대금산을 다녀온 이래 줄곧 그곳의 정경을 생각하며 지냈다. 영민이는 대금산의 계곡이 완전히 마음에 들어서 하루바삐 그곳으로 이주할 날만을 기다리고 있었다.

영민이가 대금산에 가서 살고 싶은 이유는 그곳이 아름답고 더 할 수 없이 정답게 느껴지기 때문이기도 했지만, 그 외에 다른 이유도 있었다. 그것은 대금산만이 영민이 자신의 숙명을 깨닫게 하고 크게 학문을 성취할 장소라고 생각되기 때문이었다.

그러나 영민이는 아직 대금산으로 이주할 때가 되지 않았다고 생각하고 있었다. 그때란 바로 전생의 대금산 기억이 완전히 회복되는 때를 의미하는데, 괴롭게도 기억 회복은 더 이상 진전되지 않고 있었다.

그 이유는 무엇일까? 정신이 맑지 못해서일까? 아니면 어떤 계기를 만나지 못하고 있기 때문일까? 영민이는 후자라고 굳게 믿고 있었다.

무엇인가 운명상 대금산의 기억을 풀 열쇠가 있을 것 같다는 것이다. 그것이 어떤 것인지는 아직 모르겠으나 지금 영민이의 마음 속에는 뜻 모를 여러 가지 환영이 맴돌고 있었다.

바람, 물 속에 빠진 일, 웬지 모를 슬픔, 어떤 여자, 잘린 다리, 누명과 분노, 이별, 스승, 산장의 겨울 등.

영민이는 이 많은 것 중에 어느 한 가지만이라도 그 뜻을 알 수 있다면 모든 것이 단숨에 제자리를 찾을 수 있을 것이라 보았다.

과연 대금산의 중요한 기억은 무엇이며 어떻게 찾아야 할 것인가? 결정적 계기란 무엇이란 말인가? 그것은 대금산에 가서 찾아야 하는가?

결코 그렇지 않을 것이다. 영민이의 마음은 오히려 대금산에 있으면 그것이 막혀 버릴 것 같은 느낌이었다. 그래서 민여사와 대금산에 갔을 때도 급히 내려오지 않았던가? 왜 그런 느낌이 드는 것일까?

아마도 그곳의 어떤 괴로운 사건이 영혼의 저 깊은 곳에서 대금산을 잊도록 강요하고 있는지도 모른다. 말하자면 괴로운 시절을 기억할 필요가 없다는 생녕체의 사기 보호 기능이 있다는 것이다.

그러나 영민이는 기필코 이 보호벽을 뚫고 전생을 회복해 내려 하고 있었다. 영민이에게는 행복한 거짓보다 불행한 진실이 더 좋았던 것이다.

그러나 영민이는 그것이 억지로 회복되지 않는다는 것도 알고 있었다. 하늘에 뜨는 별들도 그 시각이 있듯이 기억이 회복되는 것도 시기가 있을 것이다. 단지 지금은 하나의 어떤 계기를 찾지 못하고 있을 뿐이다.

무엇인가 돌파구가 열릴 때까지는 자연스럽게 생활에 임해야 할 것이다. 이것이 요즘 영민이의 마음이다.

오늘 아침도 어제와 마찬가지로 일정한 순서에 입각해서 공부를 마쳤다. 그런데 갑자기 외출할 생각이 들었던 것이다. 원래 영민이는 낮시간 만큼은 임의로 하기 때문에 어디를 가든 큰 변화가 있는 것은 아니었다.

하기야 지난 며칠간을 방에만 있었기 때문에 어디론가 가보고 싶기도 했다.

영민이는 하숙집을 나섰다. 오늘은 필히 가볼 곳이 있었다. 가고자 하는 곳은 바로 친구인 인수에게인데 지난 며칠간 인수의 생각이 떠오르곤 했던 것이다.

인수는 영민이가 죽어 갈 때조차도 그 마음 속에 떠올랐을 정도로 영민이는 인수의 시원한 성격이 좋았다. 어느 때는 인수의 성격이 답답한 자신의 마음을 뚫어 주는 청량제 역할도 했던 것이다.

사람이 욕구에만 연연하는 것은 참으로 꼴보기 싫다. 사람은 때로 자신의 소원을 넘어서 운명의 결과를 기다리는 자세도 필요한 것이다. 어떤 사람은 심지어 운명적 판결이 난 지난 사건에 집착하면서 긴 세월을 연연해하는 경우도 있다.

욕구를 위해 노력할 때는 노력해야 하겠지만, 지나친 희망은 운명을 부정하고 일방적 결과만 기대하는 것이기 때문에 현실 대처에 만전을 기대할 수 없다.

사람은 기대했던 만큼 체념도 빨라야 한다. 아예 절대적 기대를 하지 않고 조용히 운명의 흐름을 바라보는 것이 인격적이거나 합리적일 수 있다.

또한 사람이 운명의 결과를 지나치게 두려워하는 것도 그리 보기 좋은 꼴은 아니다. 주어진 운명을 달게 받고 가능하다면 개선에 노력하는 것이 올바른 태도일 것이다.

이 모든 면에서 인수는 비록 도박 세계에 한해서이지만 시원한 인격을 갖고 있다고 볼 수 있다. 영민이는 원래 욕구가 강했고 무리한 희망을 갖거나 지난 일에 크게 연연하는 성격이었는데, 인수로 인해 결정적으로 변화된 바 있었다.

물론 영민이가 용기가 있고 결단력이 있어서 체념도 빠를 수 있었지만 현실적 계기가 없어 나쁜 습관, 즉 욕구에 매달리고 연연하는 성격을 고치지 못했던 것이다.

말하자면 원인은 영민이의 내면에 있었지만 그것을 꽃피워 줄 외적 동기가 없었던 것이다.

그러던 것을 바로 인수가 그 동기 혹은 계기를 마련해 줌으로 해서 크게 성격의 개화를 초래할 수 있었던 것이다. 영민이는 이 점에 있어 인수에게 고마움을 잊지 않고 있었다.

그런데 인수는 영민이와 만난 이래 큰돈을 잃어버렸고, 여전히 도박에만 매달리는 것이 애처로웠다. 만일 인수가 이제부터라도 잃은 돈에 연연하지 않고 도박의 빈도를 줄이고 그 힘을 다른 곳에 활용할 수 있다면 크게 성공할 수 있으리라, 영민이의 생각은 이런 것이다.

영민이는 골목을 빠져 나와 큰길을 건넜다. 거리는 한산했고 더위는 한풀 꺾여 있었다. 택시가 왔다. 영민이는 뒷좌석에 올랐다.

"서대문요!"

차가 출발하자 영민이는 눈을 감았다. 근래 차 안에서 눈을 감고 있는 것이 몹시 편리하다는 것을 알았다. 휴식과 명상 혹은 어떤 사물을 궁리하면서 목적지로 이동할 수 있기 때문이었다.

이렇게 하는 것은 단순히 시간 절약 외에도 효용이 컸다. 아마도 그 이유는 움직이고 싶은 욕구를 차가 대신해 주니까 자신은 편안히 앉아 생각할 수 있기 때문일 것이다.

차는 어느덧 서대문 영역으로 들어서고 있었다. 영민이는 오늘 인수에게 미리 연락을 해놓은 것은 아니었다. 인수도 늦잠을 자는 편이기 때문에 집으로 전화를 걸면 쉽게 통화할 수 있었다. 그러나 영민이는 그렇게 하지 않았다.

그 이유는 첫째, 인수에게 일부러 전화를 걸어서 만나자고 하면 인수의 그런 운명을 영민이 자신이 만든 것이 된다. 이런 것이 영민이로서는 약간 꺼려지는 것이다.

그 대신 영민이가 혼자 어떤 곳으로 가서 저절로 인수를 만날 수만 있다면 이것은 자연스러울 뿐만 아니라, 남의 운명에 크게 관여하는 것이라 볼 수 없을 것이다.

  단지 영민이는 인수를 꼭 만나고 싶을 뿐이었다. 그러나 일부러 전화하는 것은 싫었다.

  이윽고 차는 서대문의 어떤 기원 앞에 정차했다. 기원이 영민이가 목적지로 한 곳이다. 이곳엔 인수가 종종 나오고 있었다. 그런데 영민이의 느낌으로는 오늘쯤 인수가 나타날 것만 같았다. 아니, 영민이의 마음은 마치 인수와 만나기로 한 듯한 착각마저 들고 있는 것이다.

  영민이는 차에서 내려 곧장 기원 층계로 올랐다. 기원 문을 열고 들어서자 몇 사람이 반겨 주었다.

  "어! 영민이 오랜만이야."

  영민이는 밝은 얼굴로 답례하고 주위를 돌아봤는데, 인수는 나와 있지 않았다.

  "한 판 어때?"

  영민이와 비슷한 급수를 가진 나이 든 사람이 바둑을 청했다.

  "그러시지요."

  영민이는 바둑통을 끌어당기며 자리에 앉았다. 대국은 곧 시작되었다. 그러나 한 판을 미처 다 두기도 전에 누가 옆에 와서 어깨를 잡았다. 보지 않아도 인수인 것을 알 수 있었다. 인수는 미소를 지으며 바둑판을 내려보고 있었다.

  우연히 기원에 왔는데 영민이를 만나다니! 인수는 바둑을 두지 않고 영민이가 끝나기를 기다렸다.

  영민이는 바둑을 일찍 끝내기 위해 일부러 져주었다. 그러고는 인수와 함께 기원을 나섰다. 기원 안에서 두 사람은 서로 아무 말도 하지 않았다. 그러나 두 사람의 마음은 서로 통해 있는 것 같았다. 층계를 내려오자 인수가 먼저 말을 건냈다.

"오랜만이야! 차나 한잔 할까?"

"응, 그래. 저기가 좋겠군!"

두 사람은 가까운 다방을 찾아 들어갔다.

"요즘 어떠니?"

영민이는 미소를 지으며 물었다. 인수에 관한 안부는 으레 도박에 관한 성적을 묻는 것이다.

"좋았어, 그런데 그 여자한테는 잘 안 돼."

"이태원 그 여자 말이야? 또 갔었니?"

"응, 이번에도 크게 졌어."

인수는 매우 낙심하는 표정을 지었다.

"그래? 그 여자하고는 그만하는 게 좋겠군. 상극相剋인가 봐!"

"상극? 그게 뭔데?"

"연때가 안 맞는 사람이란 뜻이야, 천적이란 뜻이지. 도박에도 그런 게 있잖아?"

영민이는 자신이 설명하기보다는 인수의 견해를 물었다. 도박에는 물론 이런 것이 있다. 이상하게도 어떤 사람에게는 계속해서 지는 경우가 있는 것이다. 어쩌면 인수도 그 여자에게는 계속 지는 그런 관계인지도 모른다.

인수는 영민이의 물음에 맥없이 웃었다.

"그래, 그런 것 같애. 그렇지만 그 여자에게 꼭 이기고 싶거든."

"음? 그건 무슨 말이야?"

영민이는 의아스럽게 생각했다. 인수는 원래 잃은 돈 때문에 어떤 특정인에게 연연해하는 경우는 없었다. 단지 도박 전체를 통틀어 잃은 돈에 대해서는 다소 신경을 쓰는 편이었다.

그런데 지금 인수는 그 여자에게 신경을 쓰고 있었다.

잃은 돈의 액수가 크기 때문일까? 인수는 멋쩍어하면서 말했다.

"돈 때문이 아니야! 그 여자 배짱이 마음에 든단 말이야. 매력 있어!"

"뭐? 하하, 그 여자가 좋단 말이야?"

영민이는 어처구니가 없었다. 교양 없이 도박이나 하러 다니는 여자가 좋다니?

"영민아!"

인수가 영민이의 생각을 막으며 심각하게 서두를 꺼냈다.

"너는 몰라. 여자란 성격이 중요한 거야. 그 여자의 성격은 아주 대범해. 나는 그런 여자가 좋아. 처음엔 몰랐어, 그런데 세 번이나 상대하면서 보니까 내가 그 여자를 좋아한다는 것을 알았어. 성격뿐 아니라 그 모습도 좋아. 아무튼……."

인수는 말을 더 잇지 못했다. 인수는 지금 그 여자를 좋아한다는 고백을 영민이에게 하고 있는 것이다. 영민이는 고개를 끄덕였다. 인수의 마음을 느낄 수는 없어도 이해할 수는 있었다. 영민이에게는 결여되어 있는 지극히 평범한 인간의 감정인 것이다.

인수는 마음이 괴로운가 보다. 영민이로서는 무슨 말을 해야 할지 몰랐다. 이런 일에는 원래 캄캄한 사람이 아니던가!

영민이는 겨우 한 마디를 꺼냈다.

"그거 참, 어쩌지? 승부를 더 할 수도 없고……."

영민이의 생각은 그 여자를 좋아한다면 이젠 그 여자와 도박은 못 할 것이라는 뜻이었다. 그러나 인수의 마음은 그게 아니었다.

"영민이, 넌 바보야. 나는 그 여자를 사랑해, 그런데도 그 여자에게 계속 지고 있어. 그런 내가 어떻게 그 여자를 차지할 수 있겠어?"

"응? 무슨 말인지 모르겠는데?"

영민이는 멍청한 표정이 되었다.

"내가 설명해 주지. 내가 수영을 아주 좋아한다고 하자. 그리고 내가 좋아하는 여자도 수영을 좋아한다고 생각해 봐. 그런데 그 여자가 나보다 수영을 잘한다면? 즉, 내가 그 여자에게 지고 있는데 그 여자를 가질 수 있겠어?"

"응? 모르겠는데? 그게 무슨 상관이야?"

"바보! 내가 말하는 것은 취미의 능력을 말하는 게 아니야. 그 사람이 가장 능하고 좋아하는 것, 말하자면 그 사람의 대표적인 것을 보자는 것이지. 직접 얘기해 보지. 나는 이태원 그 여자에게 번번이 지고 있어. 도박이든 뭐든 이건 대결인 거야. 여자에게 지고서는 그 여자에게 존경받지 못해. 남자의 자존심이라도 좋아. 아무튼 여자에게는 이겨야만 사랑을 얻을 수 있는 거야. 여자와 대결에서 진 사람이 사랑한다고 해 봐. 우스운 꼴이지. 여자는 강자를 좋아해, 자기조차도 못 이기는 남자를 어떻게 보호자가 될 수 있다고 생각하겠어?"

인수의 설명은 강변을 넘어서 절규에 가까웠다. 영민이로서는 이해가 잘 안 되는 내용이었다. 영민이는 민망한 표정으로 고개를 저었다. 인수는 고개를 돌려 다른 쪽을 보고 있었다.

"인수야, 어쩌면 좋니?"

영민이는 위로 겸 이렇게 말했다. 인수는 웃었다.

"뭘, 어떻게 나만 괴롭지. 딱 두 번만 이길 수 있으면 좋겠는데…… 딱 두 번!"

인수는 무엇인가를 생각하며 엉뚱한 말을 되뇌이고 있었다.

"응? 두 번? 그건 무슨 말이야?"

"하하, 내 꿈이야. 두 번만 이기면 이루어져! 그거면 그 여자를 차지할 수 있어."

"그래? 그럼 해 보지. 두 번을 못 이기려고?"

영민이는 어떻게 보면 철없는 얘기를 하고 있었지만, 인수는 영민이의 말을 재미있게 생각하며 대꾸하고 있었다. 마음 속으로는 큰 의미를 두지 않고 지나가는 말투로 얘기하고 있는 것이다.

"하하, 그게 쉬운 게 아냐. 연속 두 번을 이겨야 돼!"

"그게 뭐 어려워?"

"응? 너, 진담으로 하는 말이니?"

인수는 알 만한 영민이가 계속해서 주장하는 것에 기분이 이상해졌다.

"진담이지, 그럼…… 두 번만 이기면 된다며?"

영민이는 마치 두 번 이기는 것은 아무것도 아니라는 듯이 말하고 있었다.

"뭐? 두 번이 쉬워? 너 나한테 두 번 이겨 볼래?"

인수는 영민이의 어리석음이 재미있기도 해서 놀란다는 의미로 하나의 제안을 한 것이다.

"응? 나하고 게임을 해 보자는 거야?"

"그래, 두 번 이기는 것이 쉽다고 했잖아?"

"좋아, 해 보지."

영민이도 재미있게 생각하고 미소를 지으며 고개를 끄덕였다.

"여기서 할까?"

인수는 당장에 해 보자고 했다.

"아니, 기원엘 가지. 주사위도 준비하고……."

두 사람은 즉각 다방 문을 나섰다.

잠시 후 두 사람은 문방구에 들러 주사위 세 개를 준비하고 다시 기원으로 들어섰다. 기원 안에는 한쪽에 방이 있었는데, 두 사람은 원장에게 양해를 구하고 그곳으로 들어갔다.

"시작할까? 조금 걸고 해야지?"

인수는 웃으면서 돈을 걸자고 했다. 영민이는 주머니를 뒤져 있는 돈을 다 꺼내 상 위에 올려놓았다. 오늘은 제법 돈이 있는 편이었다.

"음? 이거 다 걸래?"

인수는 재미있다는 듯이 돈을 헤아려 보고 자기도 그만큼 포개 놓았다.

"내가 흔들까?"

인수는 바둑통 뚜껑으로 주사위를 덮으며 말했다.

"그래, 부르는 것은 내가 한다."

"마음대로."

인수는 주사위를 몇 번 흔들고는 영민이가 말하기를 기다렸다. 영민이는 이 순간 웃음기가 싹 가시며 눈을 감았다. 그러고는 양미간을 잠깐 찡그리는 듯하더니 이내 숫자를 불렀다.

"짝수!"

영민이는 웃으며 바둑통 뚜껑을 열었다. 숫자는, 3—2—5, 즉 짝수였다. 영민이가 이긴 것이다.

인수는 말없이 돈을 꺼내 상에 있는 만큼을 다시 포개 놓았다. 처음 건 돈의 두 배가 된 셈이다.

영민이는 말없이 보고만 있었다. 인수는 다시 주사위를 흔들었다. 그러고는 정지했다.

영민이는 즉각 숫자를 불렀다.

"짝수!"

주사위는 2—6—2였다. 이번에도 영민이가 이긴 것이다. 영민이가 장담했던 대로였다. 인수의 얼굴이 다소 심각해졌다.

"두 번 이겼군. 그러나 이건 우연이야. 예정해 놓고 두 번 계속 이긴 것하고는 달라!"

인수는 이렇게 말하면서 일어나려고 했다. 영민이가 잡았다.

"인수야 잠깐, 우연이라고 했지? 글쎄, 그럴 수도 있겠지. 하지만 나는 우연인지 잘 모르겠어!"

영민이의 모습은 아주 진실해 보였다.

"응? 무슨 말이야? 우연이면 우연이지."

"아니야, 우리 한 번 더 해 볼까?"

"그래? 좋아, 두 번 더 해 보지!"

인수는 미소를 지으며 돈을 꺼내 놓았다. 영민이가 돈을 건드리지 않았으니까 돈은 처음의 네 배가 된 것이다. 인수는 다시 주사위를 흔들었다. 영민이는 멍하니 허공을 응시하고 있었다.

이윽고 흔드는 소리가 멈추자 이번에도 영민이는 숫자를 즉각 불렀다.

"홀수!"

인수는 웃지 않고 조심스럽게 뚜껑을 열었다. 숫자는 3—4—6이 나왔다. 인수는 이를 잠깐 보더니 뚜껑을 다시 덮었다.

"또 씌워도 되지?"

인수는 이렇게 물었는데, 이 뜻은 현재 상에 있는 만큼 다시 돈을 걸겠다는 것이다. 영민이는 고개를 끄덕여 주었다.

인수는 돈을 꺼내 합쳐 놓고 주사위를 흔들기 시작했다. 이번에는 시간이 좀 걸렸다. 그러나 영민이는 여전히 빠르게 불렀다.

"짝수!"

인수는 뚜껑을 열기 전에 영민이의 얼굴을 의미 심장하게 바라봤다. 아마도 이제는 틀릴 것이다, 라고 생각했던 것이다. 연속 네 번이나 맞힐 수는 없다.

그러나 이번에도 역시 영민이가 이기고 말았다. 주사위 숫자는 1—1—4, 즉 짝수였다.

"못 당하겠군."

인수는 주사위를 걸으며 맥없이 말했다. 이때 영민이는 얼굴을 더욱 찡그리며 큰 소리로 말했다.

"인수야, 이것은 우연이 아니야!"

"음? 그래? 그럴 수도 있겠지."

인수는 영민이의 말을 완전히 믿을 수 없는 것 같았다. 영민이는 얼굴색을 펴고 타이르듯 조용히 말했다.

"인수야, 아까 하던 말 다시 해 봐. 두 번 연속 이기면 뭐가 어떻게 된다는 거야?"

인수는 어처구니없다는 듯이 웃으며 영민이를 빤히 바라봤다.

"영민아, 너 정말이니? 우연이 아니라는 것이……."

"응, 확실하진 않아. 그렇지만 거의 그래."

"좋아, 거의 맞아도 좋은 거야. 나를 도와줄래?"

"그럼, 그래서 이렇게 말하는 거지."

영민이는 인수를 다정히 바라봤다. 인수는 잠깐 무엇인가를 생각하더니 씩씩하게 말했다.

"어차피 승부야 나보다 나을지도 모르지! 좋아, 그런데 한 번만 더 해 볼래?"

인수는 시험을 더 해 보고 싶은가 보았다.

"응? 한 번 더 승부를 하자고?"

"아니! 그냥 한 번 맞춰 봐, 우연인지 아닌지 알고 싶어."

"허참, 네 번씩이나 맞췄는데…… 좋아, 한 번뿐이야."

영민이는 웬지 힘들어하면서 마지못해 응하는 것 같았다. 인수는 주사위를 흔들기 시작했다. 이번에는 돈을 걸고 하는 것은 아니지만 심각하기는 마찬가지였다.

딸그락 닥닥―.

주사위 소리는 한동안 울렸다. 영민이는 눈을 감고 있었다. 소리가 멈추었는데도 영민이는 미동도 안 하고 있었다. 인수는 그 모습을 보며 기다렸는데, 영민이의 얼굴은 매우 창백해 보였다.

"홀수!"

영민이는 눈을 뜨면서 숫자를 불렀다. 인수는 가볍게 뚜껑을 열었다. 숫자는 4―5―4, 틀림없는 홀수였다.

인수는 잠시 공포에 서린 눈으로 영민이를 쳐다보고는 고개를 끄덕였다.

"영민아, 대단해. 뭔가 있구나!"

"글쎄, 나도 그렇게 생각은 하지만…… 아무튼 아까 얘기는 뭐야?"

"응, 그거 네가 두 번만 맞춰 주면 돼. 나한테 신호를 해 줘. 연속 두 번이야, 영민이 너는 정확히 두 번만 맞춰 주면 돼. 나머지는 내가 알아서 할게, 자신 있지?"

인수는 입을 꼭 다물며 다시 한 번 확인했다.

그런데 영민이는 다 된 일 가지고 맥없는 소리를 했다.

"자신은 없어, 그렇지만 해 보고 싶어!"

"응? 됐어 됐어. 내가 일을 만들어 놓고 연락해 줄게. 우리 나갈까?"

인수는 이제 오히려 영민이를 믿는 것 같았다. 영민이는 일어섰다.

"자, 이 돈은 넣어 둬야지. 승부해서 이긴 돈인데……"

인수는 상 위의 돈을 집어서 영민이에게 건네 주었다. 영민이는 말없이 돈을 받아 넣고는 기원을 나왔다.

그런데 갑자기 일이 생겼다. 층계를 다 내려온 영민이가 더욱 창백해지며 비틀거리는 게 아닌가?

"영민아, 왜 그래? 몸이 아프니?"

"응, 약간. 으억—."

영민이는 입을 틀어막고 골목으로 급히 움직였다. 그러나 몇 발짝 가지 못하고 주저앉으며 벽에 기대어 있었다.

"으억—."

창백해진 얼굴로 영민이는 토하기 시작했다.

"아니, 웬일이야? 병원엘 갈까?"

인수는 주저앉아 있는 영민이를 부축하며 물었다.

"아니야, 조금 있으면 괜찮아질 거야. 너무 무리했어."

영민이는 손으로 머리를 움켜잡으며 말했는데, 인수가 생각하기에는 주사위 숫자를 맞추는 것이 저토록 힘들었던 것 같았다. 인수는 걱정스런 표정으로 말했다.

"병원에 안 가도 되겠어?"

"괜찮아, 나 집에 가야겠어."

영민이는 이렇게 말하면서 스스로 일어났다.

"괜찮겠어?"

"응, 집에 가서 쉬는 게 좋겠어."

영민이는 인수가 부축하는 것을 마다하고 혼자 천천히 걸었다. 인수는 옆에서 보호하며 길을 건넜다.

택시가 왔다. 영민이는 차에 오르면서 말했다.

"연락해 줘, 맞추는 건 두 번뿐이야!"

"알았어, 몸조리나 잘해."

차는 출발했다. 인수는 차가 멀리 사라져 버릴 때까지 바라보고 있었다.

사랑을 건 승부

영민이는 인수를 만나고 들어온 날부터 사흘 동안이나 심하게 앓았다. 몸살과 토기吐氣, 그리고 밤에는 악몽에 시달렸다. 주사위 숫자를 맞추는 것이 몸에 병을 일으킨 것은 틀림없었다.

지금은 거의 탈진 상태에서 벗어나 있었지만 무엇을 생각한다는 것은 몹시 힘들었다. 특히 보지 않고도 알 수 있는 힘을 일으키려 하면 마음이 콱 막히면서 토기가 치솟았다.

오관 외의 감각을 사용한다는 것은 결코 쉬운 일이 아니었다. 그러나 영민이로서는 이제 영혼의 감각을 경험했으며, 천지 자연은 시간·공간 외에 또 하나의 세계가 존재한다는 것을 실감했다.

그곳은 생명의 근저와 통해 있어서 영혼 자체의 세계를 이루고 있는 것이다. 이 세계는 흔히 보이는 물질의 세계와는 완전히 별개의 세계였다. 영민이는 이 세계가 무한한 허공보다 더 넓은 곳이라는 것을 깨달았다.

밤새 악몽에 시달린 것은 이 세계에서 날아오는 신호가 뇌를 요동시키기 때문이었다. 지금도 영민이의 감각은 여느 사람이 결코 느낄 수 없는 곳과 교류하고 있었다.

그곳은 끝없는 생명의 바다였다. 그 심연에 무엇이 도사리고 있는지는 영민이로서도 알 길이 없었다. 그러나 영민이의 영혼이 그 바다 위에 떠 있다는 것만은 확연히 느낄 수 있었다.

영민이는 자신이 새로운 세계를 열고 그곳의 묘한 섭리를 경험한 데 대해 무한한 기쁨을 감추지 못하고 있었다. 단지 몸이 놀란 것에 대해서는 앞으로 조심해야 할 것이다.

영민이는 지금 기진맥진한 상태에서 며칠 전 일을 음미했다. 순간 위가 울렁거렸지만, 차분한 마음으로 그것을 달래며 천천히 생각을 진행시켰다.

영민이가 인수에게 무엇인가 보답하려는 마음이 있다는 것은 분명했다. 그것은 영민이가 인수의 성격을 보고 자신의 성격을 개선하고 크게 문을 열게 된 고마움 때문이었다.

영민이의 마음은 지금 인수의 소원을 이루어 주려는 결의로 충만되어 있었다. 영민이에게는 이것이 또한 운명에 대한 도전이었다. 그것은 바로 자신의 죽음을 막기 위한 몸부림이기도 한 것이다.

영민이는 이미 결전의 날이 내일로 다가왔음을 느끼고 있었다. 그 이유는 오늘 유난히 이태원의 그 여자가 떠오르기 때문이었다.

이태원의 그 여자는 미스 리라고 부르거니와 미스 리는 며칠 전 장씨로부터 긴한 연락을 받은 바 있었다. 장씨는 이태원시장에 있는 비밀 도박장의 주인이었다.

미스 리가 받은 연락은 큰 승부를 하자는 것이었는데, 미스 리는 마다 할 사람이 아니다. 문제는 돈이었다. 저쪽의 인수라는 사람에게는 이미 세 번이나 이겼지만 이번 승부는 액수가 상당히 컸다.

미스 리로서도 떨리는 승부인 것이다. 사실 미스 리는 그만둘까 하고 생각해 본 적도 있었다. 그러나 떨리면 떨릴수록 승부에 끌리는 것이 미스 리의 성격이었다. 미스 리는 이번이야말로 자신의 운명을 시험해 볼 때라고 생각했다.

아울러 이번을 마지막으로 승부 도박을 졸업하려고 마음먹었다. 지든 이기든 이제 도박을 끝내고 착실히 인생을 살아 보려는 것이다. 미스 리는 우선 자기가 전세들어 있는 계약서를 맡기고 사채를 끌어 왔다.

그렇게 해도 필요한 액수의 절반밖에 되지 않았다. 다음으로는 친지들에게도 최대한 끌어모았다. 패물도 몇 가지 팔았고, 가지고 있던 비상금까지도 몽땅 털었다.

이래서 겨우 승부 비용은 마련되었다. 이기고 지는 문제에 대해서는 까맣게 잊기로 했다. 미스 리는 돈을 마련하자 즉각 장씨에게 연락했고, 장씨는 인수에게 연락했다.

영민이가 전화를 받은 때는 저녁 식사를 마치고 쉬고 있을 때였다. 영민이의 육감대로 승부는 내일 아침으로 정해졌다. 만나기로 한 장소는 화양리 영민이 집 근처—.

말하자면 인수는 영민이를 데리러 오는 것이다. 아무튼 영민이는 일찍 잠을 청하기로 했다. 현재는 건강이 몹시 우려되는 상황이었다. 다행히 영민이는 쉽게 잠들 수 있었다.

아침에 깬 영민이는 공부도 하지 않고 그대로 생각 없이 누워 있었다. 아침밥은 일부러 먹지 않았다. 이윽고 시간이 되자 영민이는 하숙집을 나섰다.

오늘 날씨는 선선했다. 약간씩 바람도 불었다. 바람까지 분다는 것은 좋은 징조가 아닐까? 영민이는 별 생각 없이 느린 걸음으로 언덕을 내려 왔다. 그런데 저쪽에서 인수가 올라오고 있었다.

인수는 만나기로 한 장소에 있지 않고 마중을 나온 것이었다. 마음이 초조한 까닭일까? 인수는 영민이를 보고 미소를 지었지만 말은 하지 않았다.

필경 긴장을 감추기 위해서일 것이리라! 인수는 돈을 위해 승부를 하는 것이 아니라 그 여자를 이기기 위해서 승부를 하는 것이라 했다.

그런데 그것으로 어떻게 사랑을 얻을 수 있단 말인가. 물론 영민이는 이런 생각을 할 겨를이 없다. 영민이에게 지금 중요한 것은 과연 실수 없이 숨어 있는 숫자를 잘 맞힐 수 있느냐 하는 것이다. 만일 틀린 숫자를 부르면 어떻게 될 것인가?

영민이로서도 큰 부담이 아닐 수 없었다. 부담은 동요를 불러일으키고 정신을 혼돈시킬 수 있다. 이 점이 가장 염려되는 것이다. 그러나 겉으로 봐서 영민이의 마음은 평온한 것 같았다.

"인수야."

두 사람은 말없이 걷고 있던 중 영민이가 불렀다.

"주먹을 쥐면 홀수야, 손을 펴면 짝수고. 두 번 이상 승부하지 마!"

영민이의 마음은 벌써 승부의 현장에 가 있었다.

"나는 염려 마! 몸은 괜찮니?"

인수는 이렇게 말하면서 영민이를 측은하게 바라봤다. 영민이의 부담을 알고 있기 때문이었다. 두 사람은 큰길을 건넜다. 택시는 즉시 나타났다. 인수는 앞좌석에 올랐고 영민이는 뒷문을 열고 올라탔다.

"이태원요!"

인수가 말하자 차는 서서히 출발했다. 영민이는 눈을 감았다.

차는 강변도로를 통하여 빠른 속도로 움직였다. 영민이는 자고 있었다. 얼마간 시간이 지나자 차가 멈추었고 인수가 깨웠다. 목적지에 도착한 것이다.

영민이는 눈을 뜨면서 밖으로 나왔다. 두 사람은 바로 시장 안으로 들어섰다. 시장에는 사람이 상당히 많았다. 인수는 앞장 서서 사람을 헤치며 빨리 걸었다. 영민이는 인수의 뒷모습만 보며 묵묵히 따랐다.

인수가 잠깐 멈추었다. 그러고는 잠시 후 장씨의 목소리가 들려 왔다. 결전장 입구에 당도한 것이다.

영민이는 정신을 수습하면서 층계를 올라갔다. 문을 열자 널찍한 결전장이 펼쳐졌다. 사람은 한 명도 없었다. 오늘은 큰 승부라 일부러 사람을 불러들이지 않았다고 한다.

"미스 리는요?"

인수가 급히 물었다. 인수는 승부가 초조한 것일까, 아니면 사랑하는 미스 리가 나타나지 않을까 봐 조바심이 난 것일까.

장씨는 웃었다. 동시에 저쪽 방에서 미스 리가 나오고 있었다. 미스 리는 머리 모양이 좀 바뀐 것 같았다. 단단한 각오라도 한 것일까? 옷은 붉은 기운이 감도는 블라우스였다.

인수는 그 모습을 흘끗 보고는 고개를 장씨에게로 돌렸다.

"시작하지요."

"음? 차도 한 잔 안 하고?"

"네, 뭐……."

인수는 머뭇거렸다. 겉으로 보기에 인수는 당황하고 있었다. 이에 비해 미스 리는 침착한 모습이었다.

"좋아, 시작하지. 매도 먼저 맞는 게 낫지!"

장씨는 이렇게 말했는데, 아마도 부담되는 일을 먼저 처리하는 게 낫다는 뜻일 것이다. 승부의 도구는 당장에 차려졌다. 주사위와 사발, 그리고 상도 지난번 것 그대로였다. 인수는 장씨에게 돈을 주었다.

장씨는 그 자리에서 돈을 헤아려 보고 미스 리를 쳐다봤다. 그러자 미스 리도 핸드백에서 돈을 꺼냈다. 이렇게 해서 승부의 등록을 마쳤다. 이제 전투에 돌입하면 되는 것이다. 장씨는 두 사람을 흘끗 보고는 주사위에 사발을 덮었다.

장씨가 막 주사위를 흔들려는 순간이었다. 긴장이 감돌았다.

그런데 이 순간, 미스 리의 목소리가 들려 왔다. 미스 리의 목소리는 아주 작았지만 정적을 여지없이 깨 버렸다.

장씨는 손을 급히 멈추고 미스 리를 바라봤다. 목소리가 작아서 내용을 듣지 못했던 것이다.

"음?"

"내가 먼저 부르겠다고요!"

"그래? 괜찮겠지, 인수 어때?"

장씨는 별일 아닌 듯이 인수를 바라봤다. 순간 인수는 가슴이 철렁 내려 앉았다.

미스 리가 먼저 부르다니! 이는 말도 안 된다. 계획이 있지 않은가?

인수는 땀을 흘리며 말했다.

"내가 먼저 부르고 싶은데요!"

"아니에요, 내가 먼저 부를래요!"

두 사람의 생각은 정면으로 대치되었다. 난감한 순간이었다. 미스 리에게는 별일 아니겠지만 인수에게는 절대 곤란한 일이다.

이때 장씨가 말했다.

"서로 먼저 부르겠다고? 미스 리는 안 불러서 항상 이겼잖아?"

"그래도요, 한 번도 안 불러 봤으니 오늘은 내가 먼저 하고 싶어요."

"그래? 인수가 양보할래?"

장씨는 인수를 보고 웃었다. 장씨는 인수가 당연히 양보할 것으로 생각한 것이다. 그러나 인수로서는 당치 않은 일이다.

인수가 먼저 부르지 않으면 오늘 승부의 뜻은 없어지고 만다. 물론 승부는 반반이지만.

인수는 멋쩍게 웃으며 겨우 말했다.

"오늘은 나도 부르고 싶어요!"

"허어, 할 수 없군. 그럼, 두 사람이 가위바위보를 하지그래?"

장씨는 합리적인 방안을 내놓았다. 그러나 인수로서는 이것도 난감한 일이었다. 미스 리는 고개를 끄덕여 찬성을 표시했다. 꼼짝없이 인수도 찬성할 수밖에 없었다.

순간, 인수는 영민이를 바라봤는데 영민이는 웃으며 고개를 끄덕였다 하라는 뜻이다.

이 모습은 누구도 눈여겨보지 않았다. 봤다고 해도 그저 고개를 끄덕인 정도로 볼 것이다.

"좋습니다."

인수는 즉각 대답했다. 그러나 이제부터가 문제였다. 어떻게 해야 할 것인가, 인수는 곁눈질로 영민이를 또 바라봤다. 그런데 영민이는 어느새 눈을 감고 있었다. 인수는 그 뜻을 알았다.

"가위바위보로 정합시다."

인수가 이렇게 말하자 장씨는 미스 리를 바라봤다. 미스 리는 고개를 끄덕였다.

"자, 그럼 시작하지. 이긴 사람이 먼저 부르는 거야. 가위바위……"

인수와 미스 리는 손을 치켜 들었다. 찰나, 인수는 영민이의 손을 곁눈으로 쳐다봤다. 영민이는 왼손을 땅바닥에 자연스럽게 대고 있었는데, 가위 모양이었다.

장씨의 말이 떨어졌다.

"보!"

미스 리와 인수는 손이 마주했다. 미스 리는 보를 내었고, 인수는 가위였다. 인수가 이긴 것이다.

이것으로 겨우 인수가 먼저 부를 수 있게 된 것이다. 인수는 담배를 피워 물었다.

"인수가 먼저 부르는 거지?"

장씨는 미스 리를 바라봤다. 미스 리는 고개를 끄덕였다.

장씨는 흔들기 시작했다.

찰랑찰랑—.

장씨의 손이 멈추었다.

인수는 영민이를 슬쩍 쳐다봤다. 영민이는 눈을 감은 채로 주먹을 꽉 쥐고 있었다. 인수는 속으로 생각했다.

'주먹이다. 짝수인가? 아니지, 큰일나겠군.'

"홀수!"

인수의 목소리가 날카롭게 정적을 갈랐다. 이제 운명은 정해진 것이다. 장씨는 천천히 사발을 치웠다. 주사위는 3—2—6, 홀수였다. 순간 미스 리는 두 손으로 얼굴을 감싸 쥐었다.

"어머!"

미스 리의 놀람은 비명처럼 들렸다. 인수는 여전히 담배를 피우고 있었다.

"인수, 자네가 이겼구먼!"

인수는 고개를 끄덕이고만 있었다. 장씨는 주사위를 걷었다. 미스 리는 먼저 일어나서 문 쪽으로 걷기 시작했다. 그러자 인수가 벼락같이 소리를 질렀다.

"잠깐만, 아가씨!"

미스 리는 멈추어 섰고 장씨도 인수를 의아스럽게 바라봤다.

"이쪽으로 와보세요!"

"네?"

"할 얘기가 있습니다."

미스 리는 말없이 되돌아왔다.

"한 번 더 하지요!"

인수는 큰 소리로 제안했다. 미스 리는 얼굴이 창백해지며 말을 못 하고 있었다. 장씨가 끼어들었다.

"돈이 없을 거야, 그렇지?"

미스 리는 고개를 끄덕였다. 돈이 없는 것이 한스러운가 보다. 이때 인수가 천천히, 그러나 분명히 말했다.

"물건도 좋아요."

"음? 물건? 미스 리, 패물 있나?"

미스 리는 고개를 저었다. 그러자 인수가 또 말했다.

"아가씨, 잠깐 앉아 봐요. 어서요!"

미스 리는 인수가 강경하게 말하자 얼떨결에 앉고 말았다. 인수의 말이 이어졌다.

"아가씨, 나는 이 돈을 다 걸고 하겠습니다. 아가씨는 말 한 마디만 하면 됩니다."

"네? 무슨 말씀이신데요?"

미스 리는 떨리는 목소리로 겨우 말했다. 인수는 미스 리를 빤히 쳐다보면서 말을 이었다.

"내가 지면 이 돈을 전부 가져가시고, 아가씨가 지면 나를 사랑하겠다고 말하세요!"

드디어 인수는 사랑을 고백했다. 장씨는 상황을 알고 숨을 죽이고 있었다. 미스 리는 순간 얼굴을 붉히며 고개를 돌렸다.

인수가 다시 말했다.

"아가씨, 할 거예요, 안 할 거예요?"

미스 리는 얼굴을 바로 했다. 그러고는 천천히 말했다.
"안 할 거예요."
이 말은 청천 벽력과도 같았다. 여인의 당당한 기상이었다. 돈에 사랑을 팔지는 않으리라는…….
미스 리는 입을 꼭 다물고 다시 일어나려고 했다. 순간, 인수는 떨리는 목소리로 겨우 말을 꺼냈다.
"아가씨, 그럼 돈을 다시 가져가요. 나는 여자와 승부는 안 합니다."
이 말은 떨림으로 시작해서 당당하게 끝났다. 그러자 미스 리의 얼굴색이 변했다. 미소가 잠깐 보이는 듯한 것이다.
"좋아요, 다시 해 보지요. 나는 진 돈을 거저 가져가진 않아요. 아까 말한 대로 하세요."
"네? 그럽시다, 아저씨!"
인수는 미스 리를 잠깐 노려보는 듯하더니 장씨를 바라봤다. 장씨는 웃으며 상 앞으로 다가왔다.
"좋아, 좋지. 그럼, 시작하지!"
장씨는 흔들기 시작했다. 이와 동시에 영민이는 눈을 감고 심연을 헤매고 있었다.
소리가 멈추었다. 영민이는 손을 폈다. 인수는 재빨리 불렀다.
"짝수!"
장씨는 사발을 들어 치웠다. 숫자는 4―1―3, 짝수였다.
드디어 인수는 최후의 승리를 쟁취한 것이다. 미스 리는 고개를 돌리고 움직이지 않고 있었다. 인수의 얼굴은 약간씩 경련이 보였다. 너무나 긴장한 탓이리라.
그러나 목소리는 침착했다.
"아저씨! 내 돈 주세요, 저 아가씨 돈은 돌려주고. 그리고 아가씨, 나중에 연락하겠습니다."

인수는 자기 돈을 챙기고는 미스 리를 쳐다보지도 않고 일어났다. 미스 리는 여전히 고개를 숙인 채 말이 없었다. 이로써 미스 리도 인수의 마음을 받아들인 것일까?

아마도 그럴 것이다. 이제 사랑이라는 또 하나의 승부가 고개를 들고 있었다. 그 승부는 또 어떻게 될지 모른다. 인수는 행복한 가슴을 간직한 채 조용히 자리에서 일어났다.

산수山水 청년의 정체

　북촌 경암 선생은 가까이 논이 보이는 곳을 향해 서 있었다. 그러나 논을 바라보고 있는 것이 아니라, 마음 속으로 떠오르는 여러 가지 상념에 젖어 있는 중이었다.
　경암 선생의 바로 뒤쪽에서는 용산파 두목 강치복이 열심히 무술 동작을 펼치고 있었다. 계절은 이미 가을의 문턱에 들어서 있었다.
　'이렇게 여름도 지나가는 것인가?'
　경암 선생은 자기가 세 계절이나 허송한 것을 느끼고 있었다. 하기야 아무런 단서도 없이 사람을 찾는 것이 그리 쉬운 일은 아닐 것이다. 오로지 호 하나, 좌도라는 것만 가지고 이 넓은 세상 어디 가서 찾을 수 있을 것인가?
　지금 막연히 헤매고 있지만 좌도라는 호를 가진 사람이 찾아질 것 같지가 않았다. 설사 좌도라는 호를 가진 사람을 찾았다 해도 그가 찾고자 하는 그 사람인 줄 어떻게 알겠는가?
　경암 선생은 고개를 가로 저었다.
　'난감한 일이야!'

경암 선생의 마음은 편치 않았다. 오늘은 더구나 멀리서 귀인이 찾아오는 날이다. 이 사람은 일의 진척을 살피러 오는 것이다.

물론 경암 선생에게는 오늘 찾아오는 사람이 일하고 상관하지 않더라도 더 할 수 없이 반가운 사람이었다. 단지 일의 성과를 보여 줄 수 없는 것이 안타까웠다.

현재 경암 선생에게 그럴 듯하게 떠오르는 사람은 오로지 산수山水라는 청년뿐이다. 이름이 영민이라고 했던가?

이 청년은 모든 면에서 찾고자 하는 좌도라는 인물에 부합되었다. 무엇보다도 대금산 유언이 산수라는 청년을 향해 흘러왔다는 것이 심상치 않았다. 게다가 이 청년은 괘패八卦의 대가大家인 것 같았다.

그리고 오랜 세월 전에 살았던 일천一川 도사가 책을 민여사를 거쳐서 산수 청년에게 보냈다면 이는 보통 일이 아니다.

민여사는 지리산으로, 조성리로, 대금산으로 종횡 무진하고 있었다. 그런데 이 여자가 가장 중시하는 사람이 산수 청년이다. 이것은 무엇을 뜻하는가? 산수 청년은 필경 지리산 도인이 중시하는 인물일 것이다. 두 사람의 관계가 정확히 어떤 것인지 모르지만 민여사가 중계를 하고 있다. 이만하면 좌도가 아니고 누굴까?

문제는 이름이 산수라는 것이다. 만일 이 청년의 이름이 좌도라면 틀림없이 찾고자 하는 그 사람인 것이다. 설사 다른 곳에 좌도라는 이름을 가진 사람이 나타난다 하더라도 산수 청년처럼 부합되는 인물은 아닐 것이다.

경암 선생은 자기도 모르게 한숨이 나왔다.

'이름이 다르단 말이야!'

경암 선생은 이렇게 생각하면서 강치복을 돌아봤다. 강치복의 무술 동작은 상당히 향상되어 있었다. 경암 선생은 고개를 끄덕이며 잠깐 하늘을 바라봤다. 역에 나갈 시간이 가까워지고 있었다.

경암 선생이 조금 걸어 나오자 강치복은 동작을 멈추고 고개를 숙여 예의를 표했다. 오늘의 수련은 끝난 것이다.

두 사람은 나란히 걸었다. 경암 선생은 우측에서 걸으며 비스듬히 옆을 보고 걷고 있었다.

두 사람이 걷고 있는 우측에는 개울이 흐르고 있었는데, 마침 폭이 넓은 지역을 지나는 중이었다. 가운데는 자그마한 돌덩이가 있고, 물은 돌의 좌우를 맴돌며 흐르고 있었다.

돌은 금방이라도 물에 잠길 것같이 위태로워 보였다. 경암 선생은 이 돌을 바라보며 지나가다가 갑자기 걸음을 멈추었다.

"음? 저것은? 아니……"

경암 선생은 무엇인가 놀란 듯 보였다. 옆에 가던 강치복은 걸음을 멈추고 경암 선생의 기색을 살피고 있었다. 경암 선생은 계속해서 돌을 보고 있었다. 그러더니 고개를 갸우뚱하며 눈을 감았다. 무엇인가 깊은 생각에 잠긴 것이다. 강치복은 숨을 죽이고 기다렸다.

"그렇지, 바로 그거야!"

경암 선생은 갑자기 소리를 질렀다. 강치복은 여전히 영문을 몰라서 기색을 살피고 있는데, 경암 선생은 허공을 응시하고 있었다. 속으로 생각을 진행시키고 있는 것이다.

'산수山水라면 괘상卦象으로는 몽蒙∶☶☵이지, 이는 험난을 바라보며 멈춰 서 있는 상象이야. 바다에 있는 작은 섬도 마찬가지야. 마치 저기 위태로운 돌멩이하고도 같아. 뜻은 모두 산수몽山水蒙∶☶☵이야. 좌도, 바다에 앉아 있는 섬! 이는 갓 태어난 어린아이와 같아. 산 아래 험난한 물! 섬 아래 험난한 바다! 그래, 산수 청년이 바로 좌도야. 팔괘의 대가답게 이름을 잘도 지었군. 일부러 좌도를 감추려 했을까? 그렇다면 어리석

군. 산수가 좌도라는 것을 누가 모를까? 아니지, 나도 이제야 겨우 알았으니 …… 아무튼.'

경암 선생의 얼굴은 싸늘하게 굳어져 갔으며 눈은 날카롭게 변했다. 강치복은 살기가 엄습하는 것을 느꼈다.

"치복이, 할 일이 있네!"

경암 선생은 다시 얼굴색을 펴며 말했다.

"……"

"그 청년, 산수라는 호를 가진 청년 집이 어디라고 했지?"

"네, 화양리입니다."

"가족하고 함께 있나?"

"아닙니다, 하숙을 하고 있습니다."

"대금산을 자주 가던가?"

"아니오, 대금산에는 산수관이라고 써놓고 나선 안 가는 것 같았어요. 요즘은 감시도 안 하고 있습니다만."

강치복이 영민이에 대한 감시를 그만둔 지는 오래다. 좌도라는 이름이 나오지 않았기 때문에 맥이 빠져 있었던 것이다. 경암 선생의 질문에 강치복은 이 점이 잘못됐을까 하고 긴장했다.

그러나 경암 선생은 편안한 얼굴로 고개를 끄덕이고 있었다.

"그럴 테지. 아직 하숙집에 살고 있을까?"

"물론입니다. 감시를 그만두었어도 그리 오래 된 것은 아니거든요."

"그래? 다시 가서 있나 알아보게!"

"네, 가서 있으면 어떻게 할까요?"

"음? 글쎄, 보고만 와. 아니, 데려오게. 데려올 수 있겠나?"

"물론입니다."

강치복은 이 말을 하면서 미소를 지었다. 깡패가 하는 일이 무언가?

사람을 끌어내고, 폭행을 가하고 하는 것이 이들의 본업이 아니던가?

"알겠네, 즉시 시행하게!"

경암 선생은 강치복의 얼굴을 보지 않고 말하고는 급히 걷기 시작했다. 두 사람은 잠시 후 강치복의 본부인 주차장 사무실에 당도했다. 경암 선생은 사무실로 들어가지 않고 곧장 걷고 있었다.

"마중을 혼자 가시렵니까?"

"음, 자네는 그 일이나 착오 없도록 하게."

경암 선생은 걸음을 빨리해서 멀어져 갔다. 강치복은 그 뒷모습을 바라보며 미소를 짓더니 사무실에 들어갔다. 강치복으로서는 이제 경암 선생을 확실히 도울 수 있어 기뻤던 것이다.

기차는 용산역에 들어서고 있었다. 동존 유암 선생은 차창 밖을 바라보며 잠시 생각하고 있었다.

'이제야 다 온 것인가! 서울은 어떤 곳일까?'

유암 선생은 평생 처음으로 서울에 와보는 것이다. 어려서 입산하여 오십이 넘도록 거의 산에서만 지낸 유암 선생으로서는 서울이 생소하다 못 해 신기할 따름이었다.

그러나 유암 선생의 얼굴에는 놀라는 기색이 전혀 없었다. 어린아이 같은 눈으로 천천히 지나가는 건물을 바라볼 뿐이었다. 기차는 드디어 용산역에 도착했다. 사람들은 바삐 일어나서 문을 빠져 나가고 있었다.

유암 선생은 그대로 앉아 한동안 기다렸다. 이윽고 사람들이 다 빠져 나가자 유암 선생도 조용히 일어나서 기차 문을 내려 왔다. 그러자 바로 앞에 경암 선생이 보였다. 두 사람은 서로를 동시에 발견한 것이다. 무술의 달인達人들이라 주의력이 예민하기도 했다.

"사형, 먼 길에 고생은 안 하셨는지요?"

"아니, 눈을 감고 있었네."

"그렇습니까? 하하, 가시지요."

두 사람은 간단히 인사를 건네고 역구내를 빠져 나왔다.

"사형, 식사는요?"

경암이 다정하게 묻자 유암 선생은 말없이 등에 메고 있는 배낭을 가리켰다. 유암 선생이 배낭을 가리킨 뜻은 두 사람만이 아는 것이지만, 배낭 속에는 생곡식을 갈아 만든 도인들의 식량이 있었다. 이들은 아무 곳에서나 물과 함께 이것을 입에 넣으면 된다.

두 사람은 굴다리를 지나 주차장 쪽으로 걷고 있었다.

"사형, 서울은 아주 좁아요. 갈 곳이 없지요!"

"음, 그런 것 같군."

"오래 있을 곳이 못 됩니다. 저도 일을 마치는 대로 다시 산으로 가야지요."

"고생이 많군. 일은 진전이 있나?"

"글쎄요, 제 방으로 가시지요. 거의 다 왔습니다."

두 사람은 말없이 걸어서 잠시 후 경암 선생의 방에 도착했다.

"들어오십시오, 여긴 제법 조용합니다."

유암 선생은 경암을 따라 방으로 들어갔다. 방은 여전히 텅 비어 있었고, 그리 넓지 않아서 여느 사람이라면 답답함을 느낄 것이다.

그러나 이들 도인은 내면의 세계를 넓히는 공부를 하기 때문에 이보다 더 좁은 동굴 속이라 해도 답답함을 느끼지 않는다.

두 사람은 편안히 마주 앉았다.

"사제, 중요한 일이 있어서 왔네."

"……."

"얼마 전 스승님을 뵈었어."

"네? 스승님을요? 안녕하시던가요?"

경암은 놀라며 안부를 물었다. 유암 선생은 고개를 끄덕이고는 서두를 꺼냈다.

"스승께서는 많은 말씀이 계셨네, 좌도에 관하여. 좌도는 항처에서 태어났어. 보성 지방에 그런 곳이 있다네. 지금은 서울로 옮겨서 살고 있네만."

경암은 좌도라는 얘기에도 놀라지 않았다. 조금 전 자기도 좌도를 찾았기 때문이다. 과연 사형이 말하는 좌도가 산수 청년인지는 궁금했지만 동일 인물일 것이라 확신하고 있었다. 그러나 미리 말하지는 않았다. 어차피 잠시 후에는 판명이 날 것이다.

유암 선생의 말이 이어졌다.

"좌도를 찾는 것은 이제 시간 문제야. 단지, 나는 자네가 걱정되어서 왔네."

"네? 제가 걱정이라니오?"

"음, 좌도 말일세, 그 사람은 지금 26세의 청년이야. 가족도 없이 불쌍한 사람이지. 그렇지만 그것은 인간적 입장에서 바라본 거야. 대국적大局的 입장에서 보면 좌도는 반드시 죽여야만 될 사람이지. 자네가 할 수 있겠나?"

"네? 하하, 사형! 무슨 말씀인가요?"

경암은 어처구니없다는 듯이 웃으며 물었다.

"사제, 웃을 일이 아니야! 자넨 인정이 너무 많아. 스승께서도 그 점을 걱정했다네. 그래서 내가 다시 얘기하네만—"

"……"

"좌도는 말하자면 태풍의 눈이야, 그 자는 하늘의 운행을 바꾸려는 자야. 그 계획에 가담한 자는 많아. 이 일은 수천 년 전부터 꾸며진 것이래. 말하자면 생사를 거듭하면서 말이지. 좌도는 이번 생의 이름이 아니야. 이번 생의 이름은 영민이라고 하지. 호는 무엇인지 몰라."

"사형, 잠깐만요."

경암은 유암의 말을 막았다. 시간을 절약하기 위해서였다.

"영민이의 호는 산수라고 합니다. 지금 데리러 갔지요!"

"음? 지금 데리러 갔다고?"

유암 선생은 적이 놀란 표정이었다.

"네, 조금 있으면 기별이 있을 겁니다."

경암은 유암 선생을 빤히 보며 말했다.

"허, 대단하군, 호가 산수라고? 한문이 어떻게 되나?"

"뫼 산에 물 수입니다."

"그래? 산수라…… 음? 그럼, 몽蒙이잖아! 어, 좌도하고 뜻이 같구먼."

유암 선생은 빈틈이 없었다. 산수라는 말을 듣고 당장에 좌도를 유추해 낸다. 경암은 웃었다. 자신은 그 얼마나 생각해서 알아낸 것인가!

"하하, 사형 말씀이 맞습니다. 산수가 좌도이지요. 전생의 이름이 좌도였나 보지요?"

"그렇다네. 그러나 이번 생이 가장 중요하다는군."

"네? 무슨 뜻인지요?"

"음, 스승의 말씀에 의하면 그 자는 수없는 생을 거듭하며 공부를 해 왔어. 거의 완성 단계에 와 있다네, 그 자가 공부를 마치면 하늘도 감당 못 할 신선이 된다는구먼. 그렇게 되면 그 자가 하늘에 대항해서 많은 물의를 일으키는 거지. 인간 세계를 마음대로 고치려고 한다는 뜻이지!"

"네? 어떻게 고치는데요?"

"글쎄, 그것은 관심 두지 말게. 스승께서도 그렇게 말씀하셨네. 단지 그 자는 하늘의 계획을 반대하는 무리 중 우두머리라고만 알아 두게. 그 자의 스승이 하던 일을 이어받는 거지. 우리는 인간의 일만 알면 그만이야, 복잡하게 생각할 필요가 없어. 우리는 그저 스승님의 지시에 따라 그 자만 제거하면 되는 거야, 하늘의 안녕을 위해서."

유암 선생의 말은 깊은 설명을 피하고 있었다. 경암도 어렵게 생각하고 싶지 않았다. 스승의 가르침에 따르면 그만이었다.

"네, 알겠습니다. 그 자만 제거하면 되는군요."

"물론이지, 그런데 그게 쉽지가 않아."

"네?"

"이유가 있어. 스승의 말씀에 의하면 일이 빗나가기 쉽네. 그 자의 스승이 오랜 세월 전부터 운명을 조작해 놓았기 때문이지. 그 자의 스승은 하늘의 명도 마음대로 바꿀 수 있는 힘이 있다는 거야. 그래서 우리도 방법을 달리해야 돼. 잘 들어 두게! 우리는 좌도를 죽이는 게 임무야. 그런데 저쪽에서는 좌도를 보호하는 자들이 있어. 당연하겠지. 말하자면 우리의 일을 방해하려는 자들이겠지! 그 자들이 문제야. 스승의 말씀에 의하면 좌도를 보호하는 무리들도 이미 하늘의 계획을 바꾸는 일에 가담하고 있는 자들이라는군. 그래서 스승께서는 새로운 지시를 내리셨어."

경암은 긴장했다. 스승의 새로운 지시라니?

유암 선생은 경암을 흘끗 보고는 말을 이었다.

"방해자는 죽이라고!"

"네? 좌도 외에 다른 사람들도요?"

"그렇다네, 자네가 놀랄 줄 알았어. 하지만 뜻은 마찬가지야. 우리가 언제 좌도와 원수 진 일 있나? 단지 그 자는 자연의 흐름을 반대하는 자로서 스승님이 제거하라는 가르침 때문에 우리가 나선 것이 아닌가? 몇 사람 추가하는 것뿐이야. 그래 봤자, 두세 사람 되겠지만."

유암 선생은 여기까지 말하고 경암의 기색을 살폈다. 유암 선생은 경암이 인정이 지나친 점을 우려하는 것이다. 경암은 무엇인가 잠깐 생각하더니 이내 대답했다.

"알겠습니다, 다른 사항은요?"

"그것뿐이야, 우리는 좌도의 운명을 공격하기 위해 그 자를 돕는 무리를 먼저 제거해도 되는 거야. 우리 쪽에도 이미 희생자가 있었네."

"네? 희생자라니오?"

경암은 놀라서 물었다.

"영암이 다쳤네, 무공이 폐지됐어. 그토록 열심히 수련했는데······."

유암 선생은 서글픈 표정을 지었다.

"어떻게 된 거예요?"

경암은 더욱 놀랐다.

"지리산에서 당했어, 좌명 도인에게······ 좌명은 좌도를 보호하는 책임자 격이지, 실력이 대단해."

"그런가요, 영암 사형이 안됐군요."

"그래, 운명이라고 생각해야겠지. 그건 그렇고, 좌도를 데려오면 어떻게 하려나?"

"네? 하하, 사형, 제가 그렇게 걱정되나요?"

"그렇다네, 좌도는 26세의 약한 청년일세."

유암 선생은 쓸쓸히 웃으며 말했다.

"상관 없습니다. 말 한 마디 없이 당장에 없애겠습니다. 사실, 사형께서 마침 오시지 않았으면 제가 직접 갔을 것입니다. 이쪽으로 데려올 필요도 없이."

"알겠네, 데리러 갔다니 기다려 보세, 일이 뜻밖에 잘 풀려 가는 것 같구먼."

유암 선생은 심각한 표정으로 고개를 끄덕였다. 그러자 경암은 일어서며 말했다.

"사형, 좀 쉬고 계십시오, 저는 나가 봐야겠습니다."

경암 선생은 사형을 방에 앉혀 놓고 사무실로 찾아갔다. 지금쯤 무슨 연락이 왔을지도 모른다. 유암 선생은 사제인 경암을 보낸 후 방 안을 잠시 둘러봤다. 그러나 방 안에는 이렇다 할 장식품이나 물건 따위는 아무것도 없었다. 당연한 일이다. 서울에 사는 도인이라고 해서 특별한 무엇이 있을 턱이 없다.

이런 일에 있어서는 오히려 산에 사는 도인이 풍족할지도 모른다. 서울이란 곳은 속인이 살기에 좋은 곳이지, 결코 도인이 거주할 곳은 아닌 것이다.

'성품은 여전하군. 공기도 나쁘고 고생이 많겠어!'

유암 선생은 이런 생각을 하며 고개를 가로 저었다. 그러고는 무료함을 달래기 위해 조용히 명상에 들었다. 명상이란 만물이 향하는 저 깊은 아래에 마음을 가라앉히는 것이다.

이곳은 비록 죽어 있는 땅이지만 큰 생이 일어나고 만물의 이치가 일어나는 곳이다. 이곳은 고독하지 않으며 천하에 통하지 않는 곳이 없다.

유암 선생은 이 세계로부터 완전히 떠나 현진玄眞의 동굴로 한없이 내려가고 있었다. 이것은 마침내 만물에 통하여 둥글게 세계와 합치는 것이다. 지금 유암 선생의 마음 속에는 시간도 공간도 없었다. 그저 한가하게 허원虛原에 소요하는 것이다.

시간은 외부에만 흐르고 있었다. 얼마나 시간이 지났을까. 소란한 진동이 일고 유암 선생은 명상에서 깨어났다. 경암은 조용히 소리 없이 오고 있었다. 그러나 유암 선생은 이를 마치 거대한 벽력처럼 듣고 있었다.

"사형!"

경암은 문 앞에 와서 가만히 불렀다.

"들어오게!"

유암 선생의 말과 함께 들어선 경암의 얼굴은 낙심하는 표정이었다.

"일이 잘 안 되었나 보군."

"네, 좌도는 집을 나가서 아직 들어오지 않고 있답니다."

"그래? 들어올까?"

"글쎄요, 하숙집 주인 말로는 행장行裝을 차리고 나갔다고 합니다. 알고서 피했는지도 모르겠습니다."

"그럴 테지, 운수가 나빠!"

"네? 무슨 말씀이신지요?"

"음, 그 자가 알고 피했던 모르고 피했던 간에 결국 좌도를 만나지 못했지 않은가!"

유암 선생은 경암을 의미 있는 눈으로 쳐다봤다.

"그야 그렇지만……"

경암은 무슨 뜻인지 잘 몰랐다.

"쉽지가 않아! 이것이 바로 그 자의 스승이 만들어 놓은 운수가 아닐까?"

"네? 그렇다면 그 자를 잡지 못한다는 뜻인가요?"

"아닐세, 이제부터는 아니야. 스승님께서는 그 점을 연구해 보셨다고 했네. 매사를 쉽게 생각하지 말고 철저히 하라고 하셨어. 운명이란 사람이 아는 순간부터는 운명이 아니야. 폭넓게 행동하게!"

"명심하겠습니다. 사형께서는 앞으로 어떻게 하시겠습니까?"

"음, 나는 다시 내려가 봐야 할 걸세. 좌도는 지리산이나 조성리에 나타날 수도 있어. 그리고 여암을 도와야 하지 않겠나? 자네는 내가 믿네만 여암은 약한 것 같아."

유암 선생의 말은 목포에 있는 여암이 약하기 때문에 그곳을 돕겠다는 것이다. 그 외에도 좌도는 조성리나 지리산에 나타날 수도 있으니 그곳을 살피는 것은 당연하다.

경암은 천천히 고개를 끄덕이고는 다시 말했다.

"여암 사형께서는 어떻게 지내는지요?"

"영암의 일로 상심이 많다네. 함께 지리산에 갔는데도 구해 주지 못했다는 것이……."

"좌명이 그렇게 센가요?"

경암은 눈을 지그시 뜨면서 물었다.

"음, 대단한가 봐. 한순간에 영암을 공격해서 끝장을 냈지! 여암은 겨우 피했다더군."

"그런가요? 그렇다면 여암 사형은 어떻게 산을 내려올 수 있었습니까?"

"좌명이 보내 줬다는구먼. 그것 때문에도 여암은 더 괴로워해. 말하자면 죽을 것을 살려 준 빚을 진 셈이지."

"……."

경암은 눈을 가늘게 뜨고 무엇인가 생각에 잠겼다. 어쩌면 좌명의 실력을 가늠하고 있는지도 몰랐다.

"사제, 무엇을 그리 생각하나?"

"아, 네 그냥 좀……."

"잊어버리게, 때가 되면 알 수 있겠지. 그보다도 자넨 어떻게 할 건가?"

"저는 좌도의 집을 계속 감시하겠습니다. 그리고 내일 날이 밝는 대로 대금산에 가보겠습니다."

"대금산?"

"네, 대금산에 산수관이라는 산장이 있습니다. 좌도가 붙여 놨습니다. 좌도는 장차 그곳으로 이주할 것 같습니다."

"허, 그런가? 그렇다면 일이 수월하겠지!"

"네, 저는 화양리와 대금산을 수시로 다녀 보겠습니다. 그건 그렇고, 사형, 강변 구경이나 하시지요. 그곳에 조용한 술자리를 봐놨습니다."

"음? 술? 하하, 그게 좋겠군!"

도인들은 누구나 술을 좋아하는가 보다. 유암 선생의 얼굴이 당장에 환해졌다.

"가시지요."

이렇게 되어 두 도인은 강변 구경을 나갔거니와, 다음날 유암 선생은 서울을 떠났다.

흔들리는 운명

　유암 선생이 떠나간 직후 경암 선생과 강치복은 각각 대금산과 화양리를 줄곧 감시했건만, 사흘이 지나도록 영민이의 모습은 보이지 않았다.
　영민이는 도대체 어디로 사라진 것일까? 주변의 위험을 감지하고 영원히 떠나간 것일까?
　세월은 이로부터 열흘이나 더 지났다. 아직은 가을이 완연하지 않지만, 아침저녁으로는 가을 기운을 느낄 수 있었다. 무더위가 사라진 지는 벌써 오래였다.
　그 동안 인수나 학선생 등도 몇 차례 전화를 걸었으나 영민이의 행방은 알 수 없었다.
　영민이가 이토록 행선지를 밝히지 않고 나가서 보름씩이나 안 돌아오는 경우는 이번이 처음이었다. 하숙집 아줌마는 의외에도 영민이를 찾아오는 사람이 너무 많다고 생각했다.
　'왜 이렇게 찾아오는 사람이 많을까? 죄를 짓고 피신해 있는 것은 아닐까?'
　하숙집 아줌마는 잠깐 이런 생각도 들었지만 착한 영민 학생이 그럴 리는 없다고 생각했다. 오히려 영민이를 여러 차례나 찾아다니는 사람이 나쁜 사람들처럼 보였다.

하숙집 아줌마는 영민이가 돌아오더라도 저들에게 알려 주지 말고 영민이에게 먼저 물어 봐야겠다고 생각했다.

'영민 학생은 어디에 가 있을까?'

하숙집 아줌마는 영민 학생이 누나라는 사람과 여행을 떠난 것으로 생각했다. 왜냐 하면 벌써 여러 차례 전화가 왔어야 하는데 오지 않고 있었기 때문이다.

그러나 영민이는 하숙집 아줌마가 생각한 것처럼 민여사와 여행 중인 것은 아니었다. 단지 영민이는 민여사에게만은 자기의 행선지를 알리고 있었다.

영민이는 적으로부터 피신해 있는 것인가? 그렇지는 않다. 오히려 영민이는 엉뚱하게도 경치 좋은 곳에 가서 잘 쉬고 있었다. 영민이가 지금 가 있는 곳은 등해 바닷가의 낙산사였다.

화양리 하숙집에 위험이 도래해 있는지는 까마득하게 모르고 있었다.

완전히 우연이었다. 영민이는 갑자기 박노인의 초청에 응해서 낙산사에 와 있었던 것이다.

처음 일정은 며칠 정도로 생각했는데 와서 보니 썩 마음에 들어 여러 날을 머무르고 있었다. 박노인은 몇 년에 한 번씩 이 근처에 와서 한 달씩 휴가를 보냈는데, 영민이는 여기에 따라온 것이다.

낙산사의 경치는 참으로 멋졌다. 기묘한 바위들, 소나무와 절벽, 그리고 시원하게 트인 망망한 바다, 자주 불어오는 바람, 모든 것이 좋았다.

영민이는 매일 바닷가에 나가서 생각했다. 만물은 바다처럼 하나에 귀결한다고······.

저 바다는 얼마나 광대한가.

영민이는 현실의 바다에서 만물의 바다를 느끼고 있었다. 그리고 바닷가에 연한 수많은 바위들에서 만물의 다양성을 느꼈다.

영민이가 더욱 좋아하는 것은 바람이다. 그 중에서도 특히 바다에서 오는 바람을 좋아했다. 저 먼 바다에서 오는 바람은 만물의 근원에서 일어나는 생명의 원기와도 같다.

이 바람은 뼛속까지 파고들어 잠자는 기운을 일깨우는 것이다. 절벽에서 바라보는 저 심연은 또 어떠한가? 육지의 절벽은 바닷속으로 깊게 파고들고 있었다. 바다와 육지를 연결하는 맥이다. 바닷속에도 산이 있다. 바닷물은 그 산 위에 있는 것이다. 산의 아래에는 깊은 대지가 있다.

위에서부터 생각하면 바다, 즉 큰 연못, 그리고 물·산·땅이 있다. 이는 마치 천지 만물의 순서를 본뜬 것처럼 보인다. 금판에 새겨진 팔괘도의 순서도 이와 같다.

영민이는 세월 가는 줄 모르고 바닷가에 나가서 지냈다. 그러나 하루는 깨어나 보니 문득 이전의 세계가 보고 싶어졌다. 그래서 서울로 돌아왔다.

박노인은 웃으면서 다시 오라고 했다. 자기는 바다의 기운을 더 흡수할 것이라고. 그리고 보니 박노인의 성격은 바다를 닮은 것 같았다. 그렇다면 영민이의 성격은 무엇을 닮은 것일까?

영민이는 자신의 성격을 혼돈이라고 규정하고 있었다. 혼돈은 팔괘로 보면 감坎∶☵, 즉 물이다. 물은 담길 곳이 없으면 더욱 혼란스러워진다.

그리고 내면의 구조를 보면 암흑에 빠져 있는 밝은 기운이다.

이것이 과연 영민이의 마음일까?

영민이는 버스를 타고 서울로 돌아왔다. 오는 도중에 깊이 잠들어 있다가 차장이 깨우는 바람에 일어났다. 버스에서 내리고 보니 밤이었다. 영민이는 잠이 들 깬 상태에서 택시를 잡아탔다.

"화양리요!"

"……."

"다 왔습니다, 손님!"

영민이는 택시 안에서 또 잠이 들어 있다가 급히 깨어났다.

차에서 내리니 바로 골목길이 보였다. 오랜만에 오는 길이었다. 하숙집은 이 길을 따라 조금 걸으면 된다. 골목길의 가겟집들은 대부분 문을 닫았다.

영민이는 이를 개의치 않고 걷고 있었다. 어느 새 골목길은 더 좁아들고 좌측으로 꺾여 올라갔다. 가로등이 있었으나 조금은 어두웠다. 그러나 익숙한 길이고, 게다가 영민이는 어둠을 무서워하지 않는다.

하숙집 대문은 닫혀 있었다. 그러나 잠가 두지는 않으니까 밀면 열릴 것이다.

'하숙집 아줌마는 잠들어 있겠지.'

영민이가 이런 생각을 하며 문을 밀려는데, 누가 뒤에서 잡았다. 두 명이었다.

"어!"

"영민씨인가요?"

밝지 못한 목소리였다. 영민이는 그 순간 불길한 기분을 느끼면서 가슴이 철렁했다.

'위험이 다가온 것이다. 적들이 나타난 것이야.'

영민이는 이런 생각이 들었지만 어떻게 해야 좋을지 방법을 몰랐다.

"그런데요, 누구시죠?"

"우리랑 같이 갑시다, 여긴 위험합니다."

"네? 어디로요?"

영민이는 대문 쪽을 바라봤다 이들을 뿌리치고 뛰어들고 싶은 심정이었다. 그러나 이들 하나는 문을 막아 섰고 또 하나는 영민이의 팔목을 잡아당겼다. 이 순간이었다.

어둠 속에서 누가 나타났다. 이번엔 세 명이었다. 나타난 세 명은 다짜고짜 먼저 나타난 두 명을 향해 주먹과 발길질을 내질렀다.

뻑 퍽―.

"으윽―."

두 사람은 맥없이 쓰러졌다. 그러자 세 명이 영민이를 에워싸며 말했다.

"저놈은 나쁜 놈이에요, 우리랑 갑시다."

이들의 목소리도 험상궂긴 마찬가지였다.

'도대체 뭐야? 먼저 두 사람은 누구고, 지금 세 명은 또 누구야? 한편이 적이라면 한편은 아닐 텐데, 누가 누구지?'

영민이가 어쩔 줄을 모르는데 두 명이 양쪽 팔을 움켜쥐었다.

"갑시다!"

영민이는 소리 지를 새도 없이 끌려 내려가고 있었다. 그러나 괴상한 일이 또 일어났다. 이번에도 사람이 나타난 것이다. 한 사람이었다.

그런데 이 사람은 어느 새 다가왔는지 벌써 주먹을 날리고 있었다. 이어 차고 당겼는데, 순식간에 세 사람이 나가자빠졌다. 그 중에 하나는 전봇대에 심하게 부딪혔다.

뻑―.

퍽―.

꽈당―.

"갑시다, 위험해요."

나중에 나타난 한 명도 비슷한 말을 했다. 이 사람은 영민이의 손을 잡고 내려가는 것이 아니라 골목 위쪽으로 달리고 있었다. 영민이는 얼떨결에 끌려가고 있었다. 이 사람은 힘이 무척 센 것 같았다. 영민이가 일부러 버티고 있는데도 쉽게 끌고 가는 것이다.

"빨리 갑시다, 나는 조성리에서 왔어요!"

"네? 조성리요?"

"그래요, 지리산이라고 해도 되고…… 아무튼 위험하니 뜁시다."

영민이는 순간적으로 깨달았다. 이 사람은 적이 아니라 구해 주러 온 사람이다.

'위험하다고? 그렇지, 우선은 뛰어야 한다.'

영민이는 이 사람의 손을 잡고 힘껏 달렸다. 두 사람이 뜻을 합치니 속도는 빨라졌다. 두 사람은 쉬지 않고 한참이나 달렸다. 그러고는 마침 오는 택시를 잡았다.

택시가 오지 않았으면 계속 달리고 있었을 것이다. 무엇이 이다지도 급하고 위험한 것일까?

"숭인동요!"

영민이는 차 안에서 숨을 헐떡이고 있었다.

그런데 이 직후 하숙집 앞에는 또 한 사람이 나타났다. 이 사람은 주위를 두리번거렸는데, 그때 쓰러져 있던 세 명이 나타났다.

"형님!"

"응? 어떻게 됐어?"

"도망갔어요, 누군가 나타나서 빼앗아 갔어요."

"뭐? 이런 바보 같은 놈들!"

강치복은 화가 나서 부하들을 노려봤지만 이미 물건은 빠져 나갔으니 어쩔 수 없었다. 잠시 후 누군가 또 나타났다.

"어? 선생님, 웬일이신가요?"

강치복은 뜻밖에 나타난 경암 선생을 보고 크게 놀라고 있었다.

흔들리는 운명 / 277

"좌도는?"

경암 선생은 냉엄하게 물었다.

"……."

강치복은 잠시 할 말을 잊었다. 그러나 경암 선생은 더 묻지 않았다. 물어 보나마나였던 것이다.

"한 발 늦었군, 육감이 이상해서 와봤더니!"

경암 선생은 한스럽게 혼잣말을 내뱉었다. 강치복이 어쩔 줄을 모르고 서 있는데 경암 선생은 말없이 내려갔다. 강치복과 그 부하들도 조금 거리를 두고 뒤따를 수밖에 없었다.

이보다 앞서 택시를 탄 영민이는 어느 새 동대문을 지나고 있었다. 차가 동대문을 지나자 그 동안 옆에서 말없이 앉아 있던 사람이 말을 건넸다.

"이젠 됐어요, 나는 박일준이라는 사람이오."

영민이로서는 처음 듣는 이름이었다. 아무튼 좋은 사람임에 틀림없었다.

"네, 저는 전영민입니다."

영민이는 안도감을 느끼면서 이름을 밝혔다.

차는 어느덧 숭인동에 정차, 두 사람은 차에서 내려 어둠 속으로 급히 사라졌다.

다음날 아침 영민이가 깨어난 곳은 숭인동 골목에 있는 어느 허름한 여관방이었다.

똑똑—.

노크 소리는 영민이가 깨어나서 한참 만에 있었다. 문을 열어 주니 박일준의 밝은 얼굴이 보였다. 박일준은 날카롭게 생긴 얼굴에 당당한 체격이었다. 영민이가 얼핏 느끼기에는 야생의 기운이 흠뻑 젖어 있었다.

"잘 잤습니까? 식사하러 갑시다."

박일준은 시원한 목소리로 말했다. 시간은 좀 늦은 편이었다. 영민이는 미리 준비하고 있었기 때문에 즉시 나설 수 있었다.

박일준이 식사를 하자고 안내한 곳은 가까운 중국집. 두 사람은 이층 방으로 올라갔다. 이곳은 박일준이 단골로 다니던 곳이라 했다. 음식은 미리 주문해 둔 모양이었다.

박일준은 방에 들어서자 영민이를 자리에 앉히고는 천천히 말을 꺼냈다. 지난 밤에는 얘기할 새가 없었다.

"좌도 선생이 맞습니까?"

박일준의 첫 질문은 형식적인 것 같았다. 그러나 영민이는 가볍게 놀랐다. 좌도라는 이름은 웬지 꺼려지기 때문이었다.

"네? 나는 영민입니다."

"하하, 이름은 알고 있어요. 선생의 호를 묻는 겁니다. 나는 선생을 보호하러 왔어요. 단순히 확인하려는 겁니다."

박일준의 음성은 힘이 넘치고 믿음성이 있어 보였다. 영민이는 고개를 끄덕이며 대답했다.

"하지만, 입 밖에 내고 싶지 않습니다!"

"그래요? 알겠습니다. 본인의 위험은 알고 있습니까?"

"네."

"그럼 됐어요, 나하고 오늘 지리산으로 갑시다."

박일준은 어린아이를 달래듯 말했다. 그러나 영민이가 반대하고 나섰다.

"지리산은 안 돼요!"

"네? 무슨 말이지요?"

"지리산은 위험하단 말입니다!"

영민이의 음성은 단호하게 들렸다. 박일준은 의아스러운 표정을 지었다.

"왜 위험하다고 하는지요? 그곳에는 두 분 스승님이 계신데……."

"이유는 몰라요, 느낌이 그래요."

"하하, 단순히 느낌입니까?"

"네, 그렇지만 단순하진 않을 거예요."

영민이의 목소리는 작았다. 그러나 웬지 거역할 수 없는 힘이 서려 있었다. 박일준은 웃음기를 싹 지우고 심각하게 말했다.

"난감한데요, 스승께서는 선생을 지리산으로 데려오라고 했어요."

"그래도 지리산은 안 돼요!"

"네? 그럼 어떡하지요?"

"가서 말씀드리세요, 그곳은 위험한 느낌이 들어서 안 간다고……."

"그래도 어떡합니까? 스승께서는 그곳으로 정했는데……."

박일준은 영민이의 말에 묘한 신뢰감을 느끼면서도 선뜻 수긍하지 못하고 있었다. 스승으로부터 받은 명령을 지켜야 할 입장이기 때문이었다.

그러나 영민이의 생각은 변함이 없었다.

"나는 안 간다면 안 갑니다."

영민이는 조용히 말했다. 그러나 그 힘은 엄청나게 느껴졌다. 여기서 박일준은 생각했다.

'영민이를 설득할 수는 없다. 그렇다면 어떻게 해야 할 것인가? 방법은 하나뿐이다. 억지로 끌고 가는 것!'

박일준은 스승의 명령을 생각해 왔다.

'―어떠한 일이 있어도 데려와야 하네!'

박일준은 잠시 웃음을 지으며 고개를 가로 저었다.

'쉬운 일은 아니야. 하긴, 기절시켜서 차로 지리산 입구까지 나르면 되겠지. 묶어서 데려가도 되고. 그런데 이 친구 대단하단 말이야!'

박일준이 여기까지 생각하고 있는데 영민이가 막았다. 영민이는 마치 박일준의 생각을 꿰뚫어 보고 있는 것 같았다.

"강제로는 안 돼요! 나는 이미 선언했어요, 지리산엔 안 간다고. 그래도 나를 데려간다면 나는 반드시 죽을 겁니다."

박일준은 다시 생각해 봤다.

'그럴 것이다. 저 친구를 강제로 데려갈 수는 없어. 그런데 저 힘은 어디서 나오는 것일까?'

박일준은 영민이를 설득도 할 수 없고, 강제로 데려갈 수도 없다고 생각했다. 그렇다면 스승의 명을 어찌할 것이냐? 박일준의 마음에는 스승의 말이 또다시 떠올랐다.

'―어떠한 일이 있어도 데려와야 하네.'

박일준은 고개를 저었다. 진퇴 양난인 것이다. 그러나 이때 영민이가 또 한 번 박일준의 마음을 꿰뚫는 말을 했다.

"스승님의 명령 때문에 고심하는군요. 걱정할 필요 없어요. 스승님의 명령이 데려오라는 것이 먼저인가요? 나를 살리라는 것이 먼저인가요?"

"네?"

박일준은 스승이 한 말을 생각해 봤다.

'―그 사람을 죽게 해서는 안 돼! 자네가 죽는 한이 있어도.'

박일준은 웃었다. 스승은 두 가지 명령을 한 것이다. 부득이 한 가지 명령만을 수행해야 한다면 살리는 것이 당연히 먼저다. 데려가는 것은 삶을 전제로 하는 것이다.

박일준은 속으로 결론을 내렸다.

"좋습니다, 그럼 어떻게 할 겁니까?"

"네? 글쎄요, 아니 조성리까지는 갈 겁니다. 스승께 말씀드려서 조성리에서 만나자고 하세요."

"조성리요? 그곳은 괜찮습니까?"

"아직 모르겠어요. 나는 내 운을 개척하고 있는 중입니다. 이것은 당신의 스승도 도와줄 수 없는 일이에요. 내 스스로의 판단이지요. 나는 왠지 모르지만 지리산에 갈 때가 안 되었다고 봅니다. 때가 아닌 때 움직이면 위험합니다. 특히 지리산은 그럴 것이라는 느낌이 듭니다. 조성리는 괜찮을 거라는 생각이 드는군요."

영민이의 음성은 차분했다. 그러나 거기에는 신비한 여운이 담겨 있었다. 박일준은 더 이상 의논할 필요가 없다고 생각했다.

"네, 좋습니다. 조성리에서 만나기로 하지요. 식사나 합시다."

박일준이 다정한 미소를 지으며 음식을 재촉하려는데 밖에서 먼저 부르는 소리가 들렸다.

"형님!"

문을 열어 보니 두 명의 청년이 서 있었다.

"너희들이구나, 들어와!"

두 청년은 성큼 들어섰다.

"어! 이 사람들은?"

영민이는 약간 놀랐는데 박일준이 나섰다.

"내 동생들이에요, 어제 선생을 구하려 했는데 그만……."

박일준은 영민이를 보고 미소를 짓더니, 다시 동생들을 보며 말했다.

"야, 인사 드려라! 이분은 도사님이야, 귀한 분이지!"

"아, 네 안녕하십니까?"

영민이도 미소를 지으며 고개를 숙여 보였다. 그러자 박일준이 다시 말했다.

"너희들 어제 잘했어. 그나마 시간을 끌어 주어서 때맞춰 내가 갈 수 있었지."

"죄송합니다, 실력이 변변치 못해서."

두 청년은 몹시 민망해했다. 어젯밤 용산파 아이들한테 일격에 당했기 때문이었다. 영민이는 어젯밤 일이 떠올랐다. 이들이 구해 주지 않았으면 필경 살아남지 못했으리라!

아울러 박일준을 보내 준 지리산의 좌명 도인이 매우 고마웠다. 영민이는 자신의 처지를 잠깐 돌아왔다.

'적도 있고, 도와주는 사람도 있구나. 앞으로의 운명은 무엇일까?'

영민이가 이런 생각을 하며 조용히 있는데, 밖에서 큰 소리가 들렸다.

"식사를 가져왔는데요!"

"음, 들어와, 4인분이지?"

박일준이 재빨리 문을 열어 주었다. 음식은 중국 음식이 아니라 그냥 가정식 백반으로 골고루 잘 차려져 있었다.

"자, 드시지요."

네 사람은 가족적 분위기에서 아침 식사를 마쳤다. 잠시 짬을 두고 박일준이 말했다.

"나는 오늘 중으로 떠나야겠습니다, 스승님이 기다리실 테니. 그런데 선생은 언제 오시겠습니까?"

"글쎄요, 추석 전후가 될 것 같은데……."

"좋습니다, 그렇게 전하지요. 조심해야 합니다, 하숙집에 가면 안 돼요! 아시겠지요?"

박일준은 걱정된다는 듯이 말했다.

"네, 조성리까지는 갈 겁니다."

영민이의 대답은 여운이 있었다.

"네? 무슨 말씀인지?"

"아니, 뭐 그 다음 일을 잘 몰라서…… 괜찮겠지요, 글쎄……."

영민이는 말을 더듬었다. 박일준은 그 모습을 잠깐 보더니 말했다. 그 목소리에서 시원한 성격을 느낄 수 있었다.

"다음 일은 조성리에 가서 생각하세요. 제발 거기까지만 사고 없이 오세요. 나는 혼자 왔다고 스승님한테 야단맞을 겁니다."

박일준은 스승의 지시를 어겨 마음이 불편한가 보았다.

영민이는 속으로 고마움을 느끼면서 일어났다.

"그럼, 나는 가볼래요. 조성리에서 보기로 하지요."

"네, 저, 그런데 가만 있자……."

박일준은 망설이면서 잠깐 생각하더니 말을 이었다.

"무슨 일 있으면 애들한테 연락하세요. 힘닿는 데까지 도와줄 겁니다. 그리고 선생의 연락처는?"

"글쎄요, 전화는 누나네 집으로 해 주세요."

영민이는 민여사의 전화 번호를 적어 주고, 박일준의 동생들 전화 번호를 받았다.

"자, 그럼 나갑시다."

박일준은 앞장 서 내려갔다. 중국집 밖으로 나온 박일준은 택시를 잡아 주었다.

"어디로 가실 거죠?"

"네, 미아리로 갈 겁니다. 안녕히 가세요."

영민이는 차 안에서 인사를 하고 미아리로 향했다. 미아리에는 학선생이 있다. 영민이는 어젯밤 일이 아니었더라도 오늘은 학선생을 만날 예정이었다.

택시는 다소 늦게 미아리에 도착했다. 영민이는 길을 건너 점쟁이 골목으로 들어섰다. 크고 작은 간판들이 여전히 줄지어 서 있었다. 언제 봐도 재미있는 정경이었다.

영민이는 걸으며 잠깐 생각에 잠겼다.

'이곳에 다시 올 수 있을까?'

문득 이런 생각이 들었다. 영민이는 지금 중대한 운명의 문턱에 와 있다는 느낌을 갖고 있는 것이다.

학선생 집에 당도했다. 안을 살펴보니 누가 있는 것 같았다. 영민이는 밖에서 기다렸다. 그러자 얼마 되지 않아서 중년 부인이 나왔다.

영민이는 문에 잠깐 서 있다가 불렀다.

"형님!"

"음? 영민이구나, 들어와."

"나가시지요."

"그래? 잠깐만."

언제나의 방식대로 영민이는 밖으로 불러내고 학선생은 즐겁게 나왔다. 학선생은 밖으로 나오자 으레 아랫골목으로 향했다. 영민이가 제지했다.

"형님, 오늘은 넓은 데로 나가지요."

"넓은 데? 하하, 그거 좋지!"

두 사람은 큰길 쪽으로 나와 택시를 잡아탔다.

얼마 후 택시가 도착한 곳은 종묘, 영민이가 제안해서 그쪽으로 간 것이다. 차에서 내린 두 사람은 즉시 종묘 안으로 들어섰다.

"산책이나 좀 할까요?"

이번에도 영민이가 제안했다. 학선생은 오늘 영민이가 좀 이상하다고 느꼈다. 그러나 워낙 종잡을 수 없는 영민이의 성격이고 보니 오히려 신선하게 느껴지기도 했다.

두 사람은 우측 담을 따라 걸었다 나무숲은 고요했고, 제법 가을 채색이 물들어 있었다. 여름이 오는 듯하더니 어느 새 가고 있는 것이다. 가을은 이미 시작되었다.

숲의 향기는 가슴을 안정시켜 주었다. 두 사람은 한동안 걷다가 숲의 잔디에 앉았다.

"형님, 요즘 어떠세요?"

만난 지 한참 만에 묻는 안부였다. 학선생은 대답 않고 가만히 미소를 지었다. 오늘 영민이의 태도에는 웬지 서글픈 여운이 감돌고 있었기 때문이다. 영민이도 대답을 기다리지 않고 미소를 짓고 있었다.

'뭔가 있구나, 어디로 떠날 사람 같아!'

점쟁이로서의 학선생은 이런 육감이 들었다. 학선생은 먼 곳을 바라보다 언뜻 물었다.

"어디를 가니?"

"네."

"어딘데?"

"글쎄요, 나도 몰라요. 이 세상이겠지요, 아닐 수도 있고."

"응? 무슨 말이야?"

"네, 저 싸우러 가요!"

"뭐? 하하, 무슨 싸움을 하러 가니?"

"운명요, 운명이 나를 죽이러 와요."

"음? 운명?"

학선생은 말문이 막혔다. 세상에 가장 무서운 적이 있다면 그것은 바로 운명이 아니던가! 영민이나 학선생은 누구보다도 이런 사실을 잘 알고 있었다.

더구나 영민이가 운명과 싸움을 하러 간다면 예삿일이 아니다. 그러나 학선생은 묻지 않기로 했다. 하루가 달라지는 영민이의 능력은 지금은 걷잡을 수 없을 것이다. 그런 사람에 대해 미미한 존재인 자신이 무슨 도움을 줄 수 있을까?

학선생은 허탈한 기분을 느끼며 씁쓸히 웃었다.

"형님, 부탁이 있어요."

"음? 무슨?"

"네, 나는 지금 운명 말고도 적이 많아요. 그런데도 다른 적이 또 나타날 것 같은 기분이에요. 그래서……"

영민이는 잠시 말을 멈추고 무엇인가를 생각하더니 말을 이었다.

"형님, 저는 책이 몇 권 있어요. 귀한 책이지요. 그걸 좀 맡아 주세요. 내가 연구한 기록도 좀 있고……"

"그래? 그거 좋지, 맡겨 놔둬!"

책이란 보관하기가 좋다. 보관하고 있는 동안 읽을 수도 있고 복사를 해둘 수도 있는 것이다. 지식이란 참 편리하다. 남에게 나누어 주어도 줄어들지 않으니.

학선생은 웃었다. 그러나 영민이는 별 생각 없이 말했다.

"그리고 다른 물건도 처리해 주세요. 형님이 직접 하숙집 내 방에 가서 가져가세요. 내 물건 모두요. 주인 아줌마한테는 내가 전화를 해 놓을게요."

"그렇게 급해?"

학선생에게는 영민이가 시간이 없는 것처럼 보였다.

"급한 게 아니라, 그곳에 갈 수가 없는 형편이에요."

"응? 무슨 일인데…… 그래, 전부 보관해 줄게."

학선생은 내용을 물으려다 그만두었다. 해 줄 얘기라면 영민이가 벌써 해 주었을 것이다. 말하려 하지 않는 것은 굳이 물으려 하지 않는 것이 또한 학선생의 성격이었다.

학선생은 단지 간접적으로 격려만 해 주었을 뿐이었다.

"꼭 찾아가야 해, 기다릴 거야!"

영민이는 입을 꼭 다물고 고개를 끄덕였다.

"형님, 나갈까요?"

두 사람은 일어나서 문 쪽으로 걸었다. 숲을 나서자 드넓은 하늘이 펼쳐졌다.

저 하늘의 뜻은 무엇일까, 기다림일까, 운명일까, 아니면 희망인 것인가?

종묘의 문을 나설 때까지 학선생은 이 의문의 답을 내지 못했다. 영민이는 학선생의 생각을 모르는 채 걷고 있었다. 거리에 차들이 보였다. 이제 헤어질 때가 된 것이다.

"형님!"

영민이가 먼저 부르고는 주머니에서 무엇을 꺼내 주었다. 봉투였다.

"음? 이게 뭐지?"

"돈이에요, 박노인이 줬어요!"

"그래? 그런데 이걸 왜 나한테 주니?"

"형님 가지세요, 이건 큰돈이에요."

"뭐?"

학선생은 급히 봉투를 열어 봤다. 거기에는 당좌수표 한 장이 들어 있었다. 학선생은 그것을 물끄러미 바라보다가 경악을 하고 말았다.

"아니, 이렇게 많은 돈을!"

수표에 씌어져 있는 금액은 가난했던 학선생으로서는 평생 처음 만져 보는 것이었다.

"영민아, 이걸 나를 주면 어떡하니? 너무 많아!"

"괜찮아요, 가지세요."

"아냐, 작은 돈이라면 받겠지만 이건 안 돼!"

학선생은 당황하며 돈을 다시 돌려주었다. 영민이는 웃으며 학선생의 손을 잡았다.

"형님, 우리 돈이라고 생각하세요. 미아리 그 동네에다 집이라도 사두세요, 내가 언제라도 찾아갈 수 있는."

학선생은 머뭇거리고 있었다. 박노인이 영민이에게 준 돈은 자그마한 집 한 채를 살 수 있을 만한 액수였다. 영민이가 다시 말했다.

"형님, 미아리 아랫골목 집을 사세요. 그러면 공부가 잘될 거예요, 저는 가겠어요."

영민이는 이 말을 남기고 급히 뛰어갔다.

"영민아, 꼭 돌아와야 돼!"

학선생은 소리를 질렀다. 영민이는 이 말을 들었는지 알 수 없었다. 길 건너편으로 뛰어가고 있었기 때문이다.

학교에서의 살인

수진이는 오늘 아침 경황이 없었다. 늦잠을 잔 데다 집을 나설 때 교복의 단추가 떨어졌다. 이것을 재빨리 달고 다시 길을 나섰는데 버스를 놓치고 말았다. 그래서 결국 지각을 하였다.

수진이로서는 지각이라는 것을 처음 해 보았다. 이런 일 정도로써도 수진이는 몹시 속상했다. 그런데 정작 큰일은 오후에 벌어졌다. 점심 시간이 지나고 첫 수업 시간이었다. 과목은 국어로서 남자 선생인데 아주 엄격했다.

"차렷, 경례!"

학생과 선생은 인사를 나누고 수업이 시작됐다. 선생은 우선 숙제 검사를 실시했다.

"숙제를 펴놔요, 안 한 사람은 앞으로 나오고."

이 선생은 철저히 숙제 검사를 하는 것으로 정평이 나 있었다. 그리고 숙제를 안 해온 사람에게는 반드시 벌을 준다. 그래서 누구든 숙제를 안 해오는 사람은 극히 드물었다.

모두들 숙제물을 펼쳐 놓았다. 그런데 누가 갑자기 소리를 질렀다.

"어머!"

수진이였다. 수진이는 어젯밤 숙제를 해둔 노트를 가방에 넣지 못한 것이다 실로 난감했다. 수진이는 순간적으로 눈을 감고 얼굴을 찡그렸지만 어쩔 수 없었다. 일어나서 앞으로 나갈 수밖에.

수진이는 얼굴이 화끈 달아올랐다. 이런 일은 처음인 것이다. 오늘 아침 너무 바빠 서두르다 보니 중요한 실수를 한 것이다.

다른 선생이라면 그냥 넘어갈 수도 있다. 대개는 지나가면서 훑어보고 숙제를 못 한 사람에 대해 가볍게 주의를 주고 끝낸다. 앞으로 불러내지는 않는다.

수진이는 부끄러운 마음을 겨우 억제하고 앞으로 걸어 나왔다.

그런데 수진이 외에는 앞으로 나온 사람이 없었다. 다른 학생들은 선생이 워낙 엄하기 때문에 철저히 챙겨 가지고 온 것이다. 수진이는 더욱 몸둘 바를 몰랐다.

선생은 철저하게 숙제 검사를 마쳤다. 그러고 나서 보니 한 사람만 앞에 나와 있었던 것이다. 선생은 뜻밖이라고 생각했다. 수진이가 숙제를 안 해오다니!

선생은 속으로 잠깐 생각했다.

'거참, 모범생이 숙제를 안 해오다니! 하필 혼자서…… 용서해 줄까? 그건 곤란해, 수진이라고 해서 특별히 봐준다고 할 거야. 워낙 속 좁은 애들이니까. 게다가 누구든 용서를 해 주면 다음부턴 안 해오는 애들이 많아질 거야. 그렇게 되면 내 권위가 떨어지고 말을 안 들어 먹어. 할 수 없이 벌을 줘야지.'

선생은 여기까지 생각하고는 회초리를 들었다.

"이쪽으로 와!"

수진이는 걸음이 느렸다. 그래서 선생이 한 발 다가섰다.

"손바닥을 내놔!"

이제 때리면 그만이었다. 그런데도 선생은 망설였다. 속으로 생각하고 있는 것이다.

'한 대만 형식적으로 때릴까? 안 돼! 애들이 보고 있어.'

보통은 세 대를 때리는 것으로 정해져 있었다. 선생의 생각은 이어졌다.

'세 대를 다 때려야겠지, 약하게 때릴까? 그것도 안 돼. 말 많은 계집애들이 쳐다보고 있어. 오히려 더 세게 때려야 할 거야. 수진이에게는 안 됐지만.'

선생은 방침을 굳혔다. 드디어 미안한 마음을 달래며 한 대를 때렸다.

딱—.

수진이는 매를 처음 맞아 보는데 너무 아팠다.

"아—."

수진이는 가볍게 비명을 질렀다. 그런데 그 순간 이상한 일이 발생했다. 선생이 머뭇거리고 있는 것이다. 너무 세게 때렸다고 생각하는 것일까?

아니었다. 선생의 눈동자가 이상했다. 검은 눈동자가 작아지고 고개를 위로 쳐들었던 것이다. 그러고는 걸음을 헛딛으며 비틀거렸다.

학생들은 놀라고 있었다.

"어, 선생님!"

순간 선생은 쓰러졌다.

"어머!"

수진이가 급히 살펴보니 기절한 것이었다. 학생 하나가 재빨리 달려나가 양호 선생을 데려왔다. 그러나 선생은 이미 죽어 있었다. 모두를 경악케 한 사건이었다.

오늘 수업이 이것으로 끝났다. 수진이는 엄청난 충격을 받고 집으로 돌아왔다. 집으로 돌아온 수진이는 방에 틀어박혀 한도 없이 울었다. 수진이를 달래 줄 사람은 없었다.

　귀신인 수진이 오빠는 오히려 수진이를 이상하게 생각했다. 자기를 때려 준 나쁜 선생을 혼내 줬는데…….

　귀신 종수는 이렇게 생각하고 있었다.

　'숙제가 뭔데 내 동생을 때려! 죽이길 잘했어. 나쁜 놈! 누구든지 수진이만 건드려 봐라. 그런데 저 애는 왜 저리 울고 있지! 복수를 해 줬는데도 슬퍼한단 말이야.'

　종수의 생각이 맞는지 어떤지는 모르겠다. 여자란 원래 이상하니까.

위대한 섭리

하늘이 점점 높아지고 있었다. 민여사는 지금 자기 집 정원에서 가을 하늘을 바라보며 여러 가지 상념에 사로 잡혀 있었다. 인생이란 갑작스런 소낙비와도 같은 것일까?

민여사는 최근 갑작스럽게 전개된 인생의 흐름에 망연 자실하고 있는 중이었다. 어째서 인생은 느닷없는 일이 발생하는가? 그리고 어째서 행복한 순간에도 어두움은 바로 그 뒤에 숨어 있는가?

민여사는 인생의 오묘한 변화에 전율마저 느끼고 있었다. 지금 하늘을 바라보고 있는 민여사의 눈은 심연을 바라보고 있는 어린아이처럼 조심스러웠다. 인생이란 원래 이런 것일까?

인생은 단순할 때는 참으로 단순하다. 그러나 인생이란 알 만하면 무엇인가 모를 것이 생기는 것이다. 민여사는 고개를 천천히 가로 저었다. 생각하면 오히려 모를 것 같았기 때문에 생각을 그만두기로 했다. 그저 인생이란 바라다보는 것으로 족한 것이다. 민여사는 조용히 일어나 거실로 들어왔다.

오늘 할 일은 무엇인가? 차라리 일에 숨어 버리는 것이 나을 것 같았다.

추석은 이제 며칠 앞으로 다가왔다. 이번 추석은 어떻게 보내는 것이 좋을까? 어떤 일이 있을까?

민여사가 이렇게 한가한 마음을 품고 있을 때 문득 영민이의 모습이 떠올랐다. 그와 동시에 전화벨 소리가 울렸다.

따르릉―

찰칵―

민여사는 즉각 수화기를 들었다.

"여보세요."

"누나예요?"

"응, 영민이구나!"

민여사는 반가워서 목소리를 높였다.

"지금 어디 있니?"

"서울요. 그보다도 누나, 나 여행을 떠날 거예요!"

"여행? 응, 조성리에 간다고 했지?"

"네, 한참 걸릴 것 같아요."

민여사는 잠시 생각했다.

'영민이는 지리산 도인을 만나러 가는 거지. 괜찮을까? 언제나 일이 끝날까?'

민여사는 영민이 주변에서 일어난 급작스런 상황을 잘 알고 있었다. 그런데 지금 지리산 도인을 만나러 가는 것이 잘된 일인지 어떤지를 알 수가 없었다.

"그래? 그런데 언제 돌아올래? 곧 추석인데……."

"글쎄요, 추석은 고향 집에서 보낼 거예요. 그러고는 잘 몰라요."

"무슨 소리니?"

"어딜 좀 다녀와야겠어요, 어딘지는 모르겠지만."

위대한 섭리 / 295

"뭐? 그런 말이 어디 있어?"

민여사는 걱정스레 말했다.

"누나, 미안해요. 이제서야 말인데요, 나는 운명에 쫓기고 있어요. 그래서 일우 선생을 찾아야 돼요!"

"일우 선생? 그래, 일우 선생을 찾아야지. 그런데 어디서 찾지?"

"글쎄요. 아직은 몰라요. 그보다도 누나, 나는 누나의 은혜를 갚지 못해서 벌받을 거예요."

"뭐? 얘 봐라, 무슨 소릴 하는 거야?"

민여사는 깜짝 놀라며 불길한 기분에 휩싸였다.

"영민아, 나 좀 봐야겠다. 어디 있니?"

민여사는 전화로는 얘기가 안 될 것 같았다. 그러나 영민이는 밝은 목소리로 민여사를 달래듯 말했다.

"누나, 걱정 마세요. 추석 잘 보내세요. 꼭 돌아올 거예요. 미안해요, 누나. 이만 끊을게요."

찰칵—

영민이의 전화는 일방적으로 끊어졌다. 마지막 음성은 밝았지만 여운은 종잡을 수 없었다. 영민이는 곧장 고향으로 돌아갈까?

이로부터 삼 일이라는 시간이 지났다.

남존 여암 선생은 지금 구례에 와 있었다. 마주 앉은 사람은 서존인 영암 선생.

"사제, 너무 상심 말게! 길이 없는 것은 아니야. 자, 약이나 우선 마시게."

한의사인 여암 선생은 사제인 영암을 치료하면서 위로의 말을 건네고 있었다. 영암은 크게 내상을 입었을 뿐만 아니라 무공이 폐지되어 상심이 몹시도 컸다.

"무슨 대책이 있겠어요. 저는 이제 끝난 것 같아요!"

"무슨 소린가? 좌도를 처치하는 일을 끝마치고 스승님을 찾으러 가세! 스승님께서는 사제의 몸을 고쳐줄 걸세."

"……"

여암 선생의 말에 영암은 다소 위안을 얻었는지 얼굴색이 조금 밝아졌다.

"사형, 일이 앞으로 어떻게 될 것 같아요? 빨리 끝나야 할 텐데."

"음, 이번 추석을 기대하고 있어. 어쩌면 좌도가 성묘를 하러 올지도 몰라. 부모의 묘는 이미 찾아 놨거든."

"그렇군요, 저도 가볼까요?"

"사제는 가만 있게! 그 자가 나타나면 내가 즉시 없앨 거야."

남존과 서존이 이렇듯 위험한 모의를 하고 있을 즈음, 이곳 구례에서 멀지 않은 순천 변두리 마을에 사는 수진이는 별다른 생각을 하고 있었다.

'국어 선생님이 죽은 것은 나에게도 책임이 있어. 불쌍하신 선생님, 내가 숙제만 가져갔어도 그런 일은 없었을 텐데!'

수진이는 이런 생각을 하면서 한편으로는 내일 일을 떠올리고 있었다. 내일은 추석이다. 내일 수진이는 조성리 마을에 가기로 되어 있었다. 그것은 조성리 도사가 남겨 준 글에 의해서인데, 도사는 유언으로 남긴 글 중에서 수진이가 추석날 조성리 마을을 방문할 것을 당부하고 있었다.

수진이는 물론 이를 지킬 것이다. 아울러 조성리에 가서 국어 선생님의 일을 물어 볼 생각이었다.

조성리 도사는 무엇 때문에 수진이의 방문을 당부했을까?

수진이는 이 문제를 지난 10개월 동안이나 생각해 봤다. 그러나 생각으로 답이 얻어질 문제가 아니었다.
 수진이는 때로 궁금했지만 당일을 기다리기로 했다. 이제 그날은 내일로 다가왔다. 밤은 점점 깊어 갔다. 시원한 가을 하늘엔 별이 총총했고 동쪽 허공은 달빛이 가득 차 있었다.

 영민이는 자기 집이 보이는 언덕에 올라 서쪽 하늘을 바라보고 있었다. 신선한 바람은 계속 불어오고 있었다. 가을 바람은 겨울 바람처럼 매섭게 파고들지는 않지만 가슴을 편안하게 해 준다.
 영민이는 어제 이곳에 당도하여 꼬박 하루를 방에서만 보내고 오늘은 언덕에 올랐던 것이다. 불어오는 바람은 영민이의 가슴에도 찾아들건만 영민이는 이를 느끼지 못하고 있었다.
 영민이의 시선은 하늘에 고정되어 있었지만, 그가 바라보고 있는 것은 하늘의 별이 아니었다. 저 별들은 길 잃은 사람에게 방향을 제시해 주지만 지금 영민이의 심정을 밝혀 주지는 못했다.
 영민이에게 지금 필요한 것은 마음의 방향을 제시해 줄 운명의 별인 것이다. 영민이는 언덕에 앉아서 그대로 잠이 들었다.
 새벽은 소리 없이 찾아왔다. 영민이는 깜짝 놀라면서 잠을 깼다. 오늘은 추석인 것이다.
 영민이는 급히 언덕을 내려와 집으로 들어갔다. 그리고는 한참 만에 다시 나왔다. 손에는 바구니가 들려 있었다.
 영민이는 집의 뒤쪽으로 전개되어 있는 완만한 경사를 따라 올라갔다. 올라갈수록 언덕은 넓어졌고, 이윽고 평지가 나타났다. 저쪽편에 소나무 숲이 보였고 그 바로 앞에 무덤이 나타났다.
 여기가 영민이 부모의 묘소인 것이다. 영민이는 바구니에서 음식을 내리고 향을 피웠다. 이어 술잔에 술을 따르고 큰절을 올렸다. 제사를 지내는 영민이의 모습은 애처로웠다.

그러나 이 모습을 무섭게 노려보는 자가 있었다. 영민이는 이런 것을 전혀 느끼지 못하고 제사를 마쳤다. 순간, 소나무 숲 속에서 검은 물체가 직선으로 날아왔다.

이것은 너무 빨라 한 줄기의 광포한 바람 같았지만 실은 살기를 가득 품은 절정 고수의 공격이었다.

퍽—

영민이를 공격한 괴인은 속으로 외쳤다.

'좌도는 죽었다!'

남존 여암은 한 찰나에 이런 생각을 했지만, 다음 찰나에는 그것이 착각인 것을 깨달았다. 쓰러진 사람은 좌도가 아니라 바로 자기 자신이었던 것이다. 여암은 의식을 잃기 전에 웬 노인을 잠깐 보았다.

"영민이!"

노인은 인자한 미소를 지으며 다가왔다. 영민이는 한참 만에야 노인이 자기를 구해 줬다는 것을 알았다.

"구해 주셔서 고맙습니다. 뉘신지요?"

"허허, 나는 좌명이라고 하네. 자네는 영민이지? 굳이 전생의 이름을 부르지 않겠네."

"아, 네, 좌명 선생님이시군요!"

영민이는 반가워하며 다시 고개 숙여 인사를 올렸다.

"빨리 가지, 모두들 기다리고 있다네!"

이로부터 시간이 얼마 안 되어 영민이는 좌명 노인과 함께 조성리 마을에 도착했다.

조성리 도사의 집에는 좌청 노인·박일준, 그리고 나무꾼이 기다리고 있었다. 이들이 이곳에 도착한 것은 하루 전이었다. 오늘 영민이를 구할 수 있게 된 것은 운명이라면 운명이고, 좌명 노인의 힘이라면 힘이었겠지만, 실은 박일준의 공이 컸던 것이다.

박일준은 오늘 새벽 이렇게 말했었다.

"스승님, 오늘이 추석이군요. 영민이는 성묘를 하고 오겠지요?"

"음? 뭐라고? 큰일 났군!"

좌명 노인은 순식간에 사라졌다. 이로써 영민이는 목숨을 구했거니와, 박일준이 영민이를 구한 것은 이번이 두 번째였다.

모두들 모여 앉았다. 오늘 좌명 노인이 이 자리에 오게 된 것은 영민이를 지리산에 데려갈 수 없기 때문이었지만, 그 이유에 대해서는 알 수가 없었다. 좌명 노인이 먼저 서두를 꺼냈다.

"영민이! 지리산에는 한사코 안 가겠다고 했다는데, 그 이유를 들려주겠나?"

"네, 대답해 드릴 수 있습니다. 그러나 제가 먼저 묻고 싶은데요!"

영민이는 공손하게 말했다.

"음? 무언가?"

"저를 지리산으로 데려가려는 이유가 뭐지요?"

"허허, 그야 물론 자네를 보호하기 위해서이지."

"지리산에서 저를 보호한다는 것은 오늘처럼 괴인들로부터인가요?"

"그렇지."

"그럼, 제 운명으로부터는 누가 보호하지요?"

"그 무슨 말인가?"

"네, 말씀드리지요. 저는 일운 스승님으로부터 3년 이내에 죽는다고 들었습니다. 혹시 그 뜻을 아시는지요?"

영민이는 다른 사람들을 얼핏 보고는 좌명 노인을 바라봤다.

"그거? 음, 알고 있다네."

좌명 노인은 영민이를 측은하게 보는지 겨우 대답했다. 그러자 영민이는 근심스런 표정으로 물었다.

"그런가요? 좋아요, 제가 지리산엘 가면 그것이 바뀌게 되나요?"

"음? 글쎄, 그런 건 아니겠지."

"바로 그겁니다, 제가 지리산엘 안 가겠다는 것은."

"……."

좌명 노인은 말을 못 하고 난감한 기색을 보였다. 영민이가 다시 말을 이었다.

"저도 운수를 풀어 봤습니다. 저의 죽음은 빠르면 금년 9월 29일에 찾아옵니다, 맞습니까?"

"자네의 생일이 그날인가?"

"네, 음력 9월 29일입니다."

"음, 그렇다면 자네 말이 맞겠구먼."

좌명 노인은 어쩔 수 없이 시인했다. 영민이는 웃으며 말했다.

"앞으로 43일 후입니다. 제 생각에는 그 다음날이라도 제가 죽을 것 같습니다."

"글쎄 , 그렇게까지야……."

좌명 노인은 자신 없는 투로 말했다.

"가능성이 있습니다, 그래서 저는 일우 스승님을 찾으러 나섰습니다."

일우라는 말이 나오자 좌명 노인은 흠칫했다.

"찾을 수 있겠나?"

"글쎄요, 아직 모르겠습니다."

"그게 문제일세, 우리도 일운 스승님으로부터 그런 유언을 받았네. 일운 스승께서는 자네를 일우 스승님께 데려가라고 하셨지."

좌명 노인은 고개를 가로 저었다. 일우 스승을 찾을 수가 없다는 뜻이었다.

영민이가 말했다.

"그래서 말입니다만 저는 제 마음대로 찾아볼 생각입니다. 저도 무엇인가 단서를 찾을 것만 같습니다."

"음, 그런가? 서로가 노력해 보세. 단지, 이제부터는 우리가 줄곧 자네를 보호해야겠네. 비록 보호하는 것이 몸뿐이겠지만."

좌명 노인은 민망해하면서 영민이를 바라봤다.

"네, 저는 보호는 받겠습니다만, 제가 가고 싶은 곳으로 가겠습니다. 그래야만……."

영민이는 단호한 표정으로 말했는데, 좌명 노인이 웃으며 말을 막았다.

"알겠네, 우린 그저 자네를 따라만 다니겠네. 허허, 그보다도 오늘은 명절인데 좀 쉬는 게 어떤가?"

"그러시지요, 음식을 준비하겠습니다."

줄곧 말이 없던 나무꾼이 말했다. 그런데 이때 한 여자가 마당으로 들어섰다. 수진이였다.

"어머, 안녕하세요?"

수진이는 사람이 모여 있는 것에 놀랐지만 이내 나무꾼을 알아보고 인사를 건넸다.

"음? 아가씨구먼, 어서 와요!"

나무꾼은 수진이를 반갑게 맞이했다. 다른 사람들은 이미 한가한 마음이 되어 무심히 수진이를 바라봤는데, 영민이만은 아직 무언가를 골똘히 생각하느라 수진이를 유의하지 않았다.

"이쪽으로 올라와!"

나무꾼은 수진이에게 이렇게 말하고는 슬쩍 좌청 노인을 바라봤다.

좌청 노인이 특히 객인을 피하는 성격이라는 걸 알고 있기 때문이었다. 그런데 좌청 노인은 별 신경을 쓰지 않고 있었다.

수진이를 유심히 바라보고 있는 사람은 좌명 노인이었다. 좌명 노인은 인자한 표정이었지만, 수진이에 대해 신경을 좀 쓰는 것 같았다.

수진이는 명랑하게 마루로 올라왔다. 그러나 민망하게 생각했는지 나무꾼에게 슬쩍 다가왔다. 수진이의 말을 듣는 사람은 없었다.

"아저씨, 저 오늘 말이에요."

수진이는 목소리를 작게 했다.

"……"

"도사님의 유언 때문에 왔어요."

"음? 유언이라니?"

"네, 도사님은 제게 오늘 이곳에 와보라고 했어요."

"뭐라고? 다른 얘기는 없고?"

"네."

"그래? 그거 이상한데. 가만 있자……"

나무꾼은 수진이를 흘끗 쳐다보고는 잠깐 생각해 봤다. 나무꾼으로서는 도사의 유언을 이해할 수 없었지만 무엇인가 알 것만 같았다. 오늘은 특별한 날이 아닌가?

'오늘 와보라고 했단 말이지? 오늘? 좌명 선생을 만나게 하기 위해서인가?'

나무꾼은 이런 생각과 함께 지난번 박일준의 경우를 생각해 봤다. 이는 비슷한 데가 있었다. 이윽고 나무꾼은 도사의 유언을 알리기로 했다.

"선생님, 얘기가 있습니다."

나무꾼은 좌명 노인을 향해 말했다

"……"

"이 아가씨는 말이에요, 일운 스승님의 유언 때문에 왔어요!"

"음? 일운 스승?"

좌명 노인은 관심을 나타냈다.

"스승님께서는 오늘 이 아가씨를 이 자리에 오게 했답니다."

나무꾼은 나름대로 생각하여 이 자리라는 말을 강조했다.

이 말에 모두 흥미를 가지고 수진이를 바라봤는데, 영민이도 수진이를 바라봤다. 순간 이변이 발생했다.

영민이가 갑자기 자리에서 일어났다.

"아니! 당신은? 그렇지, 대금산……."

영민이는 일어나자마자 수진이를 똑바로 쳐다보며 이상한 말을 하지 않는가!

"어머, 당신은?"

수진이도 영민이를 빤히 보고는 고개를 갸우뚱하고 있었다. 그러나 영민이는 한 발 다가와서 수진이를 뚫어져라 쳐다봤다. 수진이는 머뭇거리며 고개를 돌렸다.

그러고는 놀란 얼굴로 무엇인가를 생각하고 있었다. 이때 영민이는 마루를 내려가 밖으로 달려나갔다.

"어!"

박일준이 놀라서 급히 따라나갔다.

영민이는 밖으로 나오자 그 자리에서 허공을 응시하고 있었다. 박일준이 옆에서 지켜 보는 가운데 시간이 좀 흘렀다.

영민이는 이미 누가 옆에 있는지를 의식하지 못하는 것 같았다. 영민이의 마음은 이미 현실을 떠나 있었다.

영민이는 지금 먼 곳을 바라보고 있었던 것이다. 그곳은 이 세상이 아니었다. 그곳은 생사의 장벽을 넘어선 먼 과거의 세계였다. 영민이는 그곳을 보고 있는 것이었다.

영민이의 마음 속에는 아련한 그림이 그려지고 있었다. 그것은 꿈도 아니고 현실도 아니다. 먼 과거의 회상이었던 것이다.

나타난 광경은 깊은 산중의 숲이었다. 숲은 눈이 수북이 쌓여 있었다. 네 사람이 걷고 있었는데, 그 중에 한 명은 여자였다. 이들은 길을 잃고 산중을 헤매는 중이었다.

그런데 여자는 비틀거리며 끌려가고 있었다. 그녀는 20세가 채 되지 않은 꽃다운 나이였다. 남자들은 하나같이 험상궂고 천박해 보였다. 여자는 얼굴이나 옷차림으로 봐서 아주 귀한 신분의 여자였다.

"이봐, 아가씨. 앙탈부리면 여기서 혼날 줄 알아! 그러니 순순히 따라오는 게 좋을 거야! 우리도 지금 힘들어!"

천박하게 생긴 장정 하나가 입맛을 다시며 말했다. 얼굴에는 음탕한 기색이 가득 찼다. 그들 중 또 하나가 말했다.

"형님, 이러다가 다 죽겠어요. 이년을 여기서 장만(?)하고 빨리 떠납시다."

"글쎄? 따라오지 않을까?"

"이 산중에 누가 오겠어요? 그들도 길을 잃었을 거예요. 그러니 우리나 빨리 움직여야지요."

"그래, 아까운데……. 여러 번 써먹을(?) 텐데."

"어차피 끌고 다닐 순 없어요. 우리도 지금 위험해요."

"그래, 그런 것 같군. 지금쯤 사또가 직접 출동했을 거야."

"맞아요, 빨리 해치우지요. 그나마 물건(?)이 죽어 버리겠어요."

"알았어! 좀 춥긴 하지만……."

이렇게 말한 패거리 하나가 여자를 잠깐 쳐다보더니 이내 여자를 눈 위에 넘어뜨렸다. 이어 치마가 당겨지고 있었다.

"악—."

여자는 기겁을 하고 소리를 질렀지만 남자의 손길은 멈춰지지 않았다. 여자의 속옷이 드러났다. 위험한 순간이었다.

이때였다. 어디선지 건장한 나무꾼 차림의 청년이 나타났다.

"이놈들, 물러서지 못할까!"

목소리에는 당당한 기상이 서려 있었다.

그러나 패거리들은 기가 죽지 않고 청년을 노려봤다.

이어 결투가 벌어졌다. 청년은 훌륭히 잘 싸웠지만 아주 뛰어난 무술인은 아닌 것 같았다. 삼 대 일의 결투를 힘겨워하며 싸우고 있었다.

그러나 결말에 가서는 청년이 이기고 있었다. 패거리들은 이미 지쳐 있었기 때문에 큰 힘을 발휘하지 못했던 것이다. 아무튼 패거리 세 명은 쓰러져 일어나지 못했다.

"아가씨, 갑시다!"

청년은 패거리들을 거들떠보지 않고 작은 산을 넘고 있었다. 두 사람이 떠남과 동시에 눈이 내리기 시작했다. 청년은 어디를 다쳤는지 겨우 걷고 있었다. 여자도 비틀거리며 힘겹게 걸었다. 청년은 그래도 여자를 부축하고 있었다.

이로부터 몇 시간 후, 두 사람은 대금산의 어느 허름한 집에서 쉬고 있었다.

이 사건은 먼 과거의 일이었다. 지금으로부터 120여 년 전 헌종憲宗 때의 일이다. 여자는 대금산에서 멀리 떨어진 어느 마을의 현감 딸이었다. 이 여자는 나들이를 가던 중 난을 만난 것이다.

그러나 산속의 청년을 만나 목숨과 명예(?)를 구했다. 청년은 지금의 영민이다. 당시는 좌도라는 도인이었다.

영민이의 회상은 계속되고 있었다. 영민이는 어느 새 주저앉았지만 박일준은 옆에 서서 지키고만 있었다. 영민이는 이제 좌도로 변하였다. 마음은 이미 120여 년 전의 과거에 있었다.

좌도는 마을 현감의 딸을 구해다 놓고 겨울이 나기를 기다렸다. 지금은 도저히 움직일 수가 없었다. 추운 겨울에 먼 길을 어린 여자를 데리고 여행을 한다는 것은 너무나 어려운 일이었다. 도중에 난을 만날 수도 있다.

대금산은 깊은 산이었고 근방에는 인가도 없었다. 대금산의 오직 하나밖에 없는 집에서 남녀는 겨울을 났다. 봄이 되자 두 사람은 길을 떠났다.

여자를 집에 데려다 주기 위해서였다. 이들은 마침내 마을에 당도했다. 사또의 반가움은 이루 말할 수 없었다. 죽었다고 생각한 딸이 살아오다니!

사또는 천지 신명께 감사했다. 그러나 좌도에게는 감사의 말이 떨어지지 않았다. 좌도는 불문 곡직하고 결박을 당했다. 그러고는 다음날 심문을 받았다.

"자네는 누군가?"

"네, 저는 산에서 사는 사람입니다."

"무엇 때문에 산에서 사는가?"

"그저 세상이 싫어서입니다."

"세상이 싫다니, 죄를 지었나?"

"아닙니다, 산에서 조용히 공부를 하기 위해서입니다."

"뭐? 공부? 이런 건방진 놈 봤나?"

"……"

"내 딸을 어떻게 했나?"

"네? 무슨 말씀이지요?"

"이놈, 어디다 말대꾸냐! 여봐라, 주리를 틀어라!"

위대한 섭리 / 307

"악—."

좌도는 비명을 질렀다. 사또의 심문은 계속되었다.

"이놈! 바른 대로 대지 못할까?"

좌도는 억울했다. 그러나 참고서 답변할 수밖에 없었다.

"네, 저는 우연히 산에서 아가씨를 만났습니다. 아가씨는 마침 괴한에게 끌려가고 있었지요. 그래서 구해 가지고 저의 집으로 갔습니다."

"무어라고? 구했으면 왜 너의 집으로 데려가나?"

완전히 억지였다. 사또가 이렇게까지 하는 데는 충분한 이유가 있었다. 구해 준 것까지는 알고 있지만 산중에서 남녀가 겨울을 났다. 누구든 어떻게 생각하겠는가?

딸도 아무 일 없었다고 말하지만 믿을 수 없는 일이다. 단지 딸이기 때문에 버릴 수는 없고 밖으로 소문이 나지 않길 바랄 뿐이었다.

사또의 딸이 외간 남자와 산 속에서 몇 달을 함께 보내다니!

"여봐라, 저놈을 참수해라!"

이때였다. 아가씨가 달려나왔다.

"아버님, 저 사람은 죄가 없어요. 아무 일 없었어요. 살려 주세요."

"이년, 들어가 있지 못해!"

"아버님, 저 사람이 죽으면 저도 죽을 거예요."

"무어? 이런 불효 막심한 년! 에이!"

사또는 처형을 연기했다. 결국 관대한(?) 처분이 내려졌다.

"두 다리를 자르고 대금산으로 돌려보내라!"

좌도는 자기 집으로 돌아왔다. 양다리를 잃고 돌아온 것이다. 이로부터 삶의 고통은 이루 말할 수 없었다. 도를 닦는 사람이 아니었다면 그 숱한 고난을 못 견뎌 벌써 자살을 했거나 병들어 죽었을 것이다.

그러나 이는 예정되어 있었던 것이다. 좌도는 지난 가을 스승이 한 말을 기억하고 있었다. 스승인 일운 도사는 이렇게 말했었다.

"나는 떠날 때가 되었어. 살 만큼 살았지. 나의 죽은 몸은 자네가 볼 수 없어. 자넨 공부를 열심히 하게. 그리고 이것을 주겠네."

일운 도사는 팔각형의 금판을 내주었다. 금판에는 아무것도 씌어 있지 않았다.

"이것이 무엇인지요?"

"음, 그것에다 단군팔괘도檀君八卦圖를 새겨 넣게. 그리고 그것을 깊숙한 곳에 감추어 놔둬!"

"네? 무슨 말씀이신지요?"

"나중에 찾을 수 있도록 감춰 두란 말일세. 자네도 이곳을 떠나야 돼! 저 남쪽 고흥반도에 좌도라는 섬이 있네. 그곳에 가서 생을 마치게!"

"언제 떠날까요?"

"음, 내년 여름에 떠나게. 그런데……."

일운 도사는 여기서 생각에 잠기는 듯하더니 다시 말했다.

"음, 그리고 특별히 당부할 것이 있네!"

"네? 무엇이온지요?"

좌도는 자세를 가다듬으며 물었다.

"음, 자네는 작은 일에 연연하지 말게. 원한을 가져서도 안 돼. 자네는 끝없는 운명의 고난을 받을 게야. 그것은 한 생으로 끝나는 것은 아니지. 그러나 큰 나무가 되기 위한 고통이라고 생각하게. 자네는 너무나 적이 많아!"

"네? 제게 무슨 적이?"

좌도는 스승의 말이 잘 이해가 되지 않았다. 산 속에만 있는 도인에게 무슨 적이 있겠는가?

"좌도, 모든 게 운명이야. 운명은 끝없는 세월이 누적되어 만들어지는 것이지. 그만하고 나는 가야겠네. 잊지 말게, 좌도라는 섬으로 가게. 그곳이 운명의 문이야! 그런데 그곳에 가는 일이 쉽지는 않겠군! 기어서라도 가야겠지!"

이제 와서는 그 뜻을 확연히 알 수 있었다. 스승은 오늘 일을 예견하고 있었던 것이다.

좌도가 어떻게 섬으로 갔는지는 알 길이 없다. 단지 120여 년이 지난 지금 좌도는 영민이로 다시 태어나 또 하나의 운명을 맞이하고 있었다.

영민이는 갑자기 일어나서 소리를 질렀다.

"좌도! 그렇지, 좌도야! 거기로 가야 돼!"

영민이는 급히 집으로 들어섰다. 박일준도 뒤따라 들어갔다.

"갑시다, 빨리요."

"음?"

좌명 선생 이하 모든 사람들이 의아스럽게 바라보는데, 영민이는 목소리를 더욱 높였다.

"좌도로 가야 해요, 지금 당장. 위험해요!"

영민이는 이렇게 말하고는 문 밖으로 나가고 있었다.

"음, 그렇군, 우리도 가세!"

좌명 노인은 좌청을 돌아보며 말했다. 좌청은 고개를 끄덕였다. 영민이는 벌써 논길을 달려가고 있었다. 좌명과 좌청, 그리고 박일준은 그 뒤를 급히 뒤따랐다. 나무꾼은 영문을 몰랐다.

수진이는 꿈을 꾸듯 멍하니 마루에 앉아 있었다. 사또의 딸, 즉 지금의 수진이는 가물가물한 환영을 더듬고 있었다. 나무꾼은 영민이가 떠나간 논길을 한동안 바라보다 다시 집으로 들어왔다. 수진이는 아직도 생각에 잠겨 있었다.

그럴 즈음 영민이 부모의 묘소에선 또 하나의 사건이 벌어지고 있었다.

쓰러져 있는 여암 선생 앞에 돌연 사람이 나타났다. 두 사람이었다.

"사형!"

북존 경암 선생은 쓰러져 있는 여암 선생을 보고 놀라면서 급히 다가왔다.

"살아 있습니다!"

여암의 몸을 살펴본 경암이 동존 유암 선생을 향해 말했다.

"저리 비키게!"

유암 선생은 이렇게 말하고 여암의 몸 어딘가를 찔렀다. 그러자, 여암이 움직이는 기색을 보이더니 금세 정신을 차렸다.

"어떻게 된 일인가?"

"아, 사형께서 오셨군요."

"음. 북존도 함께 왔네. 무슨 일인가?"

"네, 당했습니다. 좌명에게요!"

"좌명? 그럴 테지. 내가 좀 늦었군!"

유암 선생은 경암을 돌아보며 말했다.

"사형, 가시지요. 저들은 멀리 못 갔을 겁니다."

"음, 조성리에 갔을 거야, 가야겠군!"

유암 선생은 고개를 끄덕이고는 여암을 돌아보며 말했다.

"자네는 쉬고 있게, 우리는 추적해야겠네!"

"네, 어서 떠나십시오. 저는 이제 괜찮습니다."

유암 선생과 경암은 사라졌다. 이들이 잠시 후 나타난 곳은 조성리 일운 도사의 집. 유암 선생은 밖에 있고 북존 경암이 안으로 들어섰다. 나무꾼이 맞이했다.

"어떻게 오셨습니까?"

나무꾼은 느닷없이 들어선 경암에 대해 심상치 않은 느낌을 갖고 물었다.

"저, 좌명 선생님이 와 계신지요?"

"네? 뉘신지요?"

"네, 저는 좌명 선생이 불러서 왔습니다만."

경암은 능숙하게 둘러댔지만 나무꾼은 속지 않았다.

"아, 그러신가요? 좌명 선생님은 오시지 않으셨는데요!"

나무꾼은 미소를 지으며 친절히 얘기했다.

"그렇습니까? 알겠습니다."

경암도 웃으며 쉽게 물러나왔다. 밖에는 유암 선생이 기다리고 있었다.

"어떻게 됐나?"

"떠난 것 같습니다. 그러나 떠난 지 오래 된 것 같지는 않습니다."

"음, 좌도로 갔나 보군!"

"좌도라니오?"

"좌도라는 섬 말일세. 그들은 거기로 갔어! 스승님께서 말씀하셨지."

"네? 스승님이오?"

경암은 놀라서 물었다.

"음, 이제 급할 것 없네. 우린 천천히 좌도로 가세."

"그럼, 빨리 가야 하지 않을까요?"

"하하, 오히려 천천히 가야 해."

"네?"

경암은 뜻을 몰라 의아스러운 표정을 짓고 있었다.

"음, 우리가 빨리 가면 저들은 다른 곳으로 피할지도 몰라 가만 놔두면 좌도로 가겠지. 필경 영민이가 그리로 가자고 했을 거야!"

"아니, 사형! 그걸 어떻게 아셨지요?"

"스승님께서 말씀하셨어, 스승님도 그곳으로 오신다고 했어!"

"네? 스승님께서도요?"

경암은 놀라면서도 기쁜 기색을 감추지 못했다.

"자, 우리도 가보세. 이제 독 안에 든 쥐야. 하지만 너무 늦으면 또 다른 곳으로 도망갈지도 몰라!"

"네, 그렇군요!"

두 도인은 영민이가 떠난 논길로 사라졌다. 나무꾼은 나와서 그들이 떠나는 것을 보고 있었다. 잠시 후 수진이가 밖으로 나왔다. 수진이는 웃고 있었다.

"아저씨, 저 이만 갈래요."

"음? 갈래? 그냥 가서 어떡해……."

"또 오겠어요. 오늘은 마음이 어지러워서……."

수진이도 떠나갔다. 그러나 수진이 오빠는 수진이와 같이 돌아가지 않았다. 귀신인 종수는 영민이를 따라 나섰던 것이다. 귀신 종수는 어째서 영민이를 따라 나섰을까?

하루가 지났다. 종수는 지금 바닷가에 나와 앉아(?) 있었다. 바로 앞에는 영민이가 보였다. 바람이 계속해서 불어오고 있었다. 종수는 아직 자신이 전생에 수진이 아버지였던 것을 모르고 있다.

그러나 마음 속에 시시각각 무엇인가 잡히고 있었다. 종수가 이곳에 따라온 것은 멋도 모르고 따라온 것이 결코 아니었다. 영민이를 보는 순간 왠지 심상치 않은 기분이 들었던 것이다.

그것은 일종의 분노였다. 딸을 잃은 분노였을까? 사또는 딸의 경고를 무시하고 좌도의 다리를 잘랐다. 좌도가 떠나자, 딸은 좌도를 찾아 나섰다. 그러나 좌도의 집을 찾을 수가 없었다.

딸은 거리를 헤매다 결국 사또가 보낸 관원을 만나 집으로 돌아왔다. 집으로 돌아온 딸은 그 즉시 병이 들었지만, 딸이 죽은 것은 병 때문이 아니었다.

  딸은 어느 여름날 아침, 목을 맨 채 발견된 것이다. 사또는 슬픔과 분노를 느꼈다. 사또는 딸의 복수를 한다고 좌도를 데려오라고 했다. 그러나 좌도는 어디론가 떠난 뒤였다.

  이로부터 120여 년이 지난 지금 사또는 종수가 되어 있었다. 물론 종수는 사람이 아니다. 종수의 몸은 이미 그 운명을 다 했다. 그러나 종수는 아직도 건재했다.

  종수는 사또 시절의 원한 때문에 이렇게 살아남은 것인가? 결코 그렇지는 않다. 두 사람의 원한은 그렇게 단순한 것이 아니다. 이들은 수천 년 전부터 그렇게 운명 지어진 숙명의 적인 것이다.

  이것이 가까운 과거에는 사또와 산 속의 도인으로 나타난 것뿐이다. 아무튼 지금 종수의 마음 속에는 영민이를 없애 버려야겠다는 생각이 들었다. 그러나 종수 자신도 그 이유를 모르고 있었다. 단지 영민이가 미울 뿐이었다.

  영민이는 지금 저 멀리 바다에서 불어오는 바람을 맞이하며 끝없는 마음의 심연을 헤매고 있었다. 영민이의 마음 속에 나타난 환영은 좌도의 마지막 생애였다. 좌도는 잘린 다리를 가지고 바람을 벗으로 하며 이곳에서 한많은 인생을 마쳤다.

  지금 영민이는 예전의 좌도가 되어 먼 과거의 바닷가에 앉아 있었다. 그 자리가 지금의 이 자리인지는 알 길이 없다. 먼 과거의 바닷가에는 일우 선생이 서 있었다.

  "좌도! 내 말을 명심하게! 이것은 120년 후에 자네가 반드시 기억해 내야 할 일일세."

  일우 선생은 먼 허공을 응시하는 듯하더니 다시 말을 이었다.

  "좌도! 자네는 120년 후에 다시 이곳에 앉아 있을 걸세. 그때에는 자네가 수천 년을 통해서 가장 위태로운 때일 것이네. 만약 자네가 그 위기를 넘길 수만 있다면 커다란 결실을 맺게 되는 것일세. 다시 말하지만 120년 후에 내 말을 생각해 내야 하네. 금도金島로 가게! 나의 말은 이것이 전부일세."

전생의 좌도는 다시 영민이의 마음으로 돌아왔다 영민이는 벼락같이 소리를 지르며 언덕 위를 뛰어올랐다.

"선생님!"

저쪽에서 박일준이 듣고 내려오고 있었다. 박일준은 급히 다가와 물었다.

"무슨 일이오?"

"어서요! 금도로 가야 해요!"

그러자 박일준은 쏜살같이 언덕 위로 달려갔다. 잠시 후 좌명과 좌청이 박일준과 함께 내려오고 있었다.

그러나 위기는 질풍같이 도래했다. 영민이는 그 자리에 주저앉으며 고통스럽게 눈을 감고 있었다. 종수와의 사투가 시작된 것이다. 좌명 노인은 급히 달려와 바라봤지만 아직 그 뜻을 알 수 없었다.

"어디 아픈가?"

좌명 노인이 물었지만 영민이는 대답이 없었다. 그런데 이때였다. 저쪽에 두 괴인이 나타났다. 유암 선생과 경암이었다. 좌명과 좌청은 어느새 자세를 취하고 있었다.

"일준이, 어서 금도로 떠나게!"

좌명은 앞에서 다가오는 적을 바라보며 처절하게 말했다. 박일준은 영민이의 손을 잡고 달리기 시작했다. 이와 동시에 두 줄기의 바람이 몰아닥쳤다. 바람은 좌명과 좌청에 의해 제지되었다.

네 사람은 호흡을 가다듬으며 제2의 접전에 대비하고 있었다. 긴장은 바람의 흐름을 느리게 만들었다. 이때 유암 선생이 조용히 말했다.

"좌명 선생! 우리 이렇게 모두 싸울 필요가 있겠소?"

유암 선생은 좌명과 좌청을 번갈아 보며 부드럽게 말했다.

"어쩌자는 것이오?"

좌명은 의아스럽게 생각하며 반문했다. 그러자 유암 선생은 좌명을 차갑게 쏘아보며 말했다.

"우리 두 사람이면 족하지 않겠소? 희생을 줄이자는 것이오!"

"허허, 좋은 제안이오. 시작합시다."

공격은 좌명 노인으로부터 시작되었다. 좌명은 비틀거리며 걷는 듯하더니 어느 새 날아올라 한 줄기 바람이 되었다. 바람은 이리저리 맴돌며 유암 선생의 몸을 향해 번개처럼 닿지했다.

퍼퍽—.

두 사람은 다시 거리를 유지했다. 처음 공격은 실패로 끝난 것이다. 다음 공격은 유암 선생의 차례였다. 유암 선생의 두 팔은 묘하게 교차됐다. 절정 고수의 신기가 펼쳐지려는 순간이었다.

그러나 유암 선생의 신기는 끝내 볼 수 없었다. 그것은 거대한 힘에 의해서 중지된 것이다. 좌명은 보이지 않는 힘에 이끌려 무릎을 꿇게 되었다. 고통은 좌청의 몸에도 일어나고 있었다.

잠시 동안 그 원인을 몰랐지만 이유는 즉시 밝혀졌다. 공중에서 한 노인이 내려왔다. 동시에 좌명과 좌청은 멀리 나뒹굴었다.

"스승님!"

유암과 경암은 무릎을 꿇었다. 고적선이 나타난 것이다.

"음, 좌도는 어디 있나?"

"떠났습니다."

"알겠네."

고적선은 고개를 끄덕이며 좌청과 좌명을 돌아봤다.

"너희들은 일어나라!"

좌명과 좌청은 어느 새 몸의 고통이 사라지고 있었다. 두 사람은 무릎을 꿇고 인사를 올렸다.

"음, 나는 운선을 찾아왔네. 자네들 할 일은 끝이 났어. 이는 하늘의 일일세. 자네들은 그간 충분히 일을 했네. 이젠 돌아가게!"

고적선은 이렇게 말하고 두 제자들을 데리고 한가하게 언덕을 올랐다. 언덕은 이 섬에서 가장 높은 곳으로 주변의 바다가 훤히 내려다보였다. 섬의 주위에는 여러 다른 섬들이 무리를 이루고 있었다.

바로 앞에 금도가 보였다. 그곳에 지금 작은 배 하나가 막 도착하고 있었다. 그것은 유암과 경암의 눈에도 보였다. 고적선은 그 쪽을 무심히 바라보며 말했다.

"함께 가보세."

영민이는 지금 막 종수의 세 번째 공격을 막아내고 있었다. 박일준은 영문을 모르는 채 영민이를 업고서 금도에 발을 내디뎠다. 이때 영민이가 말했다.

"이제 괜찮아요, 조금 있으면 다시 공격이 오겠지요. 빨리 가지요."

영민이는 내려서 어디론가 가자고 재촉하는데, 박일준은 어디로 가야 할지 알 수가 없었다. 어디로 가야 할지 모르는 것은 영민이도 마찬가지였다.

그러나 두 사람은 저쪽편 바닷가로 달리고 있었다. 영민이는 무조건 바람이 오는 쪽으로 향하고 있는 것이다. 그러나 오래 달릴 수는 없었다. 바로 앞에 이상한 일이 일어났기 때문이다.

물가 쪽에 환영이 비치더니 그것은 점점 사람의 모습으로 변해 가고 있었다. 노인이었다. 이때 종수의 네 번째 공격이 시작되었다. 박일준은 노인을 바라보고 자세를 취하고 있었고, 영민이는 그 자리에 주저앉았다.

잠시 후 유암과 경암도 나타났다. 경암이 한 걸음 앞으로 나섰다. 경암은 영민이를 쳐다보며 고적선의 기색을 살폈다. 고적선은 고개를 끄덕였다. 그와 동시에 경암은 극강의 살기를 간직한 채 영민이의 몸으로 부딪쳐 갔다.

영민이의 운명은 이제 찰나지간이었다. 기적은 있을 것인가?

과연 기적은 있었다. 경암의 몸은 가볍게 튕겨나갔다. 경암은 원인을 모르고 잠시 당황하고 있었다.

그러나 정말로 당황한 사람은, 아니 당황한 귀신은 종수였다. 종수는 더 할 수 없이 강한 힘에 부딪쳐 이미 정신을 잃었다.

종수의 몸은 생명의 저 어두운 지역으로 가라앉고 있었다. 이것은 유암이나 경암, 그리고 박일준의 눈에는 보이지 않았다. 이것을 보고 있는 존재는 고적선과 일우선이었다. 드디어 일우선이 나타난 것이다.

"일우! 오랜만이군. 이곳엔 웬일인가?"

고적선은 조소를 지으며 일우선을 쏘아봤다.

"허, 고적! 자네는 내가 할 말을 하고 있군. 어서 돌아가게!"

"음? 나보고 돌아가라고? 좋네, 좌도만 내게 넘겨준다면."

"자네 정 고집을 피울 셈인가? 운선의 경고를 기억하게."

일우선은 지그시 눈을 감으며 말했다.

"운선이라고? 나는 이미 결심을 하고 이곳에 왔네. 잔말 말고 좌도를 내놓게!"

"음, 할 수 없군. 준비를 하게! 자네는 나를 원망해서는 안 될 것이야."

두 선인은 절체절명의 결투를 시작했다. 그러나 선인들의 결투는 눈에 보이는 것이 아니었다. 눈에 보이는 것은 그저 단순히 안색의 변화일 뿐이다. 두 선인의 얼굴이 붉어지기 시작했다. 몸에서는 미세한 진동이 일고 있었다.

그 순간 박일준의 몸은 뒤로 튕겨 나가고 유암과 경암도 뒤로 몇 걸음 물러나고 말았다. 두 선인의 몸에서 발출되는 기운은 주변의 모든 것을 압도했고 시간은 정지되었다.

잠시 후 한 선인이 쓰러졌다. 이것으로 결투는 끝났다. 일우선은 유암을 바라보며 말했다.

"스승의 시신을 모셔 가게."

유암은 잠깐 동안 망연한 상태였으나 금방 정신을 수습하고 스승의 시신을 등에 업었다. 그러고는 그 상태에서 일우선을 향해 인사를 올렸다.

"저희는 떠나겠습니다."

유암과 경암이 떠나가자 일우선은 박일준을 불렀다.

"아가야, 너의 할 일은 끝났다! 다시 좌도로 돌아가 너의 스승에게 일러라. 좌도는 내가 데려간다고!"

이 말을 남긴 일우선은 영민이의 손을 잡고 바닷가로 나아가고 있었다.

좌도와 금도에서의 사건은 수천 년 동안 내려오는 거대한 운명의 한 마디였다. 운명의 마디는 영원을 향해 끝없이 뻗어 나갈 것이다.

이로부터 한 달여를 지난 어느 날, 그 마디는 벌써 나타나고 있었다. 조성리 마을에서는 하나의 생명이 탄생했다. 그 아이의 이름은 김실장 부인에 의해서 일운이라고 지어졌거니와, 운선이 그곳에 다시 태어난 것을 아는 사람은 없었다.

김실장은 이미 기대했던 아들이 아주 건강하게 태어났다고 기뻐하고 있었다.

〈끝〉.

소설 팔패 3

1판 1쇄 인쇄 2009년 10월 30일
1판 1쇄 발행 2009년 11월 10일

지 은 이 김승호
편집주간 장상태
편집기획 김범석
디 자 인 정은영

발 행 인 김영길
펴 낸 곳 도서출판 선영사
주   소 서울시 마포구 서교동 485-14 영진빌딩 1층
Tel 02-338-8231~2   Fax 02-338-8233
E-mail sunyoungsa@hanmail.net
Web site www.sunyoung.co.kr

등   록 1983년 6월 29일 (제02-01-51호)

ISBN 978-89-7558-045-8   04810

ⓒ 이 책은 도서출판 선영사가 저작권자와의 계약에 따라 발행한 것이므로 본사의
   서면 허락 없이는 어떠한 형태나 수단으로도 이 책의 내용을 이용하지 못합니다.

· 잘못된 책은 바꾸어 드립니다.